Jessica Wawrzyniak

Screen Teens

Jessica Wawrzyniak

Screen Teens

Wie wir Jugendliche in die digitale Verantwortung begleiten

KÖSEL

FSC www.fsc.org MIX Papier | Fördert gute Waldnutzung FSC® C083411

Klimaneutral* Druckprodukt ClimatePartner.com/14044-1912-1001

Penguin Random House Verlagsgruppe FSC® N001967

Neumarkter Str. 28, 81673 München
Lektorat: Melanie Hartmann
Umschlaggestaltung: FAVORITBUERO, München
Umschlagmotiv: DEEPOL by plainpicture/Jose Carlos Ichiro
Satz: Satzwerk Huber, Germering
Druck und Bindung: CPI books GmbH, Leck
Printed in Germany
ISBN 978-3-466-31196-5
www.koesel.de

Inhaltsverzeichnis

Vorwort

Liebe Leserinnen und Leser,
ich bin studierte Erziehungs- und Medienwissenschaftlerin und Anfang der 1990er-Jahre geboren, heißt: Das Internet und Social Media gehörten in meiner Teenie-Zeit schon dazu. Im Zuge meines Studiums habe ich mich mit der Mediennutzung aus der wissenschaftlichen Perspektive befasst: Mit Formen der Medienerziehung, mit soziologisch bedingten Generationskonflikten zwischen Kindern und ihren Eltern sowie mit den Herausforderungen für den gesetzlichen Jugendmedienschutz, die sich durch die Verschmelzung von klassischen Medien und Online-Medien ergeben. Ich habe mich mit den Motivationen der Nutzerinnen und Nutzer auf der einen und den Geschäftsmodellen der Anbieter auf der anderen Seite auseinandergesetzt. Immer wieder habe ich Prozesse der Digitalisierung und die Wirkung von Medien aus psychologischen, gesellschaftlichen, wirtschaftlichen und politischen Blickwinkeln betrachtet. Mich im Laufe der Jahre immer mehr in Themen rund um Datenschutz, Privatsphäre und IT-Sicherheit vertieft. Schon zu Beginn meines Studiums war mir klar: Ich möchte andere dazu aufklären.

Meine berufliche Reise verschlug mich an unterschiedlichste Schularten, um dort Workshops zu Cybermobbing, Sexting, Fake News und Datenschutz in den Jahrgängen der Sekundarstufe I durchzuführen. Schon mein erstes Buch, das Kinder- und Jugendlexikon »#Kids #digital #genial – Schütze dich und deine Daten!«[1] beschäftigt sich mit kindgerechten Erklärungen zum Schutz der eigenen Privatsphäre. Datenschutz ist letztlich zu meinem Lieblingsthema geworden.

Ich sauge Informationen und Entwicklungen rund um die Themen Mediennutzung und Datenschutz förmlich in mich auf. Auf meinem Nachttisch liegen seit mehr als zehn Jahren keine unterhaltsamen Romane oder spannenden Krimis, sondern medienpädagogische Fachliteratur. Bin ich irre? Mit meinem Beruf verheiratet? Ein Workaholic? – Ich glaube nicht, oder: Ich hoffe nicht. Ich lebe in dieser digitalen Welt und ich will sie verstehen. Mich interessiert, was im Netz passiert – das Gute und das Schlechte. Ich glaube zu verstehen, was Kinder und Jugendliche an verschiedenen Games, YouTube, Snapchat, TikTok oder Instagram gefällt und wieso sie so fasziniert an den kleinen und großen Bildschirmen (Screens) »kleben«. Dabei sehe ich Gefahren der Mediennutzung, die alle sehr eng mit dem Umgang mit privaten Daten zusammenhängen. Die meisten dieser Gefahren gab es zwar früher auch schon, sie haben aber heutzutage ein anderes Ausmaß und eine andere Tragweite bekommen. Stellen Sie sich also darauf ein, dass Sie in diesem Buch eine Menge an Stolpersteinen kennenlernen werden, denen Ihr Kind im Netz begegnet – schließlich wollen Sie wissen, wie Sie Ihr Kind schützen und optimal begleiten können.

Es geht mir aber nicht darum, die Spaß bringenden Dinge wegen potenzieller Gefahren zu verteufeln – im Gegenteil: Online-Medien sollten nicht als gefährliche Baustelle, sondern als riesengroßer Spielplatz für Menschen jeden Alters begriffen werden, der unendliche spannende Möglichkeiten bereithält, auf dem aber auch Unfälle passieren können. Trotzdem ist es für ihre Entwicklung wichtig, dass Kinder sich auf Spielplätzen austoben. Kindern wird früh beigebracht, dass sie nicht mit Fremden mitgehen dürfen, keine Süßigkeiten von Unbekannten annehmen dürfen und beim Überqueren einer Straße nach rechts und links schauen müssen. Sie lernen, wie man sich höflich und freundlich verhält, ohne sich alles gefallen zu lassen. Sie lernen, anderen zu helfen, lernen, wie sie ihr Taschengeld sinnvoll einsetzen, und anderes Handwerkszeug, um später auf eigenen Füßen zu stehen. Diese Verhaltensregeln und Lebensweisheiten sowie unser Rechtssystem gelten auch im Netz.

Kinder und Jugendliche sind Medienprofis, was die Bedienkompetenz digitaler Medien betrifft (allerdings nur bei mobilen Endgeräten, wenn wir ehrlich sind). Doch die Reflexion des eigenen Medienhandelns lässt oftmals zu wünschen übrig, weil Kinder die wirtschaftlichen, politischen und gesellschaftlichen Hintergrundprozesse nicht in ihrer gesamten Komplexität durchdringen – dazu benötigen sie immer wieder Hinweise und Anregungen von Menschen mit mehr Lebenserfahrung, die sich im Optimalfall auch (zumindest etwas) kritisch mit Digitalisierungsprozessen befassen. Mir ist wichtig, dass Kinder schon früh ein Bewusstsein für die Schattenseiten der Mediennutzung (heute fast immer also auch der Internetnutzung) entwickeln und sich der Konsequenzen ihres Handelns bewusst werden. Sie sollen später zu mündigen Erwachsenen werden. Sie sind diejenigen, die zukünftig in Behörden und politischen Ämtern sitzen, Entscheidungen treffen, technischen Fortschritt vorantreiben, über Ethik und Werte bestimmen. Falsche Entscheidungen zu treffen, gehört ein Leben lang, aber vor allem im Jugendalter, dazu – so auch das Posten eines unvorteilhaften Fotos, das Weiterleiten einer ungeprüften oder falschen Information oder der Reinfall auf eine Online-Betrugsmasche. Ich sehe jedoch einen großen Unterschied zwischen einer falschen Entscheidung aus Unwissenheit und einem bewusst eingegangenen Risiko, bei dem sowohl die Konsequenzen als auch mögliche Auswege klar sind. Schon Kinder können schrittweise lernen, Verantwortung für ihr Handeln zu übernehmen – online genauso wie offline.

Dieses Buch zielt auf Kinder in einem Alter, in dem sie sich allmählich von ihren Eltern abnabeln und mehr oder weniger vorsichtig ihre Fühler in die Online-Welt ausstrecken – oder direkt mit einem Kopfsprung darin eintauchen. Die meisten Kinder bekommen beim Übergang in die weiterführende Schule ihr erstes Smartphone oder Tablet, selbstverständlich mit Zugang zum Internet – da sind sie etwa 10 bis 12 Jahre alt. Zudem begeben sie sich in ein neues Umfeld, gehen neue Freundschaften ein und lernen sich selbst neu kennen. Die Pubertät des Kindes krempelt manchmal den Alltag der ganzen Familie komplett um, das soziale Umfeld übernimmt jetzt die Erziehung. Eltern sind dabei nicht völlig abgeschrieben, aber sie nehmen eine neue Rolle ein: Sie werden zu Begleiter*innen und zu Retter*innen in der Not. In dieser begleitenden Funktion möchte ich Sie unterstützen. Einen ersten Schritt in Richtung der neuen Rolle haben Sie bereits gemacht, indem Sie dieses Buch lesen. Vielleicht kommt Ihnen der ein oder andere Ausspruch, der in den Kapitelüberschriften dieses Buchs zitiert wird, von Ihrem eigenen Kind bekannt vor? Und Sie wissen nicht so recht, wie Sie mit diesen oder ähnlichen Aussagen umgehen sollen?

Dieser Ratgeber soll Sie ermutigen, sich mit der Online-Welt und der Faszination, die sie auf Kinder und Jugendliche ausübt, wohlwollend auseinanderzusetzen. Auch wenn Sie selbst oft befremdet sind und gar keine Lust haben, sich mit all dem Neuen im Netz zu befassen, auch wenn Sie immer mal wieder Zweifel an der Sinnhaftigkeit einzelner Angebote aus dieser Welt haben und vielleicht sogar dazu neigen, manches schlechtzumachen: Ihr Kind wächst heute in dieser Welt auf, muss sich in ihr zurechtfinden und kann sich der Medienwelt, so wie sie jetzt ist, nicht entziehen. Umso wichtiger ist es, dass Sie als Eltern und Erzieher*innen sich Kompetenzen erwerben, um die Heranwachsenden kundig begleiten zu können. Es lohnt sich in jedem Fall: Es nützt der Entwicklung Ihres Kindes und es entspannt die Eltern-Kind-Beziehung im Familienalltag. Vielleicht können Sie als Eltern ja auch noch das ein oder andere dazulernen? Sie haben eine Vorbildfunktion für Ihr Kind, auch noch im Jugendalter, selbst wenn es so scheint, als ob Ihr Kind grundsätzlich das Gegenteil davon machen würde, was Sie für richtig erachten. Gehen Sie deshalb mit gutem Beispiel voran und halten Sie sich bei Ihrer Mediennutzung ebenfalls an die Regeln und Kriterien, die Sie von Ihrem Kind verlangen.

Sie finden in diesem Buch nicht nur zahlreiche **lebensnahe und leicht umsetzbare Tipps,** sondern immer wieder auch einen Überblick über die Bedürfnisse und Motive von Jugendlichen, mithilfe dessen Sie sich besser in das Mediennutzungsverhalten Ihres Kindes hineinversetzen können. Natürlich haben Heranwachsende völlig unterschiedliche Bedürfnisse, und nicht alle werden genau auf Ihr Kind zutreffen. Sollten Sie jedoch an die Grenzen Ihres Verständnisses für das Verhalten Ihres Kindes stoßen und sich fragen: »Was ist da nur los? Übersehe ich womöglich etwas?«, dann kann die Bedürfnisliste eine kleine Hilfe für Sie sein.

Mithilfe dieses Buchs sollen Sie bei Ihrem Kind das **Bewusstsein für den verantwortungsvollen Umgang mit Medien und den eigenen Daten anregen,** ohne immer wieder den pädagogischen Zeigefinger heben zu müssen. Erziehungsmaßnahmen wie beispielsweise ein Handyverbot, um die ausufernde Nutzung einzuschränken, sind meiner Meinung nach nur für den Moment effektiv, nutzen sich aber in ihrer Wirkungskraft schnell ab und sind wenig nachhaltig. Stattdessen können Sie gezielt dazu beitragen, das **selbstbewusste und reflektierte Handeln Ihres Kindes** zu etablieren und zu unterstützen. Im Fokus stehen **Perspektivwechsel und Gesprächsansätze,** mit denen Sie feinfühlig verschiedene Gefahren ansprechen können, um sowohl vorbeugend tätig zu werden als auch schnell reagieren zu können, wenn es brenzlig wird. Sie werden sehen, dass Ihre Begleitung wichtig ist und die gesetzten Impulse kleine Wunder vollbringen können. Das Beste daran: Alle Tipps und Übungen können Sie direkt in den Alltag integrieren. Sie müssen nicht alles auf einmal angehen – probieren Sie es Stück für Stück!

Ich wünsche Ihnen viel Erfolg dabei.

Ihre Jessica Wawrzyniak

Eine private Mediengeschichte

Aufwachsen mit Game Boy, Handy und Internet

Ich habe mich als Jugendliche im Internet getummelt, dort verschiedene Erfahrungen gemacht und bewege mich als Erwachsene weiterhin als »Dauer-Onlinerin« durchs Netz – allerdings mit einem geschärften Blick »hinter die Kulissen«. Aufgrund meines beruflichen Hintergrunds nutze ich Medien inzwischen viel reflektierter. Das war aber nicht immer so. Bevor ich Ihnen Möglichkeiten an die Hand gebe, wie Sie die Mediennutzung Ihres Kindes verstehen, Ihr Kind in Online-Medien begleiten und es vor Gefahren schützen können, möchte ich Ihnen zunächst meine eigene, ganz private Mediengeschichte erzählen und Sie mit auf eine kleine Zeitreise nehmen.

Mein erstes Handy bekam ich mit neun oder zehn Jahren. Eines der neusten, schnittigsten Modelle mit ausziehbarer Antenne. Es konnte natürlich nicht mehr als telefonieren und SMS senden, war einfach für Notfälle in der Schule gedacht, und ich wüsste nicht, dass es überhaupt mal zum Einsatz kam. Wenige Jahre später, als ich auf die weiterführende Schule wechselte, bekam ich ein richtig cooles Gerät. Als meine Eltern bemerkten, wie viel Zeit ich mit den – damals funktional und grafisch noch sehr einfach gehaltenen – Spielen auf dem kleinen Bildschirm verbrachte, musste ich das Handy nach der Schule regelmäßig im Wohnzimmer abgeben (dieses Szenario wiederholte sich übrigens auch in späteren Jahren immer wieder – mit verschiedenen Geräten und aus verschiedenen Gründen). Damals stellte es noch eine absolute Ausnahme dar, mit dem Handy ins Internet zu gehen. Es war viel zu teuer! Die entsprechende Taste auf dem Display meines Handys durfte also auf gar keinen Fall gedrückt werden, und ich fragte mich damals, ob diese nur dazu da wäre, damit die Internetbesitzer Geld verdienen (ohne zu wissen, was das Internet überhaupt ist). Vielleicht einer meiner ersten medienkritischen Gedanken.

Für das sinnlose Verpulvern von Geld habe ich später allerdings auch auf anderem Weg gesorgt: Ich wollte doch »nur« ein neues Hintergrundbildchen für mein Handy haben. Kennen Sie noch die kleinen verpixelten Bilder (natürlich schwarz-weiß) von süßen Hasen oder Küken? Total toll! Dazu musste man eine SMS an eine bestimmte Nummer schicken, sogar der ausgeschriebene Preis von einem oder zwei Euro (wir befinden uns zeitlich irgendwo zu Beginn der 2000er-Jahre) war mir den Kauf wert – das Handy-Guthaben war gerade frisch aufgeladen. Nur durfte ich dann erstmals die Erfahrung machen, dass man das Kleingedruckte genau lesen sollte. Eine Abofalle: Einmalgebühr plus monatliche Abbuchungen. Ich hatte zwar keinen Mobilfunkvertrag, aber nach jedem Aufladen des Prepaid-Guthabens verschwand dieses direkt wieder – einfach abgesaugt. Wie ich aus der Misere wieder herauskam, weiß ich ehrlich gesagt nicht mehr, aber meine Eltern habe ich nicht hinzugeholt. Viel zu peinlich war dieser Reinfall, und den Anschiss wollte ich mir ersparen, schließlich war mir bewusst, wie unklug diese Aktion war. Aber es war mir eine Lehre: Ein oder zwei Jahre später wurden die ersten »Jamba«-Klingeltöne in Dauerschleife im Fernsehen angepriesen, und mir kam die Abzocke gleich bekannt vor. Ich will damit nicht sagen, dass es mir leichtfiel, den verlockenden Angeboten zu widerstehen, doch ich war gebeutelt von meiner schlechten Erfahrung, was mich von einer Wiederholungstat abhielt. Wenn Sie mich also fragen, ob Kinder auch mal »auf die Nase fliegen« müssen, um aus Fehlern zu lernen, würde ich sagen: Ja.

Natürlich durfte ich auf dem Handy hin und wieder auch spielen, aber mein Interesse daran hatte sich erledigt, als der Game Boy Color in Mode kam. Alle hatten einen! Vermutlich das nervigste Argument, mit dem alle Eltern zu kämpfen haben. Und ich erinnere mich an die ebenso nervige Standardantwort: »Und wenn alle von der Brücke springen, springst du hinterher?« Aber letztendlich bekam ich einen. Mit dem Game Boy habe ich Stunden, Tage und Nächte verbracht. Ich hatte das Game Boy-Versteck meiner Eltern längst entdeckt, schlich abends heimlich ins Wohnzimmer, spielte unter der Bettdecke und legte ihn nach ein paar Stunden oder morgens wieder zurück. Als das Versteck ins Elternschlafzimmer verlegt wurde, war es damit leider vorbei. Der Game Boy war, bis ich etwa 13 Jahre alt war, erzieherisch das größte Druckmittel gegen mich, denn wenn ich mich danebenbenommen oder eine Klassenarbeit verhauen hatte, war er als Erstes weg und das Geschrei groß. Kurz vor dem hart erkämpften Level-Aufstieg den Game Boy einzukassieren? – Herzlos! Ich habe nie verstanden, wie diese Strafe dafür sorgen sollte, dass ich besser in Mathe werde.

Natürlich spielte das Handy in meiner Teenie-Zeit auch eine große Rolle bei der Kommunikation mit Freund*innen. Die größte Herausforderung war zu entscheiden, welche SMS ich behalten möchte, es konnten ja nur circa zehn Stück gespeichert werden.

Behält man da die erste Nachricht seines Schwarms, die mit »HDL« unterzeichnet ist (»Hab dich lieb«), um bloß niemals dieses feierliche Datum zu vergessen, oder lieber die SMS, in der »HDGDL« steht (»Hab dich ganz doll lieb«), um festzuhalten, wie extrem und erfreulich die Situation nach zwei Wochen eskaliert ist? Was für ein Dilemma! Mit 13 oder 14 Jahren kaufte ich mein erstes Klapphandy mit Fotokamera – von meinem hart ersparten Taschengeld. Die Bilder zu verschicken und mit anderen zu teilen? Undenkbar. Das ging nur per MMS, für die das Taschengeld aus diesem und dem nächsten Leben nicht ausgereicht hätte. SMS waren schon teuer genug. Viel wichtiger, als die eigene Handynummer im Kopf zu behalten, wurde deshalb die überlebensnotwendige achtstellige ICQ-Nummer (Kennnummer, die zum Login für den gleichnamigen Instant Messenger benötigt wurde). Diesen für mich ersten Instant Messenger hatte ich am Computer meines Vaters installiert. Mit Freund*innen zu chatten wurde mein neues Hobby und unverzichtbar. Der schrille Nachrichtenton, der ertönte, wenn eine neue Nachricht einging (also im Sekundentakt), brachte meine Eltern regelmäßig zur Weißglut, doch das war Teil einer Strategie: Internetzeit war hart erkämpfte Zeit. Wenn ich mit Erlaubnis chattete, ließ ich den Ton hörbar an, wenn ich vorgab, Hausaufgaben am PC vorzubereiten, blieben die Boxen einfach aus. Die Einzelverbindungsnachweise auf der Telefonrechnung konnte ich aber leider nicht austricksen.

Mein Einstieg in Soziale Netzwerke fand über »Knuddels« statt. Man legte sich ein Profil an, konnte sich in verschiedenen Chat-Räumen treffen (eingeteilt z.B. nach Themen, Städten oder Regionen), gemeinsam kleine Online-Spiele spielen, neue Leute kennenlernen und Bekannte treffen. Zu der Zeit ein nicht wegzudenkender Online-Treffpunkt und eine Freizeitbeschäftigung, für die ich mich im Offline-Leben oft mit anderen Freundinnen traf – je nachdem, von wessen PC aus wir gerade ins Internet durften, versteht sich. Äußerlich eine quietschbunte Website mit süßen Illustrationen. In ihrem Inneren aber ein nicht zu unterschätzendes Tummelfeld für Fake-Accounts und sexuelle Anmache. Die In-Game-Spielwährung wird bei »Knuddels« in Knutschflecken und Rosen gerechnet. Hinterfragt habe ich die offensichtlich sexuell ausgerichtete »Währung« damals nicht. Ich nahm es schlicht als ärgerlich wahr, wenn ich die rare Internetzeit im Privatchat mit einer Person verbrachte, die letztlich nur darauf aus war, die Farbe meiner Unterwäsche zu erfahren oder ein Treffen zu arrangieren. Dass so etwas passierte, war relativ normal. Welcher Gefahr ich mich ausgesetzt hatte, war mir damals nicht bewusst und es hätte auch schiefgehen können. In anderen Sozialen Netzwerken, die ich in meiner Jugend besuchte (z.B. Yooliety, MyCrib, SchuelerVZ und später StudiVZ und Facebook), kamen solche Fälle allerdings nur äußerst selten vor. Am interessantesten war immer zu erfahren, wer mit wem befreundet war, neue Fotos anzuschauen, alte Bekannte zu sehen, gemeinsam zu schreiben, zu lachen, zu flirten und zu lästern. Immer auf dem neusten Stand zu bleiben, war das A und O. Ich habe selbst Bilder geteilt, meine Interessen und Tagespläne preisgegeben – schon früh mit der Vorsicht, die Inhalte nur in eingeschränkten Kreisen zu teilen. Aber ein offenes Buch war ich mit etwa drei bis fünf (halb-)öffentlichen Nachrichten pro Woche trotzdem.

Heute bin ich nur noch anonym und lesend in Sozialen Netzwerken unterwegs, um mich umzuschauen, was dort passiert, welche Funktionen es gibt, welche Möglichkeiten und welche Fallstricke – hauptsächlich aus beruflichem Interesse. Aktiv bin ich (zumindest vorerst noch) mit meinem beruflichen Ich bei den Mikro-Blogging-Diensten Twitter (@digital_genial) und Mastodon (@kidsdigitalgenial@digitalcourage.social) unterwegs, welche die Zeichenanzahl für Postings stark begrenzen. Vielleicht mag ich den Austausch über Mikro-Blogging (kurze Nachrichten) so gerne, weil sich das Feilschen um jeden Buchstaben ähnlich anfühlt wie damals das SMS-Schreiben. Die Flut an Informationen im Netz empfinde ich als Segen und Fluch zugleich. Grundsätzlich ist alles mehr geworden: Die Zeit, die im Netz verbracht wird, die Bilder und Nachrichten, die geteilt werden, und die Informationen, die gewollt oder ungewollt auf einen einprasseln. Aber auch der Umgangston hat sich verändert: Er ist rauer geworden. Jedes Wort wird auf die Goldwaage gelegt, und Bewunderung, Neid und Hass liegen gefährlich nah beieinander. Ich persönlich möchte – so gut es geht – selbst entscheiden, was ich lese, sehe oder höre. Trotzdem lasse ich mich viel zu oft treiben und erwische mich bei süßen Katzenvideos oder dem zwanzigsten Haushaltstipp, um das Backblech sauber zu kriegen, obwohl einer gereicht hätte. Doch ich bin vorsichtiger geworden, denn ich mag die Vorstellung nicht, dass Nutzungsdaten und private Informationen über mich ungefragt abgefischt, analysiert, weitergegeben und verkauft werden, was dem Wirtschaftsmodell der meisten Plattformen entspricht. Dieses Kapitel hier ist das Privateste, was ich in den vergangenen zehn Jahren bewusst öffentlich von mir preisgegeben habe.

»Schau mal, mein Post hat schon 15 Likes!«

Ein Kreislauf von Sehen und Gesehenwerden

Soziale Medien haben eine ungeheure Anziehungskraft und gelten als Bühne für das eigene Leben. Bewunderung und Lob für die geteilten Nachrichten, Fotos und Videos zu bekommen, ist Balsam für die Seele, doch man ist nicht allein: Alle wollen etwas von dem Aufmerksamkeitskuchen abhaben. Auf welchen Social-Media-Plattformen sind Jugendliche unterwegs? Was macht den Reiz aus, stundenlang am Smartphone oder Tablet zu hängen? Wann ist es zu viel des Guten? Welchen Trends kann man bedenkenlos folgen und wann kann die Partizipation sogar schädlich werden? Lässt sich überhaupt noch steuern, was man sieht oder liest? In diesem Kapitel geht es um eine grundlegende Funktion Sozialer Netzwerke: den Mitmachcharakter. Ihr Kind soll die wunderbaren Chancen nutzen, welche die Online-Vernetzung mit sich bringt, und eigene Erfahrungen machen. Sie als Elternteil sollen ein Gefühl dafür bekommen, wann Sie Ihr Kind einfach machen lassen sollten und in welcher Situation es gilt, mal nachzuhaken oder einzuschreiten, um es zu schützen.

Alles online? – Der bunte Medien-Salat

Fragen Sie sich manchmal, warum es so spannend sein kann, ständig auf diesen kleinen Bildschirm zu starren? Sie nutzen selbst ein Smartphone oder Tablet, so ganz fremd ist Ihnen das also nicht, aber Ihre Kinder übertreiben einfach? Spielt sich jetzt das ganze Leben des Kindes online ab? Die letzte Frage lässt sich grundsätzlich erst einmal bejahen: Vieles (fast alles) spielt sich bei Jugendlichen (auch) online ab: Kommunikation, Unterhaltung, Hobbys, Hausaufgaben, Lernen, Spielen, Shoppen und Bürokratie. Auch für andere mediale Tätigkeiten wie Musik/Radio hören, lesen und Filme schauen wird häufig das Smartphone verwendet. Die JIM-Studie aus dem Jahr 2021, die in diesem Kapitel noch häufiger herangezogen wird, zeigt: 95 Prozent der Kinder zwischen 12 und 19 Jahren nutzen in ihrer Freizeit täglich oder mindestens mehrmals die Woche das Smartphone (94 Prozent besitzen ein eigenes). Knapp die Hälfte der Jugendlichen nutzt genauso häufig zusätzlich zum Smartphone auch ein Tablet.[2]

Trends ändern sich schnell

Wer von Social Media spricht, meint meist »irgendwie alles, was im Internet passiert«. Und das stimmt auch fast, aber ganz so einfach dürfen wir es uns trotzdem nicht machen: Die Grenzen zwischen Sozialen Netzwerken und anderen Online-Angeboten (z.B. Video- und Streaming-Plattformen oder Messengern) sind fließend und verändern sich stetig. Apps werden von anderen Firmen aufgekauft, wechseln ihren Namen oder fügen Funktionen hinzu. Sie brauchen nicht jede neue App, jeden Dienst zu kennen und den Trends hinterherzulaufen, denen Ihre Kinder folgen. Wenn Sie nicht gerade Unmengen an Freizeit haben, ist dies auch kaum möglich. Um Ihr Kind dennoch angemessen begleiten zu können, sollten Sie versuchen zu verstehen, was an Screens so anziehend und reizvoll ist. Dazu ist es wichtig, zu wissen, was Ihr Kind im Netz macht – und das sehr differenziert nach Funktionen. Die folgende Übersicht ausgewählter Angebote soll Ihnen dabei helfen, grob einzuordnen, worum es bei den jeweiligen Angeboten im Kern geht. Die Studienergebnisse in diesem Kapitel stammen alle aus besagter JIM-Studie 2021.

Facebook ist das wohl bekannteste Soziale Netzwerk, das für heutige Jugendliche zwar stetig an Bedeutung verliert, aber noch von einem Viertel der Jugendlichen zwischen 12 und 19 Jahren regelmäßig genutzt wird. Die Anmeldung ist ab 13 Jahren mit Einverständnis der Eltern erlaubt, und für die Registrierung wird eine E-Mail-Adresse oder Telefonnummer benötigt. Auch das Geburtsdatum und das Geschlecht müssen verpflichtend angegeben werden – mit dem Hinweis, dass diese Angaben später für andere verborgen werden können. Bilder, Videos und Nachrichten zu teilen, zu liken, zu kommentieren und sich gegenseitig in Beiträgen zu verlinken, sind die Kernfunktionen des Netzwerks. Welche Facebook-Nutzer*innen auf Bildern oder Videos abgebildet sind, kann das Unternehmen über eine Gesichtserkennungssoftware selbst erkennen und somit – wenn in den Einstellungen nicht anders angegeben – hochgeladene Bilder automatisch mit den entsprechenden Nicknamen versehen. Die Nutzer*innen können sich außerdem zu Gruppen zusammenschließen, Fan-Seiten besuchen, integrierte Spiele spielen, Livestreams senden und vieles mehr. Das Unternehmen Meta Platforms, zu dem das Soziale Netzwerk gehört – sein Gründer und Vorstandsvorsitzender ist Mark Zuckerberg –, hat zudem angekündigt, die Möglichkeiten zum Posten von Kurzvideos zu erweitern. Facebook analysiert die Daten der Nutzer*innen im großen Stil und finanziert sich durch Werbeanzeigen. **Facebook**

Auf **Instagram** dreht sich alles um Bilder und Videos. Sie werden geliked, kommentiert und zu ganzen Bildergeschichten zusammengefügt (»Stories«). Verschiedene Bearbeitungsmöglichkeiten für Fotos sind direkt in die App integriert. Laut AGB ist die **Instagram**

Nutzung ab 13 Jahren erlaubt. Die Anmeldung erfolgt über eine E-Mail-Adresse, eine Telefonnummer oder (falls vorhanden) ein Facebook-Konto. Es wird zwar das Geburtsdatum abgefragt, doch ein konkreter Altersnachweis muss nicht erbracht werden. Der Dienst finanziert sich durch Werbung, wofür die Nutzungsdaten der Anwender*innen ausgewertet werden, um Werbung personalisiert, also möglichst passgenau zu schalten. Mit der Anmeldung wird Instagram, das wie Facebook und WhatsApp zum Meta-Konzern gehört, die Erlaubnis erteilt, alle Bilder, Videos und öffentlichen Kommentare frei zu verwenden. Ein Bild Ihres Kindes, das auf einer Party zu tief ins Glas geschaut hat, als Werbegesicht einer Anti-Alkohol-Kampagne? Möglich. Jugendliche nutzen Instagram, um eigene Beiträge zu posten, mitzubekommen, was gerade »in« ist, und neue Leute kennenzulernen. Die App ist für mehr als ein Drittel der Jugendlichen zwischen 12 und 19 Jahren unverzichtbar (meistgenutzte App nach WhatsApp).

Pinterest

Pinterest funktioniert wie eine digitale Pinnwand für Bilder, Fotos und Videos. Im Fokus stehen hier weniger einzelne Personen als kreative Werke. Geteilt werden Bilder von eigenen Kunstwerken, Grafiken, Landschaften, Dekorationen und anderen schönen Dingen. Falls Sie sich also je gefragt haben, wieso so viele Menschen Fotos ihres hübsch drapierten Essens aufnehmen: für Instagram und in noch größerem Stil für Pinterest. Welche Bilder den Nutzenden angezeigt werden, hängt davon ab, welche sie sich vorher angeschaut oder geliked haben. Das US-amerikanische Unternehmen Pinterest speichert und analysiert die Nutzungsdaten der Anwender*innen, welche Geräte verwendet werden und den ungefähren Standort über die IP-Adresse, u.a. um möglichst individuelle Werbung zu schalten. Die Nutzung ist ab 13 Jahren erlaubt und benötigt zur Anmeldung eine E-Mail-Adresse, ein Facebook- oder Google-Konto. Außerdem werden Alter und Geschlecht abgefragt. 13 Prozent der Jugendlichen zwischen 12 und 19 Jahren nutzen Pinterest täglich oder mehrmals pro Woche.

TikTok (ehemals Musical.ly) ist eine Plattform, auf der Videos mit maximal zehn Minuten Länge, die oft mit Musik hinterlegt sind, hochgeladen, geliked, kommentiert und geteilt werden können. Ursprünglich ging es in der App um Lip-Syncing (Lippensynchronisation/Karaoke), mittlerweile sind dort alle denkbaren Inhalte zu finden (vor allem, seit die maximale Videolänge, angefangen bei 15 Sekunden, immer wieder erweitert wurde). Die Videos darf der chinesische Konzern ByteDance, zu dem TikTok gehört, frei weiterverwenden. Das Unternehmen sammelt verschiedene Handydaten (z.B. Modell und Mobilfunkanbieter), wertet sie für personalisierte Werbung aus und gibt die Daten an Partnerunternehmen weiter. Neben der Finanzierung durch Werbung können bei TikTok auch kostenpflichtige virtuelle Geschenke erworben und an andere User*innen verteilt werden. Außerdem werden die geposteten Inhalte ausgewertet, um Verstöße gegen die Nutzungsbedingungen zu erkennen. Die Nutzung der App ist mit Zustimmung der Eltern ab 13 Jahren erlaubt, und zur Anmeldung wird eine E-Mail-Adresse, ein anderer Social-Media-Account (von Facebook, Instagram, Google oder Twitter) oder die Telefonnummer plus Geburtsdatum benötigt. Geprüft wird das Alter aber nicht, daher verwundert es wenig, dass 35 Prozent der Kinder zwischen 12 und 13 Jahren TikTok zu ihren Lieblings-Apps zählen. **TikTok**

Bei **YouTube** sind Videos unterschiedlicher Arten zu Musik, Sport, Mode und jedem nur denkbaren Hobby zu finden. Wer nicht nur auf Durchreise ist, um sich ein empfohlenes Video anzuschauen, folgt dort den »Kanälen« seiner ausgewählten Lieblings-YouTuber*innen. Am beliebtesten sind private Videotagebücher (»Vlogs«), Videos, in denen Computer- oder Konsolenspiele gezeigt und kommentiert werden, während andere ihnen zuschauen (»Let's Plays«), oder Erklärvideos zu den unterschiedlichsten Themen (»Tutorials«). Die Plattform gehört zum Google-Konzern Alphabet und verdient hauptsächlich an der Vermietung von Werbeplätzen. Zum Kommentieren und Bewerten von Videos wird **YouTube** ein Account benötigt, der nur über ein Google-Konto eingerichtet werden kann, welches wiederum erst ab 16 Jahren angelegt werden darf. Zum Zuschauen wird jedoch kein Account benötigt, deshalb nutzen 87 Prozent der 12- bis 19-Jährigen die App täglich oder mehrfach pro Woche (Jungen häufiger als Mädchen).

Twitch Ist Ihr Kind auf **Twitch** unterwegs? Dann mag es vermutlich die Gaming-Szene, denn es handelt sich dabei um eine Streaming-Plattform für Gamerinnen und Gamer. Wie auch im Genre »Let's Play« bei YouTube kann hier den Spieler*innen in Aktion zugeschaut werden – via Liveübertragung. Die Plattform darf laut AGB ab 13 Jahren genutzt werden, zur Registrierung werden eine E-Mail-Adresse oder die Telefonnummer sowie das Geburtsdatum benötigt. All diese Daten sowie das Modell des Geräts, der Standort, die IP-Adresse und weitere Informationen werden ausgewertet und zum Erstellen personalisierter Werbung an den Anbieter der Plattform weitergegeben: an Amazon. Neben der Werbung finanziert sich die Plattform durch den Verkauf von virtuellen Geschenken, die an Lieblingsspieler*innen verteilt werden können, sowie durch Abo-Modelle für bestimmte Inhalte (Kanäle). Twitch wird von 13 Prozent der Jugendlichen zwischen 12 und 19 Jahren täglich oder mehrmals pro Woche genutzt, von Jungen doppelt so viel wie von Mädchen.

Twitter **Twitter** ist ein Mikro-Blogging-Dienst zum Verbreiten kurzer Nachrichten – aktuell sind 280 Zeichen möglich, was in etwa zwei/drei kurzen Sätzen entspricht. Der Dienst wird sowohl von Privatpersonen genutzt als auch von vielen Einrichtungen, Nachrichtenproduzenten oder Politiker*innen – häufig werden Links eingebunden, die dann auf längere Texte oder Artikel weiterleiten. So entstehen zwischen den Nutzer*innen vor allem (hitzige) Diskussionen rund um das aktuelle Tagesgeschehen. Die Anmeldung ist ab 13 Jahren erlaubt und über eine E-Mail-Adresse oder eine Telefonnummer möglich. Wie bei anderen Social-Media-Plattformen werden die Nutzungsdaten der User*innen ausgewertet, um personalisierte Werbung zu schalten und auszuwählen, welche Inhalte angezeigt werden. Twitter wird von 13 Prozent der Jugendlichen zwischen 12 und 19 Jahren täglich oder mehrfach pro Woche genutzt.

WhatsApp ist der von Jugendlichen und Erwachsenen meistgenutzte Instant Messenger (fest installiert auf dem jeweiligen Gerät). 92 Prozent der Jugendlichen zwischen 12 und 19 Jahren nutzen den Messenger täglich oder mehrmals die Woche. Das Mindestalter für die Nutzung liegt mit Einverständnis der Eltern bei 13 Jahren. Die Anmeldung läuft über die Handynummer. Eine Alterskontrolle existiert aber nicht. Der größte Teil der Kommunikation mit Freund*innen oder der Familie läuft über diese App: Nachrichten, Bilder, Videos und Dateien können blitzschnell ausgetauscht werden. Wer etwas tippfaul ist, kann auch Sprachnachrichten verschicken oder einen Video-Anruf starten. Da sich Gruppen mit bis zu 256 Kontakten erstellen lassen, werden über die App oftmals größere Treffen oder Veranstaltungen organisiert, und auch der eigene Standort lässt sich über die App anderen Kontakten mitteilen. So nützlich diese App ist, so kritisch ist sie auch in Hinblick auf Datenschutzaspekte zu betrachten: Die App sammelt viele Handydaten (Modell, Mobilfunkanbieter usw.), greift auf alle im Handy gespeicherten Kontaktdaten zu und gehört wie Facebook und Instagram zum Meta-Konzern, der für seine enorme Datensammelwut bekannt ist. **WhatsApp**

Auch bei **Snapchat** spielen Fotos und Videos eine zentrale Rolle. Das Besondere an diesem Messenger ist die Möglichkeit zu bestimmen, wie lange den Empfänger*innen die Nachrichten – vor allem Bilder – zur Verfügung stehen sollen, z.B. nur für 10 Sekunden nach erstmaligem Aufrufen. Die Selbstzerstörungsfunktion von Bildern hat die App vor allem zu Flirt- und Datingzwecken beliebt gemacht. Sie wird von fast 20 Prozent der Jugendlichen zwischen 12 und 19 Jahren als eine der wichtigsten Apps bezeichnet (bei Mädchen deutlich beliebter als bei Jungen). Zur Anmeldung wird **Snapchat** eine E-Mail-Adresse oder Telefonnummer benötigt sowie das Geburtsdatum. Das Mindestalter liegt bei 13 Jahren. Im Gegensatz zu vielen anderen Messengern stehen witzige Bearbeitungsmöglichkeiten und Filter für Bilder direkt in der App zur Verfügung. Außerdem gibt es die Möglichkeit, auf einer »Snap Map« (einer Weltkarte) zu markieren, an welchen Orten die Bilder aufgenommen wurden – via GPS und in Echtzeit.

Discord

Discord ist ein Messenger, der sich nicht nur auf mobilen Endgeräten installieren lässt, sondern auch am Rechner. Dadurch ist er bei Gamerinnen und Gamern besonders beliebt, die sich parallel zum Spiel mit anderen austauschen und absprechen wollen. Er wird von 15 Prozent der befragten Jugendlichen täglich oder mehrmals pro Woche genutzt und – wie so oft in der Gaming-Szene – von Jungen deutlich häufiger als von Mädchen. Das Mindestalter zur Nutzung liegt bei 16 Jahren, es werden neben den Anmeldedaten (E-Mail-Adresse und Geburtsdatum) viele Nutzungsdaten gesammelt und Interessen analysiert, allerdings wird keine personalisierte Werbung geschaltet. Das US-amerikanische Unternehmen Discord weist darauf hin, dass die Betreiber der Server sowohl auf die gespeicherten Daten als auch auf die Nachrichteninhalte zugreifen können (keine Verschlüsselung der Chats).

TIPP:
Lassen Sie sich von Ihrem Kind unvoreingenommen erklären und zeigen, welche Netzwerke/Dienste es nutzt. Unterscheiden Sie dabei nach den Funktionen, die es gut findet und die den Reiz für es ausmachen. So können Sie gelassener bleiben, unabhängig davon, ob die App nun »x« oder »y« heißt. Und Sie können mitreden und punktuell dort ansetzen, wo es akut nötig wird.

Selbstdarstellung im Netz: Hauptsache viral!

Das perfekte »Vertical«

Das »perfekte« Video oder den »perfekten« Beitrag zu posten, ist gar nicht so leicht und spontan, wie es manchmal scheint. Szenen werden dutzendfach geprobt und »Verticals« (Bezeichnung für Fotos und Videos im vertikalen Social-Media-Format) werden hundertfach aufgenommen, bis eines davon hochgeladen wird. Bildqualität, Format, Bildkomposition, Licht, Hintergrund, Farben, Filter, Körperhaltung – alles muss passen. Auch bei geschriebenen Beiträgen für mehr Leserinnen und Leser zu sorgen, gleicht einer Wissenschaft: Inhalt und Überraschungseffekt der Nachricht, Emotionalität und Zeitpunkt/Uhrzeit der Veröffentlichung werden meist gründlich abgewogen. Die Beiträge – egal in welcher Form – haben alle einen gemeinsamen Nenner: Sie sollen Aufmerksamkeit generieren. Immer lustiger, weiter, schneller, heftiger, empörender, unglaublicher muss es sein – so das Erfolgsrezept, um viele Likes und Follower (Fans) zu generieren. Das Ziel: viral gehen.

> **Was bedeutet »viral«?**
> Damit ist gemeint, dass sich ein Posting – egal ob Bild, Text oder Video – besonders schnell und weit verbreitet. Das Wort »viral« kommt aus der Biologie, wo es die Verbreitung eines Virus beschreibt. Doch obwohl die Verbreitung von medizinischen Viren und auch von technischen Computerviren etwas Negatives ist, wird die virale Verbreitung von Postings als etwas Positives angesehen und als Zeichen dafür, dass ein Beitrag (und ggf. die/der Verfasser*in) sehr beliebt ist.

Scheinbar Perfektes sichert Aufmerksamkeit

Social Media besteht aus vielen individuellen Lebensgeschichten, bedient aber auch eine Menge Klischees, Rollenbilder und Vorurteile. Schönheit, Sportlichkeit, die perfekte Familie, der perfekte

Job, ein besonderes Talent, ein besonders aufregendes Leben – all das löst Bewunderung bei den Followern aus und führt zum ersehnten »fame« (Ruhm). Geschichten von Misserfolg, Versagen und Verlust interessieren nur wenige Zuschauer*innen, aber nicht die Massen. Wer eines der Ideale bedient (oder es vorgibt), kann somit mit mehr Aufmerksamkeit rechnen.

Humor sichert Aufmerksamkeit

Besonders viele Likes in Sozialen Netzwerken bekommt auch, wer sich besonders humorvoll gibt. Humor ist bekanntlich individuell sehr verschieden, und doch sind sogenannte »Pranks«, bei denen es darum geht, jemandem einen Streich zu spielen und dies auf Video festzuhalten, bei den meisten Jugendlichen ein sehr beliebtes Video-Genre. Der Spaß hört allerdings auf, wenn diese Streiche gefährlich sind. So ist z.B. das Erschrecken von Passant*innen in einer Tiefgarage durch als »Killer-Clowns« verkleidete Menschen ein zutiefst verstörendes Erlebnis für die Betroffenen und sorgt immer wieder für mediale Aufmerksamkeit. Eine andere Art Humor lässt sich beispielsweise durch das Teilen von Memes zeigen.

Was sind eigentlich Memes?

Der Begriff »Meme« (englisch ausgesprochen und betont wie »theme«) meint lustige Bilder, die Menschen oder Situationen auf die Schippe nehmen und meist mit kurzen Sätzen oder Wortwitzen versehen sind. Oftmals sollen sie Zynismus, Sarkasmus, Satire oder schwarzen Humor transportieren. Ein Beispiel: Stellen Sie sich ein Bild von einem Gesicht mit aufgerissenen Augen vor und dazu den Satz: »Wenn du in dein Portemonnaie schaust.« Gemeint ist damit, dass man genau so guckt, wenn man erschrocken darüber ist, wie wenig Geld im Portemonnaie ist. Über demselben Bild könnte auch stehen: »Der Moment, in dem dir klar wird, dass du verschlafen hast.« Der Kontext des Bildes kann beliebig verändert werden.

Ich kann mir Soziale Netzwerke ohne Memes gar nicht mehr vorstellen und bin sicher, dass Jugendliche sie für unverzichtbar halten, um Humor zu transportieren. Gegen das Weiterleiten von Memes ist zunächst nichts einzuwenden, solange sie z.B. keine rassistischen Vorurteile oder Diskriminierung beinhalten. **Bei Witz und Satire kann Humor zudem schnell unter die Gürtellinie gehen oder Klischees beinhalten, die nicht den Geschmack aller treffen.** Das Erstellen von Memes ist mit einfachen Bildbearbeitungsprogrammen oder eigens dafür entwickelten Apps möglich (Meme-Generatoren), daher kann es auch passieren, dass ein Bild Ihres Kindes mal zu einem Meme verarbeitet wird und zu Spott, Ausgrenzung oder gar Mobbing führt (mehr zum Thema Cybermobbing erfahren Sie im Kapitel »Nein, alles gut. Die machen nur Spaß.«).

Alles Mögliche sichert Aufmerksamkeit

Lustig, ernsthaft, erschreckend, empörend – alles, was Likes bringt und von anderen geteilt (weiterverbreitet) wird, ist gut genug für Social Media. Widmen wir uns mal den Inhalten auf TikTok. Ich habe mich für dieses Kapitel morgens mit einer Tasse Kaffee vor den Rechner gesetzt und mir bei YouTube (in der Rubrik »Shorts«) ein paar der aktuell beliebtesten TikTok-Videos angeschaut. Als ich das nächste Mal von meinem Monitor aufblickte, war es schon dunkel. Hier eine kleine Auswahl der Videos, die ich ansah: *Ein Mensch in einem Bugs-Bunny-Kostüm spielt Basketball auf einem öffentlichen Platz. // In einer Warteschlange: Ein kleines Mädchen zieht der Vorderfrau an den Haaren. Diese dreht sich um, das Mädchen duckt sich, die Frau übersieht das Mädchen und verpasst dem dahinterstehenden Mann eine Ohrfeige. // Ein BMX-Fahrer öffnet mitten in einem Sprungmanöver eine Bierflasche mit dem Hinterreifen seines Rads. // Ein Fußballspieler schießt über den hohen Zaun des Bolzplatzes hinaus und trifft genau in das offene Fenster eines vorbeifahrenden Autos.*

Egal, worum es im Einzelnen geht: Es entsteht ein Sog, der dazu verleitetet, weiterzuschauen. Ein Großteil dieser Videos würde einzeln, für sich stehend, gar nicht meinen Humor treffen, und viele sind nicht einmal echt, sondern ganz eindeutig zusammengeschnitten (z.B. der goldene Treffer des Fußballers in das Fenster des Autos). Ein Video jagt das nächste. Man scrollt ohne Limit von Clip zu Clip. Auf ein schlechtes Video folgt dann vielleicht wieder ein gutes. Und was kommt dann? Ich will es wissen, also nächstes Video, klick. So geht es auch Ihren Kindern. Leider ist bei den Videos wirklich sehr viel Quatsch dabei, aber: Ist es für Sie zwischen den ernsten Themen des Lebens und vielen kleinen Alltagssorgen nicht auch manchmal schön, einfach unnützes Zeug anzuschauen? Ich möchte daher nicht pauschal alle »quatschigen« Inhalte auf Social Media verurteilen und denke, dass sie bis zu einem gewissen Maß (sehr subjektiv!) eine wichtige Funktion im Hinblick auf Entlastung und »kleine Flucht aus dem Alltag« erfüllen – auch das Produzieren solcher Inhalte.

Informationen sichern Aufmerksamkeit

Und: Es gibt auf Social-Media-Plattformen durchaus auch Nutzerinnen und Nutzer, die sich mit gesellschaftskritischen Themen befassen, über wichtige Themen aufklären und das Netzwerk als einen Ort nutzen, an dem sie Kinder und Jugendliche mit seriösen Inhalten aus Wissenschaft, Politik, Kunst und Kultur erreichen können. Immer mehr öffentliche Einrichtungen zeigen sich in den Lieblingskanälen der Jugendlichen. So hat beispielsweise das Bundesministerium für Gesundheit einen eigenen Kanal (@bmg_bund) eingerichtet, um über mentale Gesundheit aufzuklären, das Naturkundemuseum in Berlin ist samt Bildern seiner Exponate auf TikTok zu finden (@mfnberlin) und bei Instagram wimmelt es von Online-Präsenzen von (gemeinnützigen) Kultur- und Bildungsinitiativen. Sogar Anwälte bieten juristische Aufklärung bei TikTok an (@herranwalt). Und auch den Contents bei YouTube sind in ihrer Diversität kaum Grenzen gesetzt: Kinder und Jugendliche finden dort z.B. unfassbar viele Hilfestellungen in Form von Erklär- und Lernvideos zu den unterschiedlichsten Themen, ganze Filme/Dokumentationen sowie Videos über »Lifehacks« (z.B. nützliche Tipps und Tricks für den Alltag oder den Haushalt).

TIPP:
Viele Institutionen verbreiten ihre (kultur-)bildenden Angebote mittlerweile verstärkt auch online (z.B. bei Facebook oder Instagram), um die junge Zielgruppe direkt anzusprechen. Die Interessierten vernetzen sich zudem oft online und machen sich gegenseitig auf weitere Angebote aufmerksam. Schlagen Sie Ihrem Kind deshalb vor – wann immer Sie auf entsprechende Organisationen, Vereine, Museen, Bibliotheken, Kinos, Theater oder Jugendtreffs in der Offline-Welt aufmerksam werden –, diesen online zu folgen. Vielleicht entdeckt es neben sinnvollen Inhalten auch tolle, neue Freizeitaktivitäten.

Ein neuer Trend und alle machen mit

Formen von Online-Aktivismus

Wenn sich an einem öffentlichen Ort viele Menschen auf einmal gleichzeitig merkwürdig verhalten, dann sind Sie entweder am Set eines Fantasy-Films gelandet oder einfach Teil eines Flashmobs geworden.

Was ist ein »Flashmob«?
Flashmobs (sinngemäß übersetzt: blitzartige Menschenaufläufe) sind vermeintlich spontane Aktionen, bei denen viele Menschen, die sich nicht kennen, gemeinsam eine Handlung vornehmen, z.B. eine künstlerische Live-Performance vorführen (die einer bestimmten Choreografie folgt wie z.B. alle gleichzeitig stehen bleiben / auf den Boden setzen / springen o.Ä.). Je skurriler die Aktion, desto größer die Aufmerksamkeit dafür. Viele der Aktionen werden gefilmt und anschließend über Social-Media-Plattformen geteilt, um eine noch größere Aufmerksamkeit für die Aktion zu bekommen. Einige Flashmobs werden angeregt, um auf gesellschaftliche oder politische Probleme hinzuweisen (auch »Smartmobs« genannt). So verabredeten sich beispielsweise schon mehrfach Hunderte Menschen in Berlin und international in anderen Großstädten, um mit einer Kissenschlacht auf den zunehmenden Verlust des öffentlichen Raums aufmerksam zu machen. Auch das gemeinsame Applaudieren auf Balkonen für die Pflegekräfte während des Corona-Lockdowns 2020, um Dankbarkeit für deren Leistungen zu signalisieren, ist ein bekanntes Beispiel aus jüngerer Zeit. Bei vielen Flashmobs geht es aber einzig und allein darum, eine künstlerische Live-Performance vorzuführen oder Men-

schenmassen zum Spaß für eine gemeinsame Aktion zu gewinnen. Sie dürfen sich durchaus fragen: »Ist das Kunst oder kann das weg?«, denn nicht immer steckt ein tieferer Sinn dahinter: Im Jahr 2008 trafen sich etwa 1.500 Jugendliche vor einer bestimmten McDonald's-Filiale in Berlin, um eine gemeinsame Bestellung abzugeben, die aus über 10.000 Burgern bestand.

Petitionen und Klick-Aktivismus

Eine weitere Möglichkeit zum Aktivismus im Netz bieten **Online-Petitionen**: Gegen Tierversuche, für mehr Klimaschutz, gegen die Abschiebung von Flüchtlingen, für mehr Gehalt, gegen anstehende Gesetze oder für den Bau eines Spielplatzes – es gibt sie in allen Formen und Farben. Soziale Netzwerke bieten ideale Verbreitungsmöglichkeiten. Da das Mitmachen, also das Unterschreiben, so bequem und einfach ist, sind viele Interessierte dazu schneller bereit als z.B. die Strapazen einer Demonstration auf sich zu nehmen (deshalb wird dieses Phänomen auch »Klick-Aktivismus« genannt). Allerdings wird oft geklickt, ohne sich ausgiebig mit den Themen und dem Gesamtkontext befasst zu haben, z.B. mit den Gruppierungen und Parteien, die hinter diesen Forderungen stehen. Es können sich zudem Petitionen dazwischenmogeln, die nicht an die Adressat*innen des Anliegens weitergegeben und somit nie politisch wirksam werden. Oder bei denen manipulierte (z.B. automatisch generierte) Unterschriften eingetragen werden, um ein hohes Interesse der Bürger*innen an einem Thema vorzutäuschen. Hin und wieder setzen Organisationen auch visuelle Hilfen ein, die anschaulich machen, wie viele der erforderlichen Unterschriften bereits eingegangen sind (Meilensteine und Ziele). Allerdings können diese Angaben veraltet, gefälscht oder irreführend sein. Betrachten Sie die Zahl immer im Gesamtkontext: Soll in einer Kleinstadt der Abriss einer Schule verhindert werden, sind 2.000 Unterschriften viel. Um aber eine Petition im Bundestag einreichen zu können, werden mindestens 50.000 Unterschriften benötigt. Wird also damit geworben, dass bereits 10 Millionen Menschen unterschrieben hätten – das sind mehr als 10 Prozent aller deutschen Bürger*innen –, ist das sehr unrealistisch.

Außerdem sollten die Unterzeichner*innen immer hinterfragen, was mit den sensiblen Informationen (Kontaktdaten und politischen Meinungen) passiert, die im Rahmen einer Unterschriftenaktion angegeben werden. Denkbar sind sogar Petitionen, bei denen man sich mit seiner Unterschrift versehentlich unliebsame Werbesendungen einhandelt oder gar einen Kaufvertrag abschließt. Ein Mindestalter, um eine Petition zu starten oder zu unterschreiben, gibt es nicht, denn Art. 17 des Grundgesetzes besagt: »Jedermann hat das Recht, sich einzeln oder in Gemeinschaft mit anderen schriftlich mit Bitten oder Beschwerden an die zuständigen Stellen und an die Volksvertretung zu wenden.« **Für Ihr Kind können diese Formen des Aktivismus lehrreich sein, um ein Gefühl dafür zu bekommen, welche Massen durch Social Media bewegt werden können, um gemeinsame Ziele zu erreichen.**

TIPP:

Wenn Ihr Kind bei Unterschriftenaktionen oder bei anderen Aktionen mitmachen möchte, sollten Sie erst einmal gemeinsam herausfinden, worum es dabei inhaltlich geht, und ein wenig über den Tellerrand »hinausdenken« (was bewirkt die Petition z.B. gesamtgesellschaftlich?). Aber dann: Ja! Lassen Sie Ihr Kind Teil der vernetzten Gemeinschaft werden. Sind negative Folgen ausgeschlossen, bleiben noch die Vorteile von gemeinsamen Aktionen: Kreativität, Gemeinschaftsgefühl (Partizipation und Teilhabe), das Gefühl, etwas zu bewegen – mit direkt sichtbaren Auswirkungen (Empowerment), und sicher auch eine große Portion Adrenalin.

Challenge accepted! – Harmlos oder gefährlich?

Viel häufiger als der Aufruf zu gemeinsamen Flashmobs oder zur Beteiligung an Petitionen werden Ihnen Aufforderungen begegnen, denen man zu Hause (allein oder mit Freund*innen) nachkommen kann: sogenannte »Challenges« (deutsch: Herausforderungen). Im Augenblick ist die Social-Media-Plattform TikTok der Vorreiter für verschiedene Challenges, also der Ort, an dem viele Mitmachaktionen, sowohl schöne Aktivitäten als auch gefährliche Mutproben, ihren Platz im Netz finden. Die Aufrufe werden allerdings auch über andere Kanäle verbreitet, sei es über Facebook, YouTube, Instagram oder Messenger-Dienste. Das Grundprinzip bleibt gleich: Unter einem bestimmten Hashtag werden Videos zum selben Thema/zur selben Aktion gesammelt.

Was ist eigentlich ein Hashtag?

Ein Hashtag bezeichnet im Social-Media-Kontext eine Raute (#), die eine Markierung setzt und zur Verschlagwortung genutzt wird. Beispiel: Wenn ich bei Twitter/Mastodon dieses Buch ankündige, werde ich sicher thematisch passende Hashtags verwenden wie #Elternratgeber, #Medienerziehung, #Jugendliche oder #SocialMedia (Leerzeichen sind nicht möglich). Eine Person, die gezielt nach diesen Schlagworten sucht, wird so schneller auf meine Beiträge stoßen. Die meisten Social-Media-Plattformen führen auch eine Übersicht über die Hashtags (Trends), die aktuell am beliebtesten sind. Mittlerweile werden sie aber auch als Stilmittel verwendet. So könnte ich auch andere Hashtags für dieses Buch wählen, wie #SocialMediarockt #MitJugendlichenreden #StecktnichtdenKopfindenSand. Nach diesen Schlagworten würde intuitiv niemand suchen, aber ich kann damit eine Haltung oder Stimmung transportieren.

Bei Aufrufen zu Challenges verschmelzen das Online- und das Offline-Leben. Es geht z.B. auf TikTok bei vielen Aktionen um das Vorführen von Tänzen oder kleinen akrobatischen Übungen. Kinder und Jugendliche proben die Tanzschritte alleine oder mit Freund*innen, bis sie perfekt sitzen, und stellen anschließend kurze Videos davon ins Netz. Einige Mitmachaktionen sind ursprünglich gar nicht als solche geplant, werden aber nachgeahmt und entwickeln sich zu einem Trend, an dem Tausende von Zuschauer*innen teilhaben möchten. Sie verbreiten sich »viral«.

Der Dreh- und Angelpunkt jeder Challenge: **Wer teilgenommen hat, nominiert öffentlich weitere Personen, die mitmachen sollen, was eine Drucksituation erzeugt.** Gefährlich wird der Druck, wenn zu Challenges aufgerufen wird, die als Mutprobe gesehen werden und lebensgefährlich sein können. Diese generieren besonders viel Aufmerksamkeit, werden daher oft geteilt oder geliked und verbreiten sich rasend schnell. Wenn einem beim Zuschauen der Atem stockt, hat der Content genau das erreicht, wofür er kreiert wurde: Nervenkitzel und Sensationsgier spülen die Mutproben-Videos in die Timeline (Übersichtsseite von Postings) von Tausenden von Kindern und Jugendlichen.

Hier eine Auswahl an verschiedenen Challenges und Hashtags mit unterschiedlichem Gefährdungsgrad

Alltägliche Aktionen

- Unter dem Hashtag **#lieblingsfilm** verraten TikToker*innen ihre Lieblingsfilme. Ähnliche Challenges gibt es auch für die liebsten Kochrezepte oder schönsten Landschaftsfotos. Abgesehen von persönlichen Interessen, die das Kind öffentlich kundtut, keine Aktion, die Leib und Leben gefährdet. Verschiedene Tanz-Challenges fördern die Bewegung, und kreativ darf es auch sein, wie z.B. bei der **#emojichallenge,** wo Emojis mit den Händen beziehungsweise mit dem ganzen Körper nachgestellt werden.

- Es geht auch skurriler: Bei der **Fridge-Challenge** werden witzige Videos geteilt, bei denen das eigene Handy im Kühlschrank (englisch: »fridge«) platziert wird, welches dann aus dem Inneren heraus filmt, wie Gegenstände daraus entnommen werden, z.B. Schuhe oder ein Staubsauger – als hätten sie darin gelegen. Aber nicht jede Challenge beinhaltet nur Spaß oder Unsinn: Bei **#cleansnap** besteht die Herausforderung darin, einen vermüllten Ort aufzuräumen, wodurch schon einige Strände von Plastikmüll befreit worden sind.
- Unter **#CelebLookAlike** (abgekürzt von »Look like a celebrity«) bewerten die Teilnehmenden, welchen prominenten Personen sie ähneln. Dazu werden Fotos geteilt, die das Gesicht erkennen lassen. Möglicherweise fühlen sich Kinder gekränkt, bei denen die Antworten nicht den eigenen Vorstellungen entsprechen. Eine witzige Aktion, die aber negative Folgen haben kann. Es gab auch schon eine Challenge, die dazu aufrief, sich die Augenbrauen abzurasieren (#foxeyechallenge).

Mobbingpotenzial

- **Ice-Bucket-Challenge:** Im Jahr 2014 sorgte eine Aktion für großes Aufsehen, bei der sich Menschen einen Eimer mit Eiswasser über den Kopf schütteten. Durch die kurzzeitige Lähmung des Körpers, die das eiskalte Wasser auslöst, sollte auf die Nervenkrankheit ALS (Amyotrophe Lateralsklerose) aufmerksam gemacht werden. Viele prominente Personen beteiligten sich an der Challenge und sammelten damit Spenden. Eine nette, wohltätige Aktion, die trotzdem nicht kritiklos blieb: Oftmals stand bei den Teilnehmenden nur der Spaßfaktor im Vordergrund sowie die gute Gelegenheit, Aufmerksamkeit zu generieren, ohne den Zweck der Aktion zu kennen. Außerdem neigten ein paar Teilnehmende auch zu Übertreibungen: Je größer das Gefäß mit Eiswasser, desto spektakulärer, wodurch es schlussendlich zu einer Reihe von Unfällen kam.[3]

Guter Zweck, aber …

- **Blackout-Challenge:** Die Aufgabe bei dieser Challenge besteht darin, sich gegenseitig bis zur Ohnmacht zu würgen. Im Jahr

Gefährliche Mutproben

2022 kam es in den USA zu einigen Todesfällen jüngerer Kinder sowie zu einer Klage gegen TikTok.[4] Auch andere gefährliche Mutproben, z.B. das Klettern auf Brücken und Dächer oder »Train-Hopping« (das Springen auf fahrende Züge), hat es schon gegeben. Lebensgefährlich sind auch Challenges, bei denen gesundheitsschädliche Dinge gegessen werden sollen (»Pod-Challenge« = Waschpulver-Pods essen) oder Magersucht fördernde Aktionen (#skinnycheck).

Heranführung an Suizid

- **Blue-Whale-Challenge:** Hier geht es um eine Reihe gefährlicher Mutproben an 50 aufeinanderfolgenden Tagen, die immer gefährlicher werden. Sie beginnen z.B. mit dem Schauen von Gruselfilmen und gehen weiter von Lügen, Stehlen, lebensgefährlichen Stunts über Selbstverletzung bis hin zur letzten Aufgabe, dem Suizid. Es ist allerdings umstritten, ob es diese Challenge und anschließende Suizide wirklich gegeben hat. Wahrheit oder übler Scherz hin oder her: Diese Challenge zeigt eine mögliche Gefahr für Kinder und Jugendliche auf, die nicht auf die leichte Schulter genommen werden darf.

Kettenbriefe und Trittbrettfahrer

- **Momo-Challenge**: Anfangs handelte es sich um einen gruseligen Kettenbrief, der sich bei WhatsApp verbreitete. Die Leserinnen und Leser der Nachricht wurden von dem vermeintlichen Geist »Momo« dazu aufgefordert, seine Nachricht an 15 Personen weiterzuleiten, sonst würde etwas Schlimmes passieren. Ich habe in meinen Schulklassen zwar die Erfahrung gemacht, dass viele Kinder nicht an die Echtheit der Drohungen glaubten, doch es blieben ein mulmiges Gefühl und Restzweifel. Um sicherzugehen, leiteten einige Kinder die Nachricht weiter und schrieben direkt hinterher: »Sorry, dass ich dir so einen Quatsch schicke, aber voll krass diese Nachricht.« Damit signalisierten sie ihren Freunden, dass sie nicht daran glaubten, hatten aber vorsichtshalber ihre Pflicht erfüllt und letztlich den Schrecken weitergeführt. Einige Zeit später tauchten verschiedene WhatsApp-Accounts des vermeintlichen Geistes in den Kontaktlisten einiger Kinder auf. Wie die Urheber dieser Aktion gezielt an die Telefonnummern von Kindern und Jugendlichen kamen, ist unklar, aber es liegt nahe, dass sie diese aus Datenbanken mit abgegriffenen oder öffentlich zugänglichen Telefonnummern gekauft hatten. Auch hier wurden wieder Drohungen verschickt und – ähnlich wie bei der Blue-Whale-Challenge – immer gefährlichere Mutproben verlangt. Trittbrettfahrer*innen hatten die Momo-Geschichten ausgenutzt.[5]

Die aktuellen Trends zu verfolgen, ist für viele Kinder und Jugendliche wichtig. Mutproben gehörten bei Heranwachsenden immer schon dazu, um sich zu beweisen oder eigene Grenzen auszuloten. **Gemeinsame Aktionen schaffen Verbundenheit, und die Kraft von vielen kann Großes bewirken.** Doch der Druck von außen, z.B. nicht langweilig oder uninteressant auf andere wirken zu wollen, kann auch leichtsinniges Handeln begünstigen. Wenn Sie sich regelmäßig über die aktuellen Challenges informieren (z.B. nach »Best of Challenges« bei YouTube suchen), werden Sie einen guten Überblick bekommen, welche Mitmachaktionen eventuell bald in das Zimmer Ihres Kindes einziehen könnten. Auf *mimikama.de* und anderen Faktencheck-Seiten (siehe Kapitel »Welchen Quellen kann man noch vertrauen?«) finden Sie zudem Hinweise auf aktuell kursierende gefährliche Challenges. Wenn Sie allgemein aufklärend an die Sache herantreten, gibt es eine gute Chance, dass Ihr Kind Ihre Worte in der nächsten vergleichbaren Situation noch im Hinterkopf hat und selbstständig die Gefahrenlage richtig einschätzen kann.

TIPP:

Fragen Sie Ihr Kind nach den aktuell angesagten Challenges und Trends. Vielleicht können Sie bei einer witzigen Aktion auch mal mitmachen? Sie brauchen nicht bei jedem Herumgehüpfe dabei zu sein, aber dadurch erfahren Sie am besten, was Ihr Kind interessiert. Vor allem sollten Sie Ihr Kind dazu ermutigen, sich dem Sog der Masse auch mal zu verweigern, »Nein« zu sagen und nicht jedem Trend nachzueifern.

Wünsche & Bedürfnisse bei der Teilnahme an Challenges

- Mut, Stärke, Durchhaltevermögen und andere Fähigkeiten zeigen
- Aufmerksamkeit generieren
- soziale Anerkennung erhalten
- Verbundenheit und Gruppenzugehörigkeit spüren
- motorisches Erleben genießen
- an eigene Grenzen gehen
- Selbstbewusstsein stärken
- Solidarität mit anderen zeigen
- an gesellschaftlichen Diskursen partizipieren
- etwas bewirken können

Steuerung von Social-Media-Inhalten?

Die Tücken von Filterblasen und Echokammern

Input = Output

Ich habe bei Twitter mal einen Post gelesen, in dem ein Mann eindringlich davor warnte, bei TikTok seien nur leicht bekleidete, tanzende Mädchen in Badeanzügen zu sehen. Jemand anderes antwortete darauf sarkastisch: »Bruder, es ist ein Algorithmus …« Besser hätte ich es nicht sagen können. Dieses Beispiel macht deutlich: Was Ihr Kind auf Social Media sieht, hängt maßgeblich davon ab, wonach es sucht, was es teilt, was es likt, wo es beim Scrollen durch die Timeline hängen bleibt. Die wichtigste Faustregel: Was man reingibt, bekommt man auch heraus. Die Aussage, auf einer Plattform seien ausschließlich diese oder jene Inhalte zu sehen, zeigt deutlich, dass eine Filterblase am Werk ist.

Was sind Filterblasen und Echokammern?

Mit »Filterblase« sind durch Algorithmen gebündelte Interessengruppen in Sozialen Netzwerken und darüber hinaus gemeint. Beim Surfen im Netz werden, beispielsweise durch Cookies und Tracking-Methoden (mehr dazu im Kapitel »Unternehmen verdienen Geld mit unseren Daten«), Daten über das eigene Surfverhalten gespeichert, um zu analysieren, welche Inhalte für genau diese Nutzerin oder diesen Nutzer interessant sein könnten. Durch Filter- und Sortier-Algorithmen werden anschließend die Personen, Inhalte und Meinungen zusammengebracht, die sich ähneln, und andere (unpassende) Inhalte ausgeblendet. Welche Suchbegriffe eingegeben werden, auf welche Links geklickt wurde, welche Hashtags verwendet wurden – alles wird zu einem Bild zusammengefügt. Nach und nach entstehen immer enger gestrickte Netzwerke, die als Blasen bezeichnet werden.

Handelt es sich bei der Zusammenführung von Menschen nicht nur um Interessen, sondern auch um (politische) Meinungen, wird von »Echokammern« gesprochen: So wie es in die Gruppen hineinschallt, schallt es auch wieder heraus.

TIPP:
Überlegen Sie gemeinsam mit Ihrem Kind, in welcher Filterblase es sich womöglich befinden könnte. Wenn es Sie in sein eigenes Social-Media-Profil schauen lässt, funktioniert die Übung am besten. Wenn nicht, dann respektieren Sie die Privatsphäre des Kindes. Schauen Sie sich stattdessen ein öffentliches Profil von Freunden, Bekannten oder einer Person des öffentlichen Lebens an. Welche Inhalte werden geliked? Welche Beiträge geteilt? Wer sind die Freunde/Follower? Was lässt sich aus all den Informationen über persönliche Interessen und das soziale Umfeld der Person schließen? Und welche Werbung könnte der Person demnach angezeigt werden? So können Sie einfach mal selbst Algorithmus spielen.

Privatsphäre als Schlüssel zur Selbstbestimmung

Keine »echte« Privatsphäre

Wer auf kommerziellen Social-Media-Plattformen wie Facebook, Twitter, Instagram und TikTok unterwegs ist, kann sich der Einordnung in Filterblasen kaum entziehen, denn echtes privates Surfen ist nicht möglich. Allein schon aus dem Grund, dass private Informationen beim Anbieter selbst gespeichert werden. Bei den meisten Diensten können die Nutzer*innen zwar verschiedene Privatsphäre- oder Datenschutzeinstellungen vornehmen und die Sichtbarkeit für Leserinnen und Leser einschränken, aber die ungenaue Verwendung der Begriffe finde ich sehr unglücklich: Denn diese suggerieren einen Privatsphäreschutz mittels weniger

Klicks, sodass Kinder und Jugendliche glauben könnten, alles in ihrer Macht Stehende unternommen zu haben, wenn sie alle angebotenen Einstellungen durchgegangen sind. Die Realität sieht jedoch anders aus: Zum einen fallen fehlende Einstellungsmöglichkeiten in dem Kontext selten auf, zum anderen müssen »echte« Überlegungen zur Privatsphäre schon vor dem Posten stattfinden. **Am besten sollte bereits vor der Installation einer App oder der Nutzung eines Online-Dienstes über Datenschutz nachgedacht werden** (darauf komme ich im letzten Kapitel noch einmal zu sprechen). Nach der Registrierung geht es eher um Schadensbegrenzung und das »Wiedereinfangen« der Privatsphäre.

Datenschutzbewusstsein bei Jugendlichen

Diesen Fakt müssen Jugendliche verinnerlichen und sich der Weitergabe ihrer Daten bewusst sein, was sie aber oftmals nicht sind. Nur ein Drittel der Jugendlichen zwischen 12 und 19 Jahren bezeichnet sich im Jahr 2021 als sensibel für Datenschutzfragen und IT-Sicherheit, aber immerhin steigt diese Einschätzung mit zunehmendem Alter leicht an.[6] Eine weitere Studie aus dem Jahr 2022 besagt, dass mehr als 80 Prozent der befragten Social-Media-Nutzer*innen zwischen 10 und 18 Jahren bereits von Privatsphäre-Einstellungen zur Einschränkung des Profils Gebrauch gemacht haben. Nur sechs Prozent haben noch nie davon gehört, dass es diese Einstellungsmöglichkeiten gibt.[7] Das klingt zunächst gar nicht so schlecht, und trotzdem handelt es sich rechnerisch um mehrere hunderttausend Kinder und Jugendliche, die keine Entscheidung über den Schutz ihrer Daten treffen. Dazu kommt: **Es gibt immer wieder Jugendliche, die die Sichtbarkeit ihres Profils ganz bewusst nicht einschränken**, um gesehen zu werden und ggf. sogar »entdeckt« und berühmt zu werden. Die US-Forscherin Susan Barnes sprach im Jahr 2006 erstmals von einem »Privacy Paradoxon«.

Was besagt das »Privacy Paradoxon«?

Es beschreibt einen Widerspruch zwischen Handeln und Denken: Obwohl die Nutzerinnen und Nutzer von Social Media ihre

Privatsphäre als wichtig empfinden, sind die Meisten nicht bereit, aufgrund von Datenschutzbedenken auf den Dienst oder die App zu verzichten.[8] Die Gründe dafür liegen vor allem in Wertekonflikten: Aspekte wie Selbstentfaltung, soziale Anerkennung und der Wunsch nach Unterhaltung stehen dem Schutz der Privatsphäre direkt gegenüber. Ein Gleichgewicht zwischen diesen Zielen zu schaffen, ist schon für Erwachsene eine große Herausforderung, für Kinder und Jugendliche aber umso mehr.

Datensparsame Alternativen

Besser wäre es natürlich, wenn Jugendliche direkt auf nicht kommerziellen Social-Media-Plattformen interagieren würden, die weitaus weniger Nutzungsdaten sammeln. Auch diese gibt es, nur sind sie bei Jugendlichen bisher weniger verbreitet. Fragen Sie Ihr Kind, ob es schon einmal von diesen Alternativen gehört hat. Und sprechen Sie mit ihm*ihr über Vor- und Nachteile eines Wechsels.

Was ist das Fediverse?

Beim Fediverse oder Fediversum (Wortspiel aus »Föderation« und »Universum«) handelt es sich nicht um ein einziges, sondern um verschiedene dezentral organisierte Kommunikationsnetzwerke. So gibt es dort anstelle von Instagram den fotobasierten Dienst Pixelfed, für Facebook die vergleichbaren Plattformen Friendica und Diaspora, für YouTube die Alternative PeerTube und außerdem den Twitter ähnlichen Mikro-Blogging-Dienst Mastodon. Die Nutzer*innen können diese Dienste sogar miteinander verbinden, z.B. ihre Lieblings-Videokanäle bei PeerTube und die Kurznachrichten bei Mastodon gleichzeitig in einer App beobachten. Dank offener Schnittstellen – sozusagen einheitlicher Kommunikationsweisen der Programme – können die Nutzerinnen und Nutzer miteinander chatten, Inhalte teilen, liken, kommentieren und alles andere tun, was sie bei den kommerziellen Plattformen auch tun. Nicht mehr drei, vier oder fünf verschiedene Apps nutzen zu müssen, sollte für Jugendliche eigentlich Ansporn genug sein, um sich zumindest mal im Fediverse umzuschauen und das Netzwerk kennenzulernen.

Datenschutz, Werbefreiheit, Freundlichkeit

Die Quellcodes, also die »Baupläne« der einzelnen Plattformen/Programme im Fediverse inklusive aller Datenflüsse, sind öffentlich einsehbar, gehören somit keinem (kommerziellen) Unternehmen und dürfen von jedem verwendet werden (sogenannte »freie Software«). Heißt: Alle, die einen eigenen Server betreiben, können ihr eigenes Netzwerk (eine eigene »Instanz«, also einen eigenen Online-Treffpunkt) einrichten. Und so gibt es z.B. bei Mastodon – der bislang größten Plattform im Fediverse – inzwischen mehrere tausend verschiedener Instanzen, über die sich die Interessierten einen Account anlegen können. Die Nutzer*innen können mit den Menschen von anderen Instanzen kommunizieren, aber die Betreiber*innen kommen – falls sie das überhaupt möchten – nur an die Nutzungsdaten der Personen heran, die über ihre Instanz angemeldet sind. **Eine zentrale Analyse der Daten aller Nutzer*innen, eine umfassende Zensur, der Einsatz von steuernden Algorithmen und die Integration von personalisierter Werbung sind weder gewollt noch im großen Stil technisch umsetzbar.** Daher spielt auch – anders als bei Facebook, Instagram, Twitter und Co. – die Anzahl der Follower und der Likes nur eine untergeordnete Rolle für die Sichtbarkeit eines Accounts, sodass ein entspanntes, nicht wettbewerbsorientiertes Miteinander gefördert wird. Obwohl die Nutzer*innen des Fediverse bisher außerordentlich freundlich und zuvorkommend miteinander kommunizieren, können natürlich auch hier fiese Kommentare oder Lügen kursieren und kleinere Echokammern entstehen.

Aber die Dezentralität bietet Vorteile: Da sich die vielen kleineren Instanzen besser überblicken lassen als eine einzige, riesige Plattform, können die Betreiber*innen die Inhalte grundsätzlich effektiver moderieren. Sowohl die Moderator*innen als auch die einzelnen Nutzer*innen können zudem ganze Instanzen (z.B. von radikalen Gruppierungen) blockieren, statt immer wieder mühsam einzelne Accounts sperren zu müssen, von denen sie sich belästigt oder angegriffen fühlen.

Gemeinsam wechseln

Fragen Sie sich nun, wieso diese so vielversprechend klingenden Netzwerke noch nicht weiter verbreitet sind? Das liegt größtenteils an der Machtposition der kommerziellen Plattformen. Millionenschwere Werbekampagnen und Kooperationsverträge mit den »großen« Netzwerken verhindern die Entwicklung von Plattformen, mit denen es (bewusst) kein Geld zu verdienen gibt. Wenn Sie einem Teenager die Wahl zwischen der Registrierung bei Instagram oder Pixelfed überlassen, wird die unbekanntere Variante wohl kaum Zuspruch finden – ein Wechsel braucht Anreize. Als Elon Musk, einer der reichsten Männer der Welt, im Oktober 2022 Twitter übernahm, wechselten Tausende von Nutzer*innen von Twitter zu Mastodon, da sie ihre Postings nicht in die Hände einer einzigen mächtigen (und moralisch fragwürdigen) Person geben wollten und ihre Meinungsfreiheit gefährdet sahen. So wie viele Schulklassen und Familien bereits gemeinsam von WhatsApp zu datenschutzfreundlicheren Messengern wie Threema oder Signal wechseln[9], sollte auch der Umzug auf neue Social-Media-Plattformen als gemeinschaftliche Aufgabe angegangen werden – vielleicht als neuer Trend?

TIPP:
Sie sollten immer Beispiele aus der analogen Welt hinzuziehen, wenn Sie Ihrem Kind die Wichtigkeit von Privatsphäre verdeutlichen wollen: »Würdest du deinen Lehrern deine privaten Bilder zeigen? Würdest du dein Tagebuch öffentlich herumliegen lassen? Würdest du uns – deinen Eltern – erzählen, zu welcher Uhrzeit und wie lange du dich auf welcher Website bewegt hast? Nein? Wieso gibst du diese Informationen dann an Fremde weiter?« Wenn diese Reflexion bzw. der kritische Gedanke erst einmal eingepflanzt ist, kann er weiterwachsen.

Selbstdisziplin vs. Angst, etwas zu verpassen

Der Wunsch, immer auf dem Laufenden zu bleiben, hat als gesellschaftliches Phänomen zunächst noch nichts mit Social Media und dem Internet zu tun. **Gerade bei Jugendlichen und jungen Erwachsene, die noch nicht mit beiden Beinen fest im Leben stehen und noch auf der Suche nach ihrer eigenen Identität sind, spielt immer wieder die Angst mit, eine Chance oder Möglichkeit zu verpassen.** Eine falsche Entscheidung zu treffen und deshalb das eigene Leben nicht so perfekt zu gestalten, wie es sein könnte, gehört – mal mehr und mal weniger ausgeprägt – zu den alltäglichen Sorgen. Auch wir Erwachsenen vergleichen uns immer wieder mit Freunden, Verwandten, Nachbarn und völlig fremden Personen, die etwas erreicht haben, das wir uns für das eigene Leben genauso wünschen. Selbst Personen, die mit ihrem Leben völlig zufrieden sind, finden immer wieder Lebensbereiche, die optimiert werden könnten. Schnell entsteht der scheinbar selbstverständliche Eindruck: Wer etwas verpasst und nicht auf dem Laufenden bleibt, wird abgehängt. Sei es bei der Mode, dem neusten Klatsch und Tratsch oder in Sachen Technologie. Sobald Kinder übermäßig viel vor dem Smartphone oder Tablet, bei Instagram, TikTok oder anderen Social-Media-Kanälen »abhängen«, vermuten Eltern schnell ein suchtartiges Verhalten. Doch nicht jede exzessive Handy- oder Mediennutzung kann direkt als Sucht bezeichnet werden. Etwa in den Jahren 2013/2014 kam in den USA erstmals ein Begriff für diesen Zustand übermäßiger Neugierde auf: »Fear of Missing Out (FoMO)«.

Was meint »FoMO«?

Der Ausdruck »FoMO« als Akronym von »Fear of Missing Out« (deutsch: Die Angst, etwas zu verpassen) wird im Cambridge Dictionary folgendermaßen definiert: »das unbehagliche Gefühl, dass man spannende Events verpassen könnte, an denen andere Leute teilnehmen, oft hervorgerufen durch Beiträge auf

Social-Media-Kanälen«. Die Angst, etwas zu verpassen, kann sich an verschiedenen Stellen bemerkbar machen, aber erst wenn mehrere verschiedene Symptome zusammen und zudem regelmäßig auftreten, kann ggf. von einer übermäßigen und ungesunden Angst gesprochen werden.

Die folgenden sechs Kategorien helfen Ihnen dabei, einschätzen zu können, ob die Social-Media-Nutzung Ihres Kindes eher als normal oder als besorgniserregend einzustufen ist.

1) Ihr Kind hängt vor dem Handy und ist untröstlich traurig, weil es bei einem Treffen mit Freunden nicht dabei ist?

Dabei sein ist alles!

Ziemlich sicher kennen Sie das: Sie haben sich wochenlang auf einen Abend mit Ihren Freunden im Restaurant gefreut, es hat ewig gedauert, einen passenden Termin zu finden, und genau an diesem Tag macht Ihnen ein Magen-Darm-Infekt einen Strich durch die Rechnung. Die Kinder werden krank, der Babysitter sagt spontan ab oder die Wohnung steht wegen eines Rohrbruchs unter Wasser – das Ende vom Lied: Sie müssen zu Hause bleiben. Natürlich sind Sie geknickt, wenn andere gerade den Spaß ihres Lebens haben und Sie selbst nicht dabei sein können. Als erwachsene Person haben Sie schon viele solcher Situationen erlebt und können diese Erfahrung als »blöd gelaufen« einordnen – so ist einfach der Lauf des Lebens. Sie sind frustriert, aber kommen drüber hinweg. Kinder und Jugendliche bewerten eine solche Situation jedoch ganz anders: Für sie ist das oft eine Katastrophe. Ausgerechnet dieses Treffen erscheint gerade lebensnotwendig. Gemeinsame Geschichten und gemeinsam Spaß zu haben, verbindet und stärkt Freundschaften. Diesen Spaß zu verpassen, fühlt sich an, als würde man ausgeschlossen. Wer nicht dabei war, hat eine Menge Insider verpasst, die noch lange Gesprächsthema bleiben. Das vermeintlich beruhigende Argument, dass noch viele andere schöne Momente folgen werden, ist nur ein schwacher Trost.

Durch die Sozialen Medien wird eine solche Situation noch verschärft: Die Freund*innen schreiben – wie in einem Live-Ticker – öffentlich darüber, was sie gerade mit wem machen, posten Fotos, und es geht immer wieder darum, möglichst eindrucksvoll darzustellen, wie schön und spaßig das Leben gerade ist. **Auch Situationen, die in Wirklichkeit gar nicht so toll waren, können auf einem Schnappschuss-Foto überragend wirken.** Und wer dabei war oder nicht, sehen die anderen im Übrigen auch – da wird gleich gemunkelt, was das zu bedeuten hat. Man gerät vielleicht unter Druck zu erklären, wieso man selbst nicht mit der Gruppe unterwegs war. Darüber traurig zu sein, macht noch längst kein besorgniserregendes Verhalten aus. Wenn Jugendliche aber ständig das Gefühl haben, Spaß zu verpassen und schon kleine Erlebnisse der anderen als verpasste Momente ansehen, dann geht die Verhältnismäßigkeit verloren. Wenn die Traurigkeit zudem in depressionsartige Zustände umschlägt, sollte psychologische Expertise hinzugezogen werden (Anlaufstellen finden Sie in der Checkliste am Ende des Kapitels).

2) Ihr Kind hat Angst, dass andere mehr Erfolg haben als es selbst?

Druck von innen und von außen

Schöne Dinge im Leben zu verpassen, kann frustrierend sein, gehört aber zum Leben dazu – uns allen geht es so. Bedenklich wird es erst dann, wenn Ihr Kind das Gefühl hat, bei »ernsthaften« Dingen nicht mithalten zu können: gute Noten, die Mitgliedschaft in Sportvereinen, die Teilnahme an gesellschaftlichen Aktivitäten, materielle Dinge oder das eigene Aussehen – was auch immer Ihrem Kind wichtig ist. Kinder wetteifern von morgens bis abends mit anderen, überall können kleine Konkurrenzsituationen entstehen. Zusätzlich zu den eigenen Ansprüchen an sich selbst werden diese teilweise von den Eltern, der Schule oder der Gesellschaft vorgegeben und verstärkt. Kinder haben vor Augen, wie vermeintlich gut es die anderen haben und was andere besser können als sie selbst. Druck, Konkurrenz und Wettbewerb können dabei schnell zur Belastung werden und zu Selbstzweifeln führen.

Auch hier wirken Soziale Netzwerke als Verstärker: Das Netz ist voll von Lebensgeschichten und Lebensentwürfen. Schlechte Dinge, die jemandem widerfahren sind, werden häufig nicht thematisiert oder schnell wieder vergessen, aber Erfolgsgeschichten verbleiben als Ansporn und Wunschtraum im Hinterkopf – wenn auch unbewusst. Der meist gezielt inszenierte, perfekte Alltag von anderen wirkt faszinierend und löst Bewunderung aus. Jeder Mensch wünscht sich Bereiche, in denen er besonders gut oder erfolgreich ist, in denen er sich aus der Masse hervorhebt oder wofür er bewundert wird. **Die Beobachtung des Lebens der anderen kann einen gewissen Reiz ausmachen und sich positiv auf die Gestaltung des eigenen Lebens auswirken.** Gefährlich wird es aber, wenn die Orientierung an anderen überhandnimmt und unerreichbare persönliche Ziele gesteckt werden. Dann könnte Ihr Kind Probleme mit seinem Selbstwertgefühl oder der Selbstwahrnehmung bekommen.

3) Ihr Kind wird unruhig und nervös, wenn es nicht weiß, was seine Freunde im Moment tun?

Zwang zur Reaktion

Online-Angebote wetteifern um unsere Aufmerksamkeit. Die Nutzerinnen und Nutzer sollen möglichst alles anklicken, liken und teilen. Und wehe, die Reaktion oder Interaktion erfolgt nicht sofort. **Verschiedene Messenger haben das Konzept des Druckausübens perfektioniert,** so beispielsweise auch WhatsApp, das stets anzeigt, ob Ihre gesendete Nachricht bereits gelesen wurde (sofern der Empfänger diese Option nicht ausgestellt hat). Meine Nachricht wurde zugestellt, aber nicht gelesen? Was für ein Drama! Will die Person mir etwa nicht antworten? Was die Person wohl gerade macht? Spinnt die App vielleicht, und die Nachricht wurde gar nicht gelesen? Da verwundern Studienergebnisse aus dem Jahr 2021 nur wenig, die besagen, dass 44 Prozent der Jugendlichen zwischen 12 und 19 Jahren Angst haben, etwas zu verpassen, wenn ihr Handy nicht eingeschaltet ist. 72 Prozent der Jugendlichen geben zudem an, dass sie oft viel mehr Zeit am Handy verbringen, als sie geplant hatten.[10] Doch das heißt noch nicht, dass die Mediennutzung von knapp drei Viertel der Jugendlichen als besorgniserregend exzessiv einzustufen ist. Nur wenn sich sogar in schönen Momenten und bei guten Erfahrungen in der analogen Welt Nervosität und Unruhe bei Ihrem Kind breitmachen und es immer wieder auf seinem Handy nachschaut, was die anderen machen, wird es kritischer. Dann wird das Interesse am Leben der anderen allmählich gefährlich und ungesund.

4) Ihr Kind möchte alles Erlebte sofort anderen online mitteilen oder ist ständig, auch während des Essens oder in Gesellschaft, auf Social Media unterwegs?

Süchtig nach Glückshormonen?

Psychologische Studien haben gezeigt, dass bei der Nutzung Sozialer Netzwerke viel Dopamin, das sogenannte Glückshormon, im Gehirn ausgeschüttet wird: Beim Posten, Liken, Teilen und Geliktwerden wird im Gehirn das Belohnungszentrum aktiviert, und die Reaktionen auf die eigenen Postings – egal, ob es positive oder negative Reaktionen sind – haben einen aktivierenden Effekt, z.B. den Drang, direkt zu antworten und neue Inhalte zu posten.[11] Ob Social Media daher ein Suchtpotenzial vergleichbar mit dem Konsum von Drogen hat, ist höchst umstritten. Ich kenne die Argumente beider Seiten, und meine persönliche Einschätzung ist: **Social Media verstärkt, was offline bereits da ist.** Ein Beispiel: Wer in der Offline-Welt um Aufmerksamkeit kämpft, wird dies online genauso – sogar verstärkt – tun. Immer auf der Suche nach dem eigenen Platz in der Gesellschaft und den persönlichen Stärken und Interessen. Viele Postings beschleunigen diesen Prozess. Wer allerdings jede Nichtigkeit in Sozialen Medien postet, verpasst die Gegenwart und kann den Moment im Jetzt nicht mehr genießen. Wenn sich bei Ihrem Kind alles, was nicht gepostet wurde, anfühlt, als hätte es nicht stattgefunden, sollten die Alarmglocken läuten.

5) Ihr Kind hat Konzentrationsprobleme beim Lernen oder Arbeiten, weil es stets den Drang verspürt, online zu sein?

»Nur ganz kurz mal gucken.«

Denkt Ihr Kind nur noch an das, was in den Sozialen Medien passiert, sodass es von anderen Dingen, wie z.B. der Schule oder einer Arbeit abgelenkt ist, sollten Sie zunächst überlegen, wieso dies der Fall ist. Normal wäre, nervös auf die Nachricht des Schwarms zu warten, auf eine wichtige Nachricht von Freund*innen, auf die Reaktionen auf einen kritischen Beitrag, den man gepostet hat, oder die Zu-/Absage zu einem Praktikum/Job. In solchen Situationen vom Lernen oder Arbeiten abgelenkt zu sein, ist menschlich. Wenn Ihr Kind aber jedes Mal, wenn es sein Smartphone prüft, aus der gegenwärtigen Situation herausgerissen wird und sich wieder neu in die Tätigkeit einfinden muss, wenn seine Lernergebnisse darunter leiden und ihm selbst kurze Phasen der Konzentration schwerfallen, dann könnte es sich um eine übermäßige Ablenkung handeln. Wissenschaftler*innen erforschen zudem seit Jahren, ob die kurzen Texte im Netz (v.a. in den Sozialen Netzwerken) die Aufmerksamkeitsspanne für das Lesen längerer Texte in der Schule beeinflussen. Erste Ergebnisse deuten bereits darauf hin, dass die Social-Media-Nutzung zumindest für die klassische Lese- und Schreibkompetenz nicht förderlich ist.[12] Wichtig ist allerdings, allgemeine Forschungsergebnisse zur Medienwirkung nicht so hoch zu hängen, dass Sie dabei die individuellen Bedürfnisse Ihres Kindes übersehen. Die strukturellen Funktionsweisen von Medien und Sozialen Netzwerken (z.B. die Kommunikationsform über stark verkürzte Nachrichten) können Sie persönlich nicht von heute auf morgen ändern. **Sie sollten beobachten, welche Unterstützung Ihr Kind unter den gegebenen Umständen benötigt.** Hilfreich könnte in diesem Fall beispielsweise sein, die Benachrichtigungsfunktionen in allen Apps auszuschalten und so die ablenkenden Reize zu minimieren.

6) Ihr Kind hat das Bedürfnis zur Handynutzung, auch in Situationen, die sich damit nicht vereinbaren lassen?

Das Smartphone beherrscht das Leben.

Sie warten den ganzen Tag auf eine Nachricht, und dann klingelt das Handy, wenn Sie gerade Auto fahren oder mit betäubter Oberlippe auf dem Zahnarztstuhl liegen – gehen Sie dann ran? Sie bereiten gerade Essen vor und hechten zum Handy, obwohl die Möhre erst zur Hälfte geschnippelt ist? Sie nehmen das Handy mit ins Bad für den Fall, dass es klingelt? Wenn es eine lebenswichtige Nachricht ist, die Sie gerade erwarten, ist ein solches Verhalten zumindest verständlich. Aber wenn es sich um Nachrichten/Anrufe handelt, die grundsätzlich ein paar Minuten warten können: Weg mit dem Handy. Denn wenn das Smartphone einen so hohen Stellenwert einnimmt, immer und immer wieder, dann ist das nicht gesund. Dasselbe gilt natürlich für Ihre Kinder. Da ist es eben nicht das Autofahren, sondern vielleicht das Fahrradfahren, bei dem das Smartphone nichts zu suchen hat. Eine weitere Situation, in der das Handy nicht ablenken darf, ist beim Schlafen. Kommt es zu Schlafstörungen, weil Ihr Kind doch noch etwas am Smartphone nachschauen/erledigen möchte, dann sollte das Gerät in den Ruhephasen möglichst weit weg platziert werden, um die Versuchung zu minimieren. Bei diesem klugen Ratschlag sollte ich mich auch an die eigene Nase fassen. Sie vielleicht ebenfalls? **Das Medienverhalten, das Sie Ihrem Kind selbst vorleben, kann hier ein entscheidender Faktor sein:** Mit klaren Regeln (z.B. handyfreien Zeiten), die für die gesamte Familie gelten, können Sie für mehr Struktur bei der Nutzung sorgen und gleichzeitig besser erkennen, wenn sich bei Ihrem Kind ein problematisches Nutzungsverhalten abzeichnet.

Kontrolle und Begleitung durch die Eltern?

Antennen aktivieren: Achten sie darauf, ob Ihr Kind unzufrieden ist, wenn es den Unterhaltungs- und Spaßfaktor von außen, also durch Medien, nicht bekommt. Sie sollten die angenehmen Dinge im Leben (dazu gehört auch mal die Berieselung durch Social Media) auf keinen Fall verbieten, sondern versuchen zu verstehen, woran es Ihrem Kind gerade fehlt oder was ihm wichtig ist. Geht es Ihrem Kind vielleicht in erster Linie um den Anschluss an Gruppen? Hat Ihr Kind das Gefühl, ausgeschlossen zu werden, und ist deshalb so versessen darauf zu sehen, was die anderen machen? Flieht Ihr Kind womöglich aus der Realität? **Werfen Sie die verschiedenen verpassten Ereignisse nicht in einen Topf, sondern ermitteln Sie gemeinsam, Situation für Situation, wieso es Ihrem Kind genau in diesem Moment so unmöglich erscheint, das Smartphone zur Seite zu legen.** Helfen Sie Ihrem Kind auch dabei, kleine positive Ereignisse und Erfahrungen schätzen zu lernen, zufrieden damit zu sein und nicht ständig der Bewunderung vonseiten anderer nachzujagen.

Störungen reduzieren: Sie sollten darauf achten, dass Ihr Kind das Smartphone beim Lernen, bei den Hausaufgaben und anderen wichtigen Aktivitäten grundsätzlich weglegt. Es kann allerdings sein, dass sich Ihr Kind mit Freunden über die Hausaufgaben austauschen möchte. Daher sollten Sie an dieser Stelle nicht zu streng sein, um die guten Seiten der schnellen Kommunikation nicht zu verlieren. **Verallgemeinern Sie die Handynutzung nicht und lassen Sie sich erklären, was genau Ihr Kind nebenbei am Handy tut.** Klickzahlen unter den eigenen Beiträgen zu verfolgen, ist sicherlich kein guter Grund, um das Handy neben sich liegen zu haben. Wird ein Gerät zu Recherchezwecken benötigt, dann gibt es vielleicht die Möglichkeit, ein anderes Gerät zu Verfügung zu stellen, z.B. einen Laptop, auf dem keine ablenkenden Apps installiert sind. Andere Kinder hören gerne Musik beim Arbeiten, das ist ebenso durchaus legitim. Sicher findet sich jedoch auch in diesem Fall eine Lösung ohne potenzielle Ablenkungen des Smartphones. Und bitte nicht wundern, auch das gehört dazu: Ihr Kind wird möglicherweise äußerst fantasievolle Ideen haben, wieso das Smartphone bei den Hausaufgaben unbedingt dabei sein muss – darauf müssen Sie sich einstellen.

Privatsphäre achten: Sie werden viele Versprechen von Ihrem Kind bekommen, z.B. dass das Handy während der Nacht ganz sicher nicht angerührt wird. Selbstverständlich sollten Sie Ihrem Kind Vertrauen entgegenbringen, aber eine gesunde Skepsis schadet nicht. Ihr Kind möchte das Handy als Wecker nutzen? Dafür gibt es alternativ eine riesige Auswahl an digitalen Weckern, die mit Radio oder selbst eingespielter Musik wecken oder die Uhrzeit an die Wand projizieren. Machen Sie sich gemeinsam über Alternativen schlau. Oder hat Ihr Kind Angst, dass Sie in seinem Handy herumschnüffeln, sobald es im Bett ist? Gab es vielleicht schon Fälle, in denen Ihre Neugierde oder die Sorge um Ihr Kind so groß war, dass Sie mal einen Blick in das Handy geworfen haben? **Dass Sie ohne zu fragen in seinen Nachrichten, Bildern oder Apps stöbern, ist jedenfalls eine ganz legitime Angst Ihres Kindes – es hat ein Recht auf Privatsphäre, und diese sollten Sie auf alle Fälle respektieren** (mehr dazu im Kapitel »Privatsphäre ist ein nicht verhandelbares Grundrecht«). Ein Kompromissvorschlag wäre: Sie könnten eine abschließbare Schatulle bereitstellen, zu der nur Ihr Kind den Schlüssel hat, aber die Schatulle selbst über Nacht in Ihr Schlafzimmer stellen.

Keine Vorwürfe machen: Es gibt so viele gute Gründe, (Online-) Medien zu nutzen, und exzessive Mediennutzung bedeutet noch längst keine Sucht. Durch die Corona-Pandemie und die Notwendigkeit, direkte soziale Kontakte zu vermeiden, ist der Medienkonsum noch stärker angestiegen als in den Jahren zuvor. Doch auch hier muss die Verhältnismäßigkeit beachtet werden: Die Nutzung von Online-Medien wurde durch diese außergewöhnliche Situation ebenfalls notwendiger als je zuvor. **Selbst wenn es sich tatsächlich bei Ihrem Kind um ein suchtartiges Verhalten handeln sollte, müssen Sie das Thema behutsam angehen** und Fachleute hinzuziehen, sonst stoßen Sie auf Ablehnung und Gegenwehr und treiben Ihr Kind eher von sich weg, anstatt sich ihm anzunähern.

Wünsche & Bedürfnisse bei der Nutzung von Social Media

- nach Status und Anerkennung streben
- Aufmerksamkeit generieren
- soziale Interaktion: Freundschaften knüpfen und pflegen
- Beziehungen aufbauen, flirten und daten
- Orientierung, Erkenntnis und Inspiration finden
- Welt/Lebensentwürfe außerhalb des Elternhauses kennenlernen
- Handlungsraum erweitern
- die eigene Identität entwickeln
- Gruppenzugehörigkeit spüren
- sich mit anderen vergleichen
- Anschluss finden oder polarisieren
- die eigene Rolle in der Gesellschaft finden
- informiert bleiben
- Langeweile vertreiben
- Spaß und Unterhaltung erfahren
- von anderen (unliebsamen) Aufgaben ablenken
- aus der Realität fliehen

Checkliste
Was können Sie für Ihr Kind tun?

- ✓ Lösen Sie sich von der Gesamt-Onlinezeit Ihres Kindes und differenzieren Sie die Tätigkeiten im Netz. Fast alles, was offline geht, geht irgendwie auch online und ist allein durch die Online-Komponente noch nicht verwerflich.
- ✓ Unterstützen Sie den Geist des Mitmachens bei unbedenklichen gemeinsamen Aktionen im Netz. Partizipation ist wichtig für demokratische Werte, Solidarität und Gruppenzugehörigkeit.
- ✓ Bestärken Sie Ihr Kind darin, konstruktive Contents zu wichtigen Themen zu produzieren und somit Aufmerksamkeit möglichst durch sinnvolle Beiträge im Netz zu generieren.
- ✓ Bleiben sie wachsam für Challenges, die Ihrem Kind gefährlich werden könnten. Nicht jede Gruppenaktion muss kopflos mitgemacht werden.
- ✓ Stellen Sie Ihrem Kind datenschutzfreundliche Social-Media-Plattformen vor. Vielleicht findet es Gefallen dran und lernt die Vorteile nicht kommerzieller Angebote zu schätzen.
- ✓ Stärken Sie das Bewusstsein Ihres Kindes für Privatsphäre, um Filterblasen und Echokammern zu entkommen. So kann es Fremdsteuerung auf Social Media entgegenwirken.
- ✓ Nehmen Sie selbst Rücksicht auf die Privatsphäre Ihres Kindes, um ein vertrauensvolles Verhältnis zu erreichen.
- ✓ Achten Sie auf Veränderungen Ihres Kindes, z.B. depressive Verstimmungen, und stellen Sie sich als Ansprechpartner*in zur Verfügung. Gehen Sie mit der Vermutung einer Social-Media-Sucht bedacht um, indem Sie zunächst die Aufklärungsangebote von (regionalen) Suchtberatungsstellen in Anspruch nehmen.

»Nein, alles gut. Die machen nur Spaß.«

Umgang mit Cybermobbing & Hassrede

Der Spagat zwischen Öffentlichkeit und Privatsphäre ist nicht nur schwierig, sondern auch gefährlich. Wer viel von sich preisgibt, wird schnell zur menschlichen Zielscheibe für Mobbing und Anfeindungen oder Hassrede. Wie entsteht Cybermobbing? Was kann dazu führen, dass Ihr Kind selbst anfängt zu mobben? Wieso kursiert in Sozialen Netzwerken so viel Hass? Welche Möglichkeiten gibt es, Ausgegrenzten beizustehen? Gibt es technische Hilfsmittel zum Schutz vor Beleidigungen im Netz? In diesem Kapitel werden die Schattenseiten der anonymen Kommunikation im Netz behandelt sowie die Macht der vielen. Sie bekommen Hinweise, wie Sie Mobbing erkennen können und wie Ihr Kind mit Hasskommentaren im Netz umgehen sollte. In Konfliktsituationen spielt der individuelle Charakter Ihres Kindes zwar eine große Rolle, aber mit ein paar Tricks können Sie Ihr Kind für Achtsamkeit gegenüber sich selbst und anderen sensibilisieren. Und wenn doch mal etwas schiefgeht, sind Sie mit den Tipps zumindest gut vorbereitet.

Nur ein Streich oder schon Mobbing?

In der JIM-Studie 2020 wurden Kinder und Jugendliche zwischen 12 und 19 Jahren gefragt, ob schon einmal falsche oder beleidigende Inhalte über sie selbst verbreitet wurden (über das Handy oder im Internet). 29 Prozent bejahten diese Frage. Hier ist ein Anstieg mit zunehmendem Alter zu beobachten. Die Frage, ob sie schon selbst gezielte Mobbing-Attacken erlebt haben, bejahten insgesamt 11 Prozent – hierbei fast doppelt so viele Mädchen wie Jungen. Und dass jemand anderes im Internet systematisch fertiggemacht wurde, haben insgesamt 38 Prozent der Jugendlichen schon beobachtet.[13] Wir sprechen hier somit nicht über ein Randphänomen, sondern über alltägliche Erfahrungen, die Kinder und Jugendliche in verschiedenen Rollen machen: als Betroffene[14], stille Beobachter*innen, aktive Mitläufer*innen oder Täter*innen.

Konflikte gehören dazu

Kinder und Jugendliche sind sehr anfällig für Konflikte mit anderen – kleine und große Dramen gehören einfach dazu. In einer Zeit, in der sie sich selbst noch finden und ausprobieren müssen, sich mit Gleichaltrigen streiten, wieder vertragen und ihre eigenen Standpunkte vertreten (Letzteres vor allem in der Pubertät), gibt es viel Raum für Reibungen und Uneinigkeit. **Sie lernen voneinander, schauen sich Lebensentwürfe der anderen an, füllen ihr Repertoire an Handlungsmöglichkeiten auf und sammeln Erfahrungen, wie sie sich behaupten oder gezielt zurückstecken können.** In dieser Zeit müssen Fehltritte erlaubt sein, doch diese bleiben oft nicht unbeobachtet. Gefährlich wird es, wenn schon ein kleiner Fehler oder ein etwas unvorteilhaft abgelichtetes Foto große Auswirkungen haben. Wer sich in seinem Umfeld unbeliebt gemacht hat, muss davon ausgehen, dass andere nur auf eine Gelegenheit lauern, um zuzuschlagen. Noch gemeiner und unberechenbarer wird es, wenn Kinder gar nichts falsch gemacht haben und trotzdem in die Schusslinie geraten. Ein gutes Verhältnis zu den Lehrkräften, das Neider*innen hervorruft, Missverständnisse mit Freund*innen, Eifersucht, die Nationalität, die Religion, Kultur und Sprache, das Aussehen oder Behinderungen gehören zu den häufigsten Gründen, die Angriffsflächen für Mobbing bieten.

Die Lage richtig einschätzen

Bei meiner Arbeit in Schulen, aber auch in öffentlichen Verkehrsmitteln und auf öffentlichen Plätzen sind mir schon oft Kinder und Jugendliche begegnet, die sich gegenseitig geärgert und gekabbelt haben und dabei laut und lachend verkündet haben, dass sie gerade gemobbt würden. Grundsätzlich sind solche Situationen immer aufmerksam zu beobachten, da aus Spaß schnell Ernst werden kann. Dennoch wird der Mobbing-Begriff von Kindern sehr inflationär gebraucht, wodurch es schwieriger wird, solche Situationen von außen richtig einzuschätzen. Auch ein breit grinsend herausposauntes »Ich werde gemobbt« muss in jedem Fall ernst genommen werden. Die systematische und wiederholte Vorgehensweise bei Schikanen ist besonders wichtig, um Mobbing von anderen Streitigkeiten zu unterscheiden.

Zudem sind mir schon Mobbing-Fälle begegnet, in denen Eltern ihren Kindern gegenüber eine vorwurfsvolle Haltung eingenommen haben: »Was hast du denn jetzt schon wieder angestellt? Wieso lässt du dich überhaupt ärgern?« Gerade bei Jungen fallen schon mal Sätze wie: »Du bist doch ein Mann, kannst du dich nicht wehren?!« Die Annahme, das Kind würde selbst dazu beitragen, gemobbt zu werden, oder nicht genug gegen das Mobbing unternehmen, könnte kaum schlechter sein. **Sich selbst aus der misslichen Lage zu befreien, ist in den meisten Fällen kaum möglich,** und kein Kind sucht sich aus, gemobbt zu werden, auch dann nicht, wenn es bewusst polarisiert, provoziert oder rebelliert hat.

TIPP:

Machen Sie Ihrem Kind klar, dass Mobbing ein schwerer Vorwurf ist, mit dem nicht zu scherzen ist, und nehmen Sie trotzdem jeden Hinweis ernst. Bedenken Sie: Die meisten Kinder, die gemobbt werden, gehen damit nicht hausieren und berichten davon nicht sofort und lautstark. Hängen Sie gut sichtbar in der Wohnung die »Nummer gegen Kummer« auf (116 111) – eine Hilfshotline für Kinder und Jugendliche, falls Ihr Kind lieber oder zuerst mit außenstehenden Expert*innen sprechen möchte.

Die Online-Komponente bei Mobbing

Sie kennen Mobbing noch vom Pausenhof Ihrer eigenen Schulzeit? Furchtbar. Mobbing war schon immer ätzend. Cybermobbing bringt allerdings weitere unangenehme Aspekte mit ins Spiel. Es meint die Schikane und Ausgrenzung von Personen über technische Geräte – online und offline. Die Angriffe erfolgen über E-Mail oder SMS, durch lästige Anrufe, in Chats, Diskussionsforen, Blogs und auf Foto-/Videoplattformen. Da beinahe jedes Online-Angebot Chats oder Möglichkeiten zum Kommentieren bereitstellt und Gespräche über Messenger-Dienste eine alltägliche Kommunikationsform darstellen, findet auf diesen Wegen am häufigsten Mobbing statt. Die Erscheinungsformen sind vielfältig, z.B. Beleidigungen, Beschimpfungen, Drohungen, (sexuelle) Belästigung, sozialer Ausschluss aus Gruppen oder Stalking. Oft finden diese Formen parallel oder aufeinanderfolgend statt.

Das Publikum ist riesengroß und anonym

Gefahren der Klassenchats

Soziale Netzwerke und Apps bieten die Möglichkeit, schnell und einfach diversen Gruppen gleichzeitig beizutreten. In diesen Gruppen können sich die Teilnehmenden in einem mehr oder weniger geschützten Raum, ohne direkten persönlichen Kontakt, austauschen und miteinander diskutieren. Beinahe jede Schulklasse hat eine solche Gruppe angelegt, und wer da nicht mitmacht, hat von vornherein »schlechte Karten« – das ist mir bei meiner Arbeit immer wieder aufgefallen. In fast jeder Klasse (ab dem 5. Jahrgang quer durch alle Schulformen) gab es nur ein bis zwei Kinder, die nicht in den WhatsApp-Klassengruppen waren, weil sie kein eigenes Smartphone zur Verfügung hatten – für die Mitschüler*innen eher befremdlich. Wer gezielt aus solchen Gruppen ausgeschlossen, also wissentlich und für jeden sichtbar abgedrängt wird, verpasst einen großen Teil der sozialen Anschlusskommunikation, welche nicht nur in den Chatgruppen bleibt, sondern auch in das Offline-Leben (z.B. Schulhofgespräche) übertragen wird.

Raus aus der Klasse, rein in die Welt

Die Themen aus diesen geschlossenen Gruppen werden darüber hinaus in weitere Soziale Netzwerke getragen, sei es zu Instagram, Snapchat oder TikTok, wo die Informationen die reine Klassengemeinschaft verlassen. Der Personenkreis erweitert sich, und Fremde fangen an, sich anonym einzumischen. Diese Anonymität des Publikums macht einen weiteren grundlegenden Charakterzug des Cybermobbings aus. Jede Person kann sich problemlos hinter Pseudonymen verstecken oder gar eine Profilseite unter falschem Namen erstellen. Die gesamte Gruppe der Mobber*innen, Zuschauer*innen und Mitläufer*innen wird so zu einer Masse gesichtsloser Menschen. Durch die technische Distanz zu der gemobbten Person sind verletzende Worte schnell und gedankenlos getippt und verschickt – die Hemmschwelle ist sehr niedrig. Es gibt sogar gezielte Angebote im Netz, die das anonyme Ablästern ermöglichen, z.B. die App Tellonym. Fast alle Jugendlichen in den Schulklassen, die ich besuchte, kannten diese App.

Was ist Tellonym?

Mit der App Tellonym (Wortzusammensetzung aus »tell« und »anonym«, also »erzähl's anonym«) oder auf *tellonym.me* kann Feedback eingeholt werden – zu welchem Thema auch immer. Wer sich auf der Website einen Account anlegt, muss bestätigen, mindestens 17 Jahre alt zu sein (was nicht kontrolliert wird), eine E-Mail-Adresse eintippen (die nicht verifiziert wird) und los geht's: Den Fragen sind keine Grenzen gesetzt: Was ist eure Lieblingsfarbe? Welchen Lipgloss mögt ihr am liebsten? Hattet ihr schon Sex? Wer ist in der Klasse 6 b des Goethe-Gymnasiums in Berlin am unbeliebtesten? Oder: Findet ihr auch, dass Juliane stinkt und dicke Beine hat? Man kann einzelnen Personen/ Freunden folgen und auch gezielte Fragen an die Nutzerinnen und Nutzer stellen – sexuelle Anmache und beleidigende Inhalte stehen dabei hoch im Kurs. Eigentlich geht es darum, anonym all das loszuwerden, was man anderen nicht ins Gesicht sagen möchte. Ob sie anonym bleiben, entscheiden die Nutzer*innen selbst. Mit einem Klick geben sie bei einem Kommentar ihren Klar- oder Nicknamen – je nachdem, wofür Sie sich bei der Registrierung entschieden haben – preis oder auch nicht.

Inhalte verbreiten sich rasend schnell

Posten, teilen und liken machen einen erheblichen Anteil unserer Kommunikationskultur im Internet aus. Fotos, Videos und Sprachnachrichten verbreiten sich wahnsinnig schnell und können in den Weiten des Internets in falsche Hände geraten, abgespeichert und zu einer großen Blamage werden oder gar zu Erpressung durch andere führen. Die Demütigung der betroffenen Person steigert sich dadurch, dass die Verbreitung dieser Bilder kaum gestoppt werden kann und niemand weiß, wer bereits im Besitz dieser Fotos ist. **Wer in so eine Situation geraten ist, kann sehr schnell den Eindruck bekommen, dass es daraus keinen Ausweg gibt.** Raten Sie Ihrem Kind, in Sozialen Netzwerken, Online-Games und Messengern – überall dort, wo Kommunikation möglich ist – die Einstellungen zu wählen, die seine Privatsphäre am besten schützen. Diese gestalten sich sehr unterschiedlich, sodass Sie die Einstellungsmöglichkeiten der jeweiligen Apps und des jeweiligen Geräts aufmerksam durchgehen sollten. Damit kann das Risiko minimiert werden, dass Inhalte missbraucht, z.B. Bilder »lustig« bearbeitet oder Nachrichten gegen Ihr Kind verwendet werden. Eine endgültige Sicherheit gibt es allerdings nicht, da die Gründe für Mobbing sehr banal sein und von der Offline- in die Online-Welt getragen werden können.

Es gibt keinen Rückzugsraum

Besonders quälend für Betroffene ist die Tatsache, dass sie sich den Schikanen nicht entziehen können. Cybermobbing findet überall und rund um die Uhr statt. Während Mobbing auf dem Schulhof zumindest im geschützten Elternhaus ein Ende findet, sind das Smartphone, das Tablet oder der Laptop stets allgegenwärtig. Das Ausschalten der Geräte schützt davor, die Schikanen und Beleidigungen direkt mitzubekommen, und dennoch laufen sie im Hintergrund weiter. Ich habe schon häufiger die Erfahrung gemacht, dass Eltern mit »Geh' doch einfach aus den Netzwerken raus« reagierten. Das ist einfacher gesagt als getan. Wie schon in dem Kapitel »Selbstdisziplin vs. Angst, etwas zu verpassen« beschrieben, erfahren Jugendliche neben Ausgrenzung auch Anschluss über Soziale Medien. Auch die Kommunikation mit Freunden und Verbündeten findet über exakt dieselben Kanäle statt. Sich weiterhin online auszutauschen, kann somit Segen und Fluch zugleich sein. Spätestens nach dem Einschalten der Geräte erscheinen alle verpassten Nachrichten ohnehin auf einen Schlag.

Es gibt auch Mischformen von »analogem« und »digitalem« Mobbing: Da beginnen die Schikanen z.B. in der Schule oder im Sportverein und werden online weitergeführt, oder sie beginnen online und weiten sich auf das Offline-Leben aus, da auf dem Schulhof darüber gesprochen wird, was in Sozialen Netzwerken oder Messengern passiert ist. Bauen Sie ein vertrauensvolles Verhältnis zu Ihrem Kind auf: Drängen Sie sich nicht auf, aber signalisieren Sie, dass Sie vorwurfs- und urteilsfrei zur Verfügung stehen, wenn es ihm nicht gut geht. **Sprechen Sie die Gruppenleiter*innen (z.B. Klassenlehrer*innen oder Vereinstrainer*innen) darauf an, dass diese klare Verhaltensregeln für die jeweiligen Chats mit den Jugendlichen festlegen müssen, und tauschen Sie sich mit anderen Eltern darüber aus.** Wann immer Erwachsene von Chatgruppen wissen, sollten sie aufmerksam für die Dynamiken darin bleiben. Fragen Sie Ihr

Kind, in welchen Gruppen es aktiv ist oder mitliest. Womöglich antwortet es nicht ganz wahrheitsgetreu (ist eben privat), doch wenn das Vertrauensverhältnis gut ist, bekommen Sie vielleicht Hinweise auf das soziale Umfeld, von denen Sie bislang nichts wussten.

Wie werden Jugendliche zu Mobber*innen?

»Mein Kind macht so etwas nicht.«

Die Grenze zwischen Täter*innen und Mitläufer*innen kann nicht immer klar gezogen werden, da Mitläufer sich beispielsweise aus Selbstschutz am Mobbing beteiligen, um selbst nicht zu Betroffenen zu werden. Andere genießen wiederum das Machtgefühl und die Zugehörigkeit zu einer Gruppe, die ihre Ansichten teilt. Dabei spielt es keine Rolle, ob das Mobbing in Form von körperlicher Überlegenheit oder über psychische Belästigung ausgeführt wird – beides ist für die Betroffenen schrecklich. Aber eines ist klar: Ohne Angreifer*innen gäbe es kein Mobbing. Dass Ihr Kind selbst mitmacht oder gar zum Täter/zur Täterin wird, ist gar nicht so unwahrscheinlich – damit müssen Sie immer rechnen. Das heißt noch nicht, dass Ihr Kind ein schlechter Mensch ist. Mögliche Ursachen für Mobbing können banale Aspekte sein wie z.B. die eigene Unzufriedenheit in Situationen, in denen Konkurrenz oder Wut auf andere und Neid herrscht. Vielleicht ist Ihr Kind sogar selbst geärgert oder gar gemobbt worden und möchte sich nun rächen oder die Erfahrungen auf diese Weise verarbeiten.

»point of no return«

Auch ein kleiner Spaß kann eskalieren. Wenn Ihr Kind beispielsweise merkt, dass ein Witz auf Kosten anderer gut ankommt und andere mitlachen, kann es Gefallen daran finden, diese Form von Anerkennung zu genießen. Bis der »point of no return« erreicht ist, also eine Situation oder ein Zeitpunkt, an dem es kein Zurück mehr gibt, weil das ein Zeichen von Schwäche wäre. Zudem können eigene Ängste und Schwächen wunderbar überspielt werden, wenn die der anderen hervorgehoben werden. Es kann sich darüber hinaus der Wunsch entwickeln, die Situation auszureizen, wenn man mit einem gewissen Verhalten »durchkommt« und kein größerer Schaden zu erwarten ist. Viele dieser Wünsche und Defizite haben allerdings im Lebensumfeld des Kindes ihren Ursprung: Das Verhältnis zu Geschwistern und Eltern spielt eine massive Rolle sowie der Umgangston innerhalb der Familie. Die psychologischen Ursachen können Sie selbst nur schwer herausfinden, zumal Sie die Beziehungen zu Freund*innen und Familienmitgliedern analysieren müssten. Wenn Ihr Kind mobbt, sollten Sie sich deshalb gleich an Beratungsstellen wenden (diese finden Sie am Ende dieses Kapitels).

Ein Gesetz, nach dem Cybermobbing (als für sich stehende Straftat) bestraft werden könnte, gibt es bislang noch nicht, und das macht es für die Betroffenen schwierig, strafrechtlich dagegen vorzugehen. **Einzelne Handlungen aus dem Gesamtkonstrukt können aber nach Strafgesetzbuch rechtlich belangt werden, z.B. Beleidigung, üble Nachrede, Verleumdung, Nötigung, Erpressung oder Stalking.**

Motive von Mobber*innen

- chronische Langeweile bekämpfen
- Macht und Stärke demonstrieren
- Kontrolle übernehmen
- Selbstwirksamkeit, d.h. Resultate des eigenen Handelns spüren
- Rache ausüben
- Ärger, Wut oder Frust ablassen
- erfahrene Ungerechtigkeit ausgleichen
- Sündenböcke für die eigene Unzufriedenheit finden
- Angst, Schwäche oder Ohnmachtsgefühle kompensieren
- Konkurrenzgefühl oder Neid überspielen
- eine Gruppe anführen
- soziale Anerkennung und Ansehen durch Mitläufer bekommen
- eigene Mobbing-/Gewalterfahrungen kompensieren

- Anonymität als Schutzraum für die eigene Meinung nutzen
- stigmatisierte Gruppen und Minderheiten abwerten
- Fremden- oder Männer-/Frauenfeindlichkeit ausdrücken

Entstehung von Hassrede im Netz

Wie aus dem Nichts?

Im Netz kann man es nie allen recht machen. Das ist schlicht nicht möglich, dafür mischen viel zu viele individuelle Persönlichkeiten mit. Das zu verstehen, ist für Ihr Kind schon ein großer Schritt, um den Stress zu verarbeiten, wenn es selbst in hitzige Diskussionen oder in die Schusslinie von Beleidigungen oder Beschimpfung geraten ist. Wer sich aus irgendwelchen Gründen unbeliebt gemacht hat, bekommt natürlich den meisten Hass ab, aber es ist wie auch beim Mobbing: Sogar ein Satz wie »Morgen soll die Sonne scheinen!« kann zu Reaktionen führen wie: »Bist du jetzt die Wetterfee, oder was?« Und dieses Beispiel ist noch harmlos, denn tatsächlich ist die Skala fieser Beschimpfungen nach oben hin offen. Hassrede umfasst nicht selten auch Gewalt- und Mordandrohungen. Je öffentlicher das eigene Leben auf Social Media dargestellt wird, desto größer die Angriffsfläche. Wirklich alles kann zu Hassrede und Shitstorms führen.

Beleidigung, Shitstorm oder Hassrede?
Ein »Shitstorm« beschreibt einen heftigen, sturmartigen Schwall der Empörung und Kritik, oft in Form von Beleidigungen, negativ formulierten Hashtags, Dislikes und anderen Mitteln der Sozialen Medien. Sie treffen meist Personen des öffentlichen Lebens oder Unternehmen, als Reaktion auf eine Handlung, die viele Menschen verärgert hat. Aber auch Kritik gegenüber eher unauffälligen Einzelpersonen kann zu massiven Shitstorms anwachsen, wenn sich die pöbelnden Personen gegenseitig anheizen. »Hassrede« (oder: Hatespeech) geht weit über eine Welle von Empörung und (konstruktiver) Kritik hinaus, äußert sich dem Fehltritt einer Person gegenüber unverhältnismäßig heftig und trifft zudem häufig Personen, die überhaupt nichts falsch

gemacht haben. Eine einmalig ausgesprochene Beleidigung einer Einzelperson ist vielleicht noch relativ leicht wegzustecken, ein Shitstorm oder wiederkehrende Hasstiraden dagegen können der Psyche oder dem Image der Betroffenen beträchtliche Schäden zufügen. Den Sturm an Entrüstungen zu verhindern oder zu stoppen, ist – wenn er einmal in Fahrt gekommen ist – nur schwer möglich.

Wen trifft Hassrede?

Besonders anfällig für Hassnachrichten samt Morddrohungen sind Politikerinnen und Politiker, was natürlich daran liegt, dass jede ihrer Handlungen strengstens beobachtet wird und sie in hitzigen Debatten zum Spielball werden. Auch Homosexuelle, Transsexuelle, Migrant*innen und Menschen mit Behinderung werden oft mit Hassnachrichten überschüttet. Es kann alle treffen, die öffentlich etwas von sich zeigen. Niemand, der/die Inhalte im Netz veröffentlicht, kann sich zu 100 Prozent vor Mobbing oder Hass schützen. Dies ist mitunter ein Grund dafür, wieso ich vielen Sozialen Netzwerken größtenteils abgeschworen habe: Neid, Missgunst, Lügen und Hass haben eine viel zu große Spielfläche bekommen. Doch gänzlich auf die aktive Nutzung Sozialer Netzwerke zu verzichten, ist definitiv nichts, was ich Jugendlichen empfehlen möchte, denn es löst das Problem nicht. Auch die Möglichkeit, Hasskommentare zu melden, macht die Anfeindungen nicht ungeschehen. Es wird längst wissenschaftlich untersucht, wieso so viele Menschen ihren Hass im Netz verbreiten. Die Gründe sind ähnlich wie beim Mobbing: Langeweile, Unzufriedenheit, das Bedürfnis, Macht zu demonstrieren – vieles kann dazu führen, andere fertigmachen zu wollen. **Ganz entscheidend ist jedoch die vermeintliche Anonymität, hinter der sich die Hater*innen verstecken, wodurch ihre Hemmschwelle sinkt** (vermeintlich, denn im Rahmen der Strafverfolgung kann man ihnen trotzdem auf die Schliche kommen).

TIPP:
Sie können eine effektive Übung mit Ihrem Kind durchführen, um die sinkende Hemmschwelle im Netz zu verdeutlichen, benötigen dafür aber eine weitere Person. Beide sollen fiese Nachrichten aufschreiben, die sie jemandem anonym schicken würden, wenn sie so richtig wütend auf ihn wären. Anschließend die Überraschung: Sie sollen sich gegenseitig diese beleidigenden Nachrichten vorlesen bzw. ins Gesicht sagen. Die wenigsten Kinder trauen sich, ihrem Gegenüber etwas richtig Gemeines geradeheraus zu sagen. Als Botschaft sollte ankommen: Schreibe anonym nie etwas, das du jemandem nicht auch von Angesicht zu Angesicht sagen würdest.

Kontern oder schweigen?

Verantwortung übernehmen

Der effektivste Weg, den Hass im Netz zu durchbrechen, ist, mit gutem Beispiel voranzugehen, selbst keinen Hass zu verbreiten und einen Selbstschutzmechanismus zu entwickeln, indem man Hassbotschaften und nicht konstruktive Kritik selbstbewusst an sich abprallen lässt. **Sie müssen Ihrem Kind immer wieder klar machen, welche Verantwortung es für das trägt, was im Netz passiert. Das Internet ist kein rechtsfreier Raum, sondern ein sozialer Ort mit Regeln und Gesetzen.** Meine ganz persönliche Faustformel für den Umgang mit Hassnachrichten ist: Bei Sterne-Bewertungen im Netz, z.B. für Produkte, Dienste, Reisen usw., darf man nie den guten Bewertungen vertrauen (sie sind sehr oft gefälscht/gekauft)[15], bei Kommentaren ist es dagegen oft umgekehrt: Da sollten hauptsächlich die guten, lobenden Kommentare beachtet werden. Natürlich sollte man negative Kritik auch ernst nehmen, aber nur die konstruktiven Kommentare, denn anfeindende Nachrichten haben keinen Wert. Häufig sind Hassnachrichten sogar gefälscht, nämlich dann, wenn Social Bots am Werk sind.

Was sind »Social Bots« oder »Chat Bots«?

»Social Bots« (englische Kurzform von »sozialer Roboter«) sind, genau wie »Chat Bots«, Algorithmen, die mit Menschen in Kontakt treten, also automatisierte Dialogsysteme. Letztere sind z.B. bei Kundenservices von Online-Shops oder anderen Diensten sehr verbreitet: Da sich Kundenanfragen oft ähneln, werden Antworten vorprogrammiert, die möglichst gut auf verschiedene Situationen passen, wodurch seltener reale Servicemitarbeiter*innen eingesetzt werden müssen. Bots können so gut programmiert werden, dass sie Wörter und ganze Sätze selbst erstellen können. Natürliche Personen können sich dadurch mit den Algorithmen unterhalten, ohne zu merken, dass sie es mit »unechten« Menschen zu tun haben. In Sozialen Netzwerken werden Bots eingesetzt, um die Kommunikation zu einem Thema anzuregen, hitzige Diskussionen zu befeuern oder Falschnachrichten zu verbreiten. Indizien, die auf einen Social Bot hindeuten, sind z.B. Profile, die erst kürzlich angelegt wurden, selbst keine Follower haben, aber schon viele Beiträge in kurzen Abständen geteilt haben. Auch ungewöhnlich schnelle Antworten deuten auf einen Bot hin. Bots sind aber keineswegs immer schlecht, auch ich setze einen ein: Da ich zwei Mikro-Blogging-Dienste gleichzeitig bespiele und nicht immer Lust habe, meine Beiträge doppelt zu schreiben, nutze ich einen »Crossposter«, der meine Twitter-Beiträge zeitgleich zu Mastodon spiegelt – auch das ist ein Bot, im weiteren Sinne ein Social Bot.

Wirksamkeit von Gegenrede

Wer in hitzigen Diskussionen zu Gegenrede (»Counterspeech«) ansetzt, hat die Möglichkeit, sich klar zu positionieren, sich und andere zu verteidigen, das bisher Gesagte zu relativieren oder zu korrigieren, die Gegenpartei zu irritieren und andere Menschen zur Meinungsäußerung zu animieren. Gegenrede wird eingesetzt, um eine Situation zu deeskalieren, und auch das Signalisieren von Empathie, Verständnis und Solidarität gegenüber den Betroffenen sind wichtige Aspekte in Streitsituationen. Dabei ist jedoch viel Fingerspitzengefühl gefragt, da durch Gegenrede auch »Öl ins Feuer gegossen« werden kann und Diskussionen weiter eskalieren können. Eine Studie aus dem Jahr 2021 zeigt, dass nur rund ein Viertel der befragten Jugendlichen zwischen 14 und 24 Jahren Gegenrede als wirksam empfindet. Im Hinblick darauf, wie viele Jugendliche in dieser Altersgruppe bereits Hass im Netz mitbekommen haben (98 Prozent), ist diese Einschätzung von Gegenrede als wenig wirksam sehr ernüchternd.[16]

Reflektieren und sachlich argumentieren lernen

Grundsätzlich sollte es niemandem verwehrt bleiben, seine eigene Meinung zu äußern und in einem Diskurs Stellung zu beziehen, denn die freie Meinungsäußerung ist zentral für unsere demokratischen Werte. Doch gerade bei Kindern und Jugendlichen, die noch im Begriff sind, Argumentationsstrategien zu entwickeln und ihre rhetorischen Kompetenzen auszubauen, kann es ratsam sein, auf Abstand zu bleiben. Konkret: Manchmal ist in solchen Situationen schweigen die bessere Wahl. Hier ist – wie so oft – ein gesundes Mittelmaß zu finden. Damit Kinder langfristig gesehen einen sinnvollen Beitrag in hitzigen Diskursen beisteuern können, sollten Sie mit ihnen zusammen üben, brisante Themen zu reflektieren und die eigene Position mit starken, sachlichen Argumenten zu untermauern. Dieser Lernprozess findet gleichzeitig auch in der Schule statt, sodass Sie nicht allein für die Reflexionsfähigkeit und argumentative Schlagfertigkeit Ihres Kindes verantwortlich sind. Sie können den Lerneffekt aber unterstützen, indem Sie ganz alltägliche Situationen aufgreifen. Wann immer verschiedene Positionen aufeinandertreffen, sollten Sie gemeinsam üben: kurz innehalten, das Gemüt beruhigen, um Emotionalität und Affekthandlungen zu minimieren, die nächsten zwei bis drei Argumente vorbereiten und – falls in der Situation möglich – eigene Sachargumente noch einmal überprüfen, bevor versehentlich falsche Informationen oder Halbwahrheiten ins Spiel kommen.

Freundlich kommunizieren üben

Natürlich ist es illusorisch, dass diese Vorgehensweise immer gelingen wird, denn Emotionalität, Temperament und individuelle Charakterzüge (z.B. Sturheit) spielen in Diskussionen stets eine große Rolle, vor allem in der Pubertät. Doch wenn Sie sich die oben genannten Punkte immer wieder in Erinnerung rufen und einfach »dranbleiben«, können Sie eine höhere Sensibilität für Streitgespräche erreichen. **Allein schon, um besser einordnen zu können, ob es sich »lohnt«, zur Gegenrede anzusetzen oder ob überhaupt keine sachliche Basis für einen Austausch auf gleicher Augenhöhe vorhanden ist.** Was an dieser Stelle nicht unter den Tisch fallen darf: Die Kommunikationskultur in der Familie ist für Ihr Kind sehr prägend, weil es sich Handlungsweisen und Strategien der anderen Familienmitglieder abschaut. Es ist also ratsam, immer die eigene Vorbildfunktion mitzudenken, auch wenn dies in Streitsituationen leichter gesagt als getan ist.

> **TIPP:**
> Schauen Sie sich mit Ihrem Kind gemeinsam ein paar Videos (zu Themen, die Sie selbst umtreiben) an und blicken Sie in die Kommentare darunter (z.B. bei YouTube). Entscheiden Sie gemeinsam, welche Kommentare schön sind, welche besonders fies und welche nicht sonderlich konstruktiv. Mit welchen Kommentaren können die Produzent*innen dieser Videos wirklich etwas anfangen, um sich zu verbessern, und welche zielen eindeutig nur darauf ab, Hass und Hetze zu verbreiten? Wenn Sie Ihrem Kind besonders hetzerische Kommentare zeigen möchten, können Sie gezielt Videos zu jedem beliebigen politischen Thema nehmen.

Jugendschutz durch technische Kontrollen

Technische Wunderwaffen? Vielleicht fragen Sie sich nun: »Wenn ich mein Kind nur eingeschränkt schützen kann, wieso macht dann niemand etwas dagegen im Netz?« Die Antwort ist klar: Es gäbe schon jetzt – mehr oder weniger effektive – technische Möglichkeiten, um gegen fiese Inhalte im Netz und sogar gegen Falschnachrichten vorzugehen. Neben der Möglichkeit, Beleidigungen und Hassrede in Social Media in Einzelfällen zu melden (hierauf müssen die Anbieter von Social-Media-Plattformen seit Einführung des Netzwerkdurchsetzungsgesetzes im Jahr 2017 verpflichtend reagieren), wird seit einigen Jahren versucht, weitere gesetzliche Kontrollen einzurichten. Diese sollen falsche Nachrichten, beleidigende oder schädliche Inhalte automatisch erkennen und löschen, z.B. durch sogenannte Upload-Filter. Auch die Überprüfung der Identität von Internet-Nutzer*innen – somit die Erleichterung von Strafverfolgung – kommt immer wieder auf verschiedenen Wegen ins Gespräch.[17] Der Schutz von Kindern und Jugendlichen steht dabei oft ganz oben auf der Argumentationsliste für technische Filtersysteme, denn wo es um Kinder geht, ist meist schnell allen klar, dass diese besonders geschützt werden müssen.

»Content Cleaning« Die Schattenseite daran: Um technisch filtern zu können, müssen enorme Datenmengen ausgewertet und Milliarden Nachrichten mitgelesen werden. Irgendjemand muss dann darüber entscheiden, ob eine Nachricht wahr oder unwahr ist und ob sie beleidigend ist oder nicht, ob sie anderen schadet oder nicht. Auch wenn es z.B. bei Facebook, YouTube, TikTok und Twitter noch immer Menschen gibt, die gewaltverherrlichende, pornografische oder anderweitig unerwünschte Beiträge manuell löschen[18] (und daran selbst psychisch zugrunde gehen), können die Massen an Nachrichten nur noch mit Algorithmen kontrolliert werden.

Was ist ein Algorithmus?
Ein Algorithmus ist eine Abfolge von einzelnen Schritten, die nacheinander ausgeführt werden, sodass ein komplexer Bauplan entsteht. Es gibt dafür ein ganz einfaches und analoges Beispiel, das in vielen Familien die Regel ist: Erst die Hände waschen, dann an den Esstisch setzen. Ein konkreter Handlungsschritt, eine konkrete Bedingung, um ein Problem zu lösen. Wenn aber die Seife zum Händewaschen aus ist, wird das »Problem« schon größer. Dann kommen weitere Schritte dazu, z.B. neue Seife aus dem Vorratsschrank zu holen. Erst wenn die Seife besorgt ist, können die Hände gewaschen werden und erst dann gibt es Essen. Befindet sich der Seifenvorrat im Keller, muss das Kind erst die Treppe hinuntergehen, die Seife aus dem Regal nehmen, falls noch welche da ist, wieder hochgehen usw. Eine Software (z.B. eine App) umfasst oft Hunderte von Algorithmen mit jeweils Hunderten Bedingungen, die innerhalb von Millisekunden ausgeführt werden.

Können Algorithmen denken?

In Bezug auf Filtersysteme geht ein Algorithmus Hunderte verschiedener Kriterien durch (immer mit dem Ergebnis ja/nein, bzw. wahr/falsch), um herauszufinden, ob der Inhalt einer Nachricht oder eines Bildes den vorgegebenen Kriterien entspricht. Ein bisschen wie bei dem Ratespiel »Wer bin ich?«, bei dem man erraten muss, welche berühmte Persönlichkeit auf dem Notizzettel steht, der auf der eigenen Stirn klebt – nur eben wesentlich komplexer. Aber wer ist wirklich in der Lage zu entscheiden, wie solch ein Algorithmus programmiert werden soll und welche Nachrichten er herausfiltern darf? Wieso sollten Unternehmen wie Facebook oder Twitter so etwas allein entscheiden? Und wie können wir darauf vertrauen, dass die Algorithmen die »richtigen« Inhalte blockieren? Wie hoch ist die Fehlerrate? Können Algorithmen überhaupt Kunst, Humor, Spaß, Polemik und Satire verstehen? **Es gibt längst Forschungen, die gezeigt haben, wie diskriminierend oder ras-**

sistisch Algorithmen arbeiten, schließlich »lernen« Künstliche Intelligenzen anhand einer Datenbasis, die ihnen zur Verfügung gestellt wird, welche wiederum nach Menschenlogik aufgebaut wird (Raster- und Tabellendenken, Festlegung von Kategorien und Variablen).[19] Was macht das mit unserer Presse- und Meinungsfreiheit? Was passiert, wenn diese Macht der Nachrichtensteuerung missbraucht wird? Auch der technische Jugendschutzfilter JusProg muss unter diesen Aspekten hinterfragt werden.

Was ist JusProg?
JusProg (kurz für »Jugendschutzprogramm«) ist eine Filtersoftware, die kinder- und jugendgefährdende Inhalte beim Surfen im Netz blockiert. Sie wird für alle gängigen Betriebssysteme angeboten (Android, iOS, Windows, MacOS und Linux) und lässt sich auf das Alter Ihres Kindes einstellen. Websites, die von der Bundesprüfstelle für jugendgefährdende Medien (BJM) als problematisch eingeschätzt wurden, werden blockiert. Websites, die von der Kindersuchmaschine fragFINN (stark eingeschränkte Suchmaschine ohne Werbung) als unbedenklich eingestuft wurden, werden freigegeben. Die Positiv- und Negativlisten lassen sich individuell erweitern. Für Website-Betreiber besteht allerdings keine Pflicht, ihre Seiten mit einer Alterskennzeichnung zu versehen, und Seiten, bei denen keine Alterseinstufung erkennbar ist, werden von JusProg automatisch geblockt.

Wo beginnt Zensur?

Das übermäßige Blocken (»Overblocking«) von Seiten, die für das Kind vielleicht interessant und lehrreich gewesen wären, kommt meiner Ansicht nach einer leichten Form der Zensur gleich, zumindest ist es eine unnötige Beeinträchtigung bei der Suche nach Informationen. Anbieter, die jugendgefährdende Inhalte einbinden (z.B. Werbung, Glücksspiel und pornografische Inhalte), wissen wiederum, dass solch ein Filter existiert, und setzen entsprechend falsche Alterskennzeichen ein, um gesetzeskonform zu bleiben und weiterhin bestehen zu dürfen. Der Nutzen von JusProg – meines Wissens bereits das beste Programm seiner Art – ist also fraglich. Für jüngere Kinder, etwa unter 12 Jahren, ist die Software vielleicht sinnvoll, bei älteren Kindern sollte meiner Meinung nach aufklärend vorgegangen werden. Sie gelangen ohnehin auf anderen Wegen an die gewünschten Inhalte, wenn sie das wollen.

Kein gutes Beispiel für Jugendschutz

Eine sehr besorgniserregende technische Lösung zum Schutz von Kindern und Jugendlichen namens Gaggle wird bereits an Schulen in Texas (USA) eingesetzt: Die gesamte Kommunikation, die über die schulische E-Mail-Adresse der Kinder läuft (u.a. jede Hausaufgabe, jeder Aufsatz und die Kommunikation unter Schüler*innen), wird gescannt und auf Wörter durchsucht, die Mobbing, Waffengewalt oder Suizid andeuten könnten. Nutzen die Schülerinnen und Schüler die Mailadresse darüber hinaus, um sich privat in Sozialen Netzwerken anzumelden, werden auch die Benachrichtigungen durchsucht, die aus diesen Apps stammen. Registriert der Algorithmus eine potenzielle (selbst-)schädigende Handlung, prüft ein*e Mitarbeiter*in den Fall und leitet die Meldung an die Eltern, die Schule und/oder die Polizei weiter. Von Schüler*innen aufgenommene Pornografie oder Gewaltvideos werden ohne Umwege an das »National Center for Missing and Exploited Children« geschickt, eine Organisation der US-Regierung, die Datenbanken mit pornografischen Inhalten führt. Kaum auszumalen, was das für Jugendliche bedeuten muss, die sich »ungestört« mit Gleichaltrigen unterhalten oder gar in Sexting ausprobieren (mehr dazu im Kapitel »Worst case: Nacktfotos im Netz«). Zu den Wörtern, bei denen Alarm geschlagen wird, gehören übrigens auch »queer« (nicht heterosexuell), »lesbian« (lesbisch), »gay« (schwul), »knife« (Messer), »drunk« (betrunken), »damn« (verdammt), »fuck« (scheiße), »sex« und weitere Wörter aus Textpassagen jedes zweiten Popsongs.[20] **Diese Schutzmaßnahme greift in das Recht von Kindern auf Privatsphäre sowie die individuelle Entfaltung massiv ein und kommt beinahe einer Komplettüberwachung gleich.** Hierzulande wäre so etwas nicht denkbar, und das verdanken wir unter anderem unseren Datenschutzgesetzen wie der Europäischen Datenschutz-Grundverordnung, kurz: DSGVO.

Technik ersetzt nicht die Aufklärung

Technische Filterlösungen müssen also aus guten Gründen genauestens unter die Lupe genommen werden und dürfen nicht leichtfertig eingesetzt werden. **Es führt somit kein Weg daran vorbei, weiterhin präventiv an schädliche Inhalte im Netz heranzugehen und an die Vernunft von Jugendlichen zu appellieren.** Sie müssen Verantwortung für sich und andere übernehmen, was nur durch einen empathischen und achtsamen Umgang mit anderen erreicht werden kann. Diesen lernen sie aber nicht erst in digitalen Sozialen Netzwerken, sondern in analogen, sozialen Netzwerken: von klein auf in der Umgebung von Freunden und Familie.

Motive von Hater*innen

Diese sind vergleichbar mit denen von Mobber*innen, da Mobbing und Hassrede oft Hand in Hand gehen oder das eine aus dem anderen resultiert. Dazu kommt:

- starke Meinung präsentieren
- recht behalten
- extreme, politische Meinungen kundtun (z.B. links- oder rechtsradikale)
- eigene Überzeugung durchsetzen
- Personen gezielt diffamieren
- Verschwörungserzählungen verbreiten
- Zuspruch durch Mitschwimmen auf Empörungswelle erhalten

Checkliste

Was können Sie für Ihr Kind tun?

- ✓ Lassen Sie ruhig mal Infomaterial zu Mobbing und Hass herumliegen und notieren Sie gut sichtbar (z.B. am Kühlschrank) Nummern von Vertrauenspersonen zu diesem Thema und die »Nummer gegen Kummer« (116 111).
- ✓ Haken Sie nach, ob Ihr Kind in Sozialen Netzwerken und Messengern alle Einstellungen durchgegangen ist und die privatsphärefreundlichsten gewählt hat, um das öffentliche Publikum möglichst klein zu halten.
- ✓ Werden Sie Ihrem Kind gegenüber durch zu häufiges Nachfragen nicht aufdringlich, aber versuchen Sie, mit ihm im Gespräch zu bleiben, ihm zu signalisieren: »Ich bin für dich da, wenn du mich brauchst.«
- ✓ Achten Sie darauf, ob sich Ihr Kind anders verhält als sonst (z.B. besonders verschlossen, reizbar oder aggressiv ist). Nicht jede Verhaltensänderung deutet auf etwas Schlimmes hin, aber Sie sollten wachsam sein.
- ✓ Bedenken und respektieren Sie, dass es nicht leicht ist, sich einfach offline zurückzuziehen – auch nicht, wenn Mobbing und Hass bereits online lodern.
- ✓ Bei Verdachtsfällen: Reagieren Sie schnell! Mobbing und Hassrede können unerträglich sein und sich vom einen auf den anderen Tag massiv verschlimmern. Bieten Sie andere Vertrauenspersonen als sich selbst zum Gespräch an.
- ✓ Holen Sie eine professionelle Beratung ein, wenn Sie nicht weiterwissen, z.B. auf *mobbing-schluss-damit.de,* beim Kinderschutzbund oder bei regionalen Beratungsstellen.

https://mobbing-schluss-damit.de/erste-hilfe

»Mama, ich will Influencer*in werden!«

Ein Balanceakt zwischen Privatsphäre und Öffentlichkeit

Vielleicht kommt Ihnen jetzt spontan der Gedanke: »Na toll, hat das Kind keine besseren Ambitionen? Influencer*in oder YouTube-Star werden zu wollen, ist doch keine ernsthafte Tätigkeit! Das Kind soll etwas Vernünftiges lernen.« Was macht Social-Media-Stars so beliebt bei Jugendlichen? Lässt sich in Sozialen Netzwerken tatsächlich viel Geld verdienen? Was muss man können, um erfolgreich zu werden? Mit welchen Rollen- und Körperbildern werden Kinder im Netz tagtäglich konfrontiert? In diesem Kapitel werden beide Seiten beleuchtet, sowohl die der Content Creator*innen (Ersteller*innen von Inhalten) als auch die der Follower (Zuschauer*innen und Fans). Sie erhalten Tipps, wie Sie die Träume Ihres Kindes ernst nehmen und auf eine respektvolle Art und Weise unterstützen können. Außerdem werfen Sie einen Blick hinter die Kulissen von Influencer*innen, samt aller Herausforderungen, Gefahren und Vorzüge des Jobs. Mit diesem Wissen gewappnet, stehen Sie den Berufswünschen Ihres Kindes auf Augenhöhe gegenüber und können es auf einem sinnvollen Berufsweg begleiten.

Vorbilder im Netz

Promis hautnah

Social-Media-Stars sind für viele Jugendliche heute Vorbilder und lassen ihre Fans hautnah an ihrem Leben teilhaben. Die Stars bauen eine besondere Beziehung zu ihren Anhänger*innen auf, sodass es sich für sie so anfühlt, als gebe es da freundschaftliche Verbindungen. Die Erlebnisse auf Social Media kommen einem Backstage-Besuch bei der Lieblingsband nahe, und zwar 24 Stunden am Tag. Diese Form der Öffentlichkeit bringt für die Prominenten Vor- und Nachteile mit sich. Auf der Chancen-Seite lassen sich Ruhm und ein prall gefülltes Bankkonto verbuchen. Auf der Schattenseite stehen Neid, Missgunst, jede Menge Hass und vor allem der Verlust der Privatsphäre. Nach außen sind die Schwierigkeiten und Probleme nur selten sichtbar. Die Zuschauerinnen und Zuschauer blicken zu ihren Online-Idolen auf und orientieren sich an ihnen. Das kann positive Anreize bei Jugendlichen setzen, Interessen verstärken und kreative Prozesse anregen. Da jeder große Star mal klein angefangen hat, malen sich Jugendliche ähnliche Chancen für sich selbst aus.

Das scheinbar perfekte Leben der Stars

Ein prägnantes Beispiel für das öffentliche Leben von Social-Media-Stars: Die Trennung des YouTube-Traumpaars Bianca (Bibi) und Julian Claßen im Mai 2022. Zehn Jahre lang teilte das Paar (in Sozialen Netzwerken als »BibisBeautyPalace« und »Julienco« bekannt) sein privates Leben online. Sie machten zudem Werbung für verschiedene Produkte, berichteten über Reisen, die für sie gesponsert wurden, und hielten ihre Follower mit kleinen Challenges und anderem witzigen Content bei Laune – jeden Tag zeigten sie ihren »Lifestyle«. Ein attraktives, junges und lustiges Paar, teure Reisen ins Paradies, zusehends immer größer werdender Reichtum, eine Traumhochzeit, mehrere Hauskäufe und Zuwachs von zwei supersüßen Kindern: die perfekte Liebes- und Lebensgeschichte. Worum es inhaltlich in ihren Videos und Podcasts ging, war eher zweitrangig. Doch dann die plötzliche und von zahlreichen Gerüchten begleitete Trennung. Bei Twitter habe ich von einer Lehrerin gelesen, die dieses einschneidende Ereignis, samt aller Gerüchte und der Echtheitsprüfung dieser Meldung, sogar kurzerhand in ihren Unterricht eingebaut hat, da mit den aufgeregten Schüler*innen ohnehin kein normales Lernen möglich gewesen wäre.[21] Falls Sie sich noch an die hysterischen Zustände bei der Auflösung der Boyband »Take That« erinnern, dann können Sie in etwa einordnen, welchen Tumult die Trennung von Bibi und Julian in Fankreisen ausgelöst hat. Wir sprechen hier übrigens von über 12 Millionen Followern insgesamt.

Alte (Traum-)Jobs in neuem Gewand

Was wollten Sie damals werden? Sänger*in, Astronaut*in, Schauspieler*in, Fußball-Profi? Bis auf Einzelfälle haben Sie damit wahrscheinlich keine offenen Türen bei Ihren Eltern eingerannt, oder? Schließlich handelt es sich um eher unrealistische Berufe, wenn sich das Talent und das Engagement dafür nicht bereits in frühen Jahren deutlich abgezeichnet haben. Dennoch: **Kinder müssen Träume haben, um ihre Identität zu entwickeln, Interessen zu formen, Selbstbewusstsein, Selbstständigkeit und Motivation aufzubauen.**

Wie wird man Influencer*in?

Während viele Personen des öffentlichen Lebens versuchen, ihr Privatleben aus den Medien herauszuhalten, ist die Zurschaustellung ganz persönlicher Lebensumstände – quasi ein öffentlich geführtes Tagebuch – genau das Ziel von Stars bei Instagram, TikTok, YouTube und Co. Viele ihrer Tätigkeiten unterscheiden sich nicht großartig von Berufen, die mit Schauspielerei, einer Gesangskarriere oder anderen künstlerisch-kreativen Berufen zu tun haben. Aber die Bühne und die Zugänge zu künstlerischen und öffentlichkeitswirksamen Berufen haben sich stark gewandelt. Ein Viertel der neuen Musikstars kommt von TikTok: Talentierte Künstler*innen werden dort entdeckt, von Management-Teams aufgenommen und beim Aufbau ihrer Karriere unterstützt.[22] Model- oder Fitnesskarrieren beginnen oft mit Fotos auf Instagram, wie beispielsweise das umfassende Geschäft rund um Sport, Fitness und Gesundheit von Pamela Reif. Gaming-Profis und sogenannte E-Sportler sind vor allem auf Twitch oder YouTube zu finden. Bekannte Superstars der Gaming-Branche sind beispielsweise »Gronkh« (Erik Range) oder »Paluten« (Patrick Mayer), die durch Let's Play-Videos bekannt wurden. Ebenfalls sehr bekannt ist »Luca« (Thilo Scharpenberg), der mit der Produktion von Let's Plays begann und mittlerweile Videos im Bereich Comedy produziert. Bei YouTube sind darüber hinaus erfolgreiche Personen aus allen Berufsfeldern zu finden. Wer besonders gut kochen kann und Videos davon bei YouTube hochlädt, wird allerdings nicht automatisch zum nächsten Starkoch. **Neben einem Talent gehört eine große Portion Glück sowie viel Eigenvermarktung und ein professioneller Umgang mit Rückschlägen dazu.** Wer dabei den Dreh raushat, sein eigenes Leben zu vermarkten, kann schon allein dadurch berühmt und beliebt werden. Aber auch auf »klassischen« Wegen bekannt gewordene Stars nutzen Social Media zur zusätzlichen Vermarktung. So führt beispielsweise der Fußball-Profi Toni Kroos das Follower-Ranking bei Instagram an (über 34 Millionen Abonnent*innen) und gilt neben seiner Sportkarriere als einer der größten Influencer Deutschlands.

Was machen Influencer*innen?

Das Wort Influencing kommt aus dem Englischen und bedeutet Beeinflussung. Influencer und Influencerinnen präsentieren meist Produkte und bekommen dafür Geld der jeweiligen Unternehmen. Sie sind Markenbotschafter*innen für Kosmetik, Mode, Spiele, Lebensmittel, Reiseziele oder Fitnessprodukte. Je nachdem, wie berühmt diese Personen sind und wie groß die Reichweite ihrer Videos und anderen Postings ist, verdienen sie unterschiedlich viel Geld damit. Influencing ist keine Berufsbezeichnung, sondern ein Begriff aus dem Arbeitsbereich Marketing. Influencer*in ist aber auch, wer inhaltliche Beiträge zu einem gesellschaftlichen oder politischen Thema leistet, eine hohe Reichweite, d.h. viele Follower, hat und so viele Leute beeinflussen kann – unabhängig davon, ob man mit diesen Inhalten Geld verdienen kann oder nicht. Influencer*innen tragen eine große Verantwortung, denn die Fans folgen ihren Tipps, Meinungen und Ansichten. Wer in diesem Bereich professionell arbeitet, überlegt sich meist gut, wofür er seine »Superkraft« einsetzt, um erfolgreich zu bleiben.

Der bekannteste YouTuber, der sich mit politischen Themen befasst, ist »Rezo« (seinen bürgerlichen Namen hält er geheim). Mit knapp zwei Millionen Abonnent*innen teilt er unverblümt seine Sichtweisen zu aktuellen Nachrichten und hat durch seine konfrontative Direktheit auch schon Ex-Bundeskanzlerin Angela Merkel und die gesamte CDU ins Schwitzen gebracht. Auch »LeFloid« (Florian Mundt) entwickelte sich vom Video- und Computerspielblogger zu einem Vermittler jugendgerecht aufbereiteter tagesaktueller Nachrichten, stand aber mehrfach in der Kritik, Falschnachrichten zu verbreiten. Weniger persönlich, aber nicht weniger einflussreich, ist der YouTube-Kanal »Kurz gesagt – In A Nutshell«. Hier erstellt ein ganzes Team kurze Animationsvideos zu wissenschaftlichen Themen, die von über 18 Millionen Abonnent*innen konsumiert werden.

Die massive Verantwortung der Influencer*innen

Content Creator*innen tragen eine große Verantwortung für die Vermittlung von Wissen und Fakten. Ernsthafte Themen wie Krankheiten rücken durch sie in den Vordergrund, wie z.B. durch den YouTube-Kanal »Gewitter im Kopf«, der über die Tourette-Krankheit aufklärt. Auch die Klimaschutzaktivistin Luisa Neubauer kann durchaus zu einer neuen Generation von Influencer*innen gezählt werden. **Gleichzeitig ist große Vorsicht geboten, da prominente Persönlichkeiten ihre Macht missbrauchen und beispielsweise Verschwörungserzählungen, antidemokratische Stimmung oder politische Propaganda verbreiten können.** Diese zu erkennen ist nicht immer leicht, und manchmal deuten nur bestimmte Symbole oder die verwendete Sprache darauf hin, dass hier eine Ideologie verbreitet werden soll. Wer die Symbole oder Signalwörter nicht kennt, kommt nur schwer dahinter, und auch die Grenze zwischen unbedenklichen Theorien und schädlichen Spekulationen ist schwierig zu erkennen. Zudem ist der Übergang von freier Meinungsäußerung zu Hetze fließend und der Wahrheitsgehalt von Informationen schwer zu bestimmen. Zu diesen Themen lesen Sie später im Buch noch ausführlicher (siehe Kapitel »Fake News und Desinformation«).

TIPP:
Äußert ihr Kind den Wunsch, YouTube-/Instagram-/TikTok-Star werden zu wollen, dann antworten Sie doch einfach mal: »Oh, wie toll! Das ist ein schwieriger 24-Stunden-Job, bei dem man sich gegen Millionen andere durchkämpfen und beweisen muss. Bei dem man sich permanent gegen Neid, Eifersucht und Hass behauptet, für den man Marketingstrategien entwickelt und sein privates Leben zur Bespaßung der Öffentlichkeit aufgibt. Das braucht Mut, Durchhaltevermögen und ein riesiges Verantwortungsbewusstsein. Richtig aufregend wird es, wenn du Erfolg hast und ständig live zu einem Millionenpublikum sprechen darfst.« Wenn Ihr Kind davon nicht (zumindest teilweise) abgeschreckt wird, haben Sie vielleicht tatsächlich den nächsten Social-Media-Star zu Hause sitzen und sollten seine Talente fördern.

Auch wenn für fast jedes Thema begeisterte Anhänger*innen gefunden werden können: Der Job von Influencer*innen ist keinesfalls kinderleicht. **Nur wer sich (oder andere Produkte) gut präsentieren und verkaufen kann oder eine Nische findet, die noch nicht von anderen starken Persönlichkeiten besetzt ist, kann in diesem Berufsfeld dauerhaft erfolgreich sein.** So schnell wie der Ruhm kommt, so schnell kann er auch wieder vorbei sein. Die sehr bekannte Bodybuilderin und Fitness-Influencerin Sophia Thiel ist nur ein Beispiel von vielen: Der Fitnesswahn gepaart mit dem öffentlichen Druck führten bei ihr zu einer Essstörung, wegen der sie sich zwei Jahre lang aus den Medien zurückzog. Nun klärt sie öffentlich über die Risiken auf, die zu Essstörungen führen können, und geht offen damit um. Schwäche zu zeigen, kann in der Influencing-Branche aber auch nach hinten losgehen.

»Irgendwas mit Medien«

Wenn Ihr Kind ernsthafte berufliche Perspektiven in diesem Bereich verfolgen möchte, sollten Sie z.B. über folgende Berufsfelder sprechen, die den Tätigkeiten von Influencer*innen ähneln, aber nicht von kurzfristigem Erfolg abhängen, weil sie auf anerkannten Ausbildungswegen basieren: Social-Media-Manager/-Consultant/-Berater*in, Social-Media-Marketing-Manager*in oder PR-Berater*in, Community-Manager*in, Online-Redakteur*in, Corporate Blogger*in, Content Creator*in, Kauffrau/Kaufmann für E-Commerce, E-Business-Management, Marketing- oder Onlinekommunikation oder Wirtschaftsassistent*in mit dem Schwerpunkt digitale Medien.

TIPP:
Gehen Sie gemeinsam verschiedene Ausbildungs- und Studiengänge durch. Davon gibt es so viele, dass Sie zunächst prüfen sollten, welche Richtung infrage kommt, z.B. Journalismus, Marketing, Pädagogik, Forschung, Politik, Wirtschaft oder die technische Seite in Form von IT-Berufen. Sie können nach Stichworten wie »Medien«, »online« oder »digital« suchen, müssen dies aber nicht zwingend, weil fast jedes Berufsfeld in der »Online-Welt« angekommen ist oder eine Spezialisierung in dem Bereich zulässt.

Modelle der Eigenvermarktung

Zur Orientierung: Das Vermögen des bereits erwähnten Social-Media-Stars Bianca Claßen (BibisBeautyPalace) beträgt vermutlich rund 15 bis 20 Millionen Euro. Dem erfolgreichsten TikToker Deutschlands, Younes Zarou, folgen fast 50 Millionen Nutzer*innen, und Schätzungen zufolge verdient er 30.000 Euro pro Posting/Video (im Genre Lifestyle und Unterhaltung). Das Vermögen der Zwillings-Influencerinnen Lisa und Lena (ebenfalls durch TikTok berühmt geworden), die »nur« um die 13.000 Follower vorweisen können, wird auf etwa zwei Millionen geschätzt.[23] Zugegeben: Bei den großen Stars wird fast alles zu Gold, was sie anfassen, dafür sorgt ihre Fangemeinde. Trotzdem kommen diese Erfolge nicht völlig aus dem Nichts, und eine hohe Anzahl an Followern sagt noch nicht viel über den Verdienst aus. Influencer*innen vermarkten sich größtenteils selbst (oder engagieren ein Management), müssen rund um die Uhr für ihren Erfolg arbeiten und tatsächlich auch – wie alle anderen Selbstständigen – Steuererklärungen abgeben.

Variante 1: Als Content Creator*in bezahlt werden

Geld für Views und Follower

Besonders aktive und prominente Personen ziehen Fans und Follower beinahe magnetisch an – das wissen auch die Betreiber der Social-Media-Plattformen. So bieten sie oftmals an, ab einer gewissen Reichweite (z.B., wenn regelmäßig 10.000 neue Follower innerhalb von 30 Tagen hinzukommen) als Content Creator*innen tätig zu werden und somit Geld für die Postings zu erhalten. Damit ist allerdings auch der Druck verbunden, immer mehr über das private Leben posten zu müssen und in der Frequenz der Beiträge nicht nachzulassen, da sonst ggf. Vertragsstrafen drohen könnten. Auch

Abomodelle sind auf Social-Media-Plattformen angekommen. Damit meine ich nicht die Bezahlangebote von YouTube oder von Streaming-Diensten wie Netflix, die gewisse Inhalte nur gegen Bezahlung freischalten, sondern Modelle, bei denen auch die Content Creator*innen mitverdienen. Die Streaming-Plattform Twitch, die vor allem bei Gamer*innen beliebt ist, bietet schon seit einigen Jahren derartige Premium-Accounts an: Die Nutzer*innen entscheiden sich, für welchen Streaming-Kanal sie ein Abonnement für die Dauer von einem Monat abschließen wollen, und können sich damit mehr Videos ihrer Lieblingsstreamer*innen anschauen. Außerdem genießen sie auch andere Vorteile – wenn man sie denn so nennen möchte –, z.B. mehr Smileys, die ihnen beim Chatten zur Verfügung stehen. Die Abonnements können auch anderen Nutzer*innen geschenkt werden, die sich diese sonst nicht leisten könnten.

Die Hälfte dieser Einnahmen geht den jeweiligen Streamer*innen zu, die andere Hälfte fließt an Twitch.[24] Facebook und Instagram testen bereits die Option, einer bestimmten Gruppe oder einem Kanal gegen Bezahlung folgen zu dürfen. Bei Twitter können kostenpflichtige Tickets für die Teilnahme an sogenannten »Spaces« (Online-Events) erworben werden, die für Infoveranstaltungen und Vorträge verwendet werden können, welche wiederum nichts anderes als gewöhnliche Livestreams sind (hier wird aus dem Zugang zu Wissen Profit geschlagen). Auch TikTok hat bereits probeweise ein Abomodell für Live-Videos eingeführt. Es ist also klar erkennbar, in welche Richtung sich die üblicherweise kostenfreien Social-Media-Angebote entwickeln: Bezahlschranken, wo immer sie möglich sind. Grundsätzlich ist das Gute an diesem Konzept, dass es die Künstler*innen finanziell beteiligt, diese also unterstützt werden. Dass die Plattformanbieter so unverhältnismäßig stark mitverdienen, ist allerdings besorgniserregend im Hinblick auf die Freiheit in der Kunst- und Kulturbranche.

Variante 2: Influencer-Marketing/Sponsoring

Vertrauen als Dienstleistung

Dass ein Großteil der Influencer*innen ihr Geld mit Werbung verdient, ist den meisten Social-Media-Nutzer*innen durchaus bewusst – zumal seit 2018 auch eine Kennzeichnungspflicht für Werbung besteht (welche leider nicht immer eingehalten wird). Doch es hält die Nutzerinnen und Nutzer nicht davon ab, diese Werbung begeistert zu verfolgen. Der heutige Konsumwarenmarkt hat so massive Ausmaße angenommen, dass auch Erwachsene, aber besonders Kinder und Jugendliche, für Tipps und Empfehlungen dankbar sind. Wie sollte man sich sonst zwischen gefühlt 7.280 Lippenstiften, 3.615 Bekleidungsmarken und 2.690 Sportschuh-Modellen entscheiden – gerade, wenn das hart ersparte Taschengeld die Beschränkung auf wenige Produkte verlangt? Beim Modell des Influencer-Marketings kommt das Geld meist nicht von den Anbietern der Plattformen, sondern von Unternehmen, die für die Werbung ihrer Produkte Geld zahlen. Influencer*innen bekommen regelmäßig kostenlos Produkte zugeschickt, die sie bewerben sollen, und erhalten beispielsweise Geld pro Videoaufruf der Zuschauer*innen oder pro Klick auf weiterführende Produktinformationen. Auch die Beteiligung an den Umsätzen der Produkte ist manchmal verhandlungsfähig. Für Unternehmen könnte dieser Deal kaum attraktiver sein: Sie brauchen sich keine große Mühe machen, Vertrauen für ihre Produkte zu gewinnen, denn sie engagieren Personen, die ihre eignen Fans samt deren Vertrauen direkt mitbringen.

Die Formen des Influencer-Marketings sind unterschiedlich. Die folgenden drei kommen am häufigsten vor:

- Beim **Unboxing (Auspacken)** wird gefilmt, wie ein Produkt aus seiner Verpackung genommen, begutachtet und ausprobiert wird.
- **Hauls (Beute)** sind Videos, in denen die Vorteile und guten Erfahrungen mit Produkten detailliert beschrieben werden.

- **Product Placement (Produktplatzierung):** Die Influencer*innen trinken in ihren Videos z.B. aus einer ganz bestimmten Tasse, tragen ein bestimmtes T-Shirt oder platzieren andere Produkte im Hintergrund, auf die sie nicht explizit eingehen. Doch unter ihren Videos verlinken sie auf die Seiten, wo diese Produkte gekauft werden können.

Variante 3: Merchandising

Selbst zur Marke werden

Wer bereits eine starke Fangemeinde hat, greift auch zum Verkauf von Merchandise-Artikeln, also Fan-Artikeln wie T-Shirts, Caps, Poster, Smartphone-Hüllen, Tassen und jedes Produkt, das sich mit Bildern oder Logos bedrucken lässt. Ein stark gewachsener Trend ist auch die Entwicklung eigener Produktlinien. So ist Ihnen beim Einkaufen vielleicht schon der nach Donuts duftende »bilou«-Badeschaum (von BibisBeautyPalace) begegnet oder die Modelinie von Sami Slimani (einem Lifestyle-Influencer, TV-Moderator und Buchautor). Der bereits genannte Gaming-Star Luca war zwischenzeitlich das Gesicht einer Pizzasorte, und ein neuer Trend in der deutschen Rapper*innen-Szene scheint die Produktion eines eigenen Eistees zu sein, z.B. der »BraTee« des Rappers Capital Bra, der »Dirtea« von Rapperin Shirin David oder der »Baba HafTea« des Rappers Haftbefehl. Ich muss immer ein wenig schmunzeln, wenn wieder mal ein »knallharter« Rapper einen quietschbunt bedruckten süßen Eistee auf den Markt bringt, aber zumindest tun die alkoholfreien Süßgetränke niemandem weh – außer den Zähnen und dem Portemonnaie. Hier liegt auch der kritische Punkt: Die Inhalte unterscheiden sich vermutlich nicht groß von »no-name«-Produkten, aber Produktlinien der Stars und Sternchen sind teuer. Eine Konsumentenumfrage eines Münchener Unternehmens im Jahr 2022 ergab, dass über 40 Prozent der 18- bis 35-Jährigen gerne und regelmäßig zu den eigenen Produkten von Influencer*innen greifen.[25] Befragt wurden nur volljährige Personen, und es liegt die Vermutung nahe, dass diese Kaufbeeinflussung schon bei weit jüngeren Personen beginnt. Es muss also unbedingt mehr über Vermarktungsmodelle aufgeklärt und der kritische Umgang mit Werbung gestärkt werden. Sie können bei Ihrem Kind einen Anfang machen und es z.B. mit verbundenen Augen verschiedene Eistees probieren lassen: Schmeckt Ihr Kind etwa den teuren Namen heraus?

Variante 4: Sammeln von Spenden/Geschenken (»Gift-Baiting«)

Nette Geste, Bettelei oder Betrug?

Eine Möglichkeit, die vor allem bei Live-Formaten Anwendung findet, ist der Aufruf, virtuelle Münzen oder Geschenke zu spenden: »Wenn du mein Video magst, dann lass mir ein Geschenk zukommen – damit machst du mir die größte Freude.« Das Sammeln von Spenden ist sowohl bei YouTube, Instagram, Facebook, aber auch TikTok möglich. Die virtuellen Geschenke müssen von den Zuschauer*innen käuflich erworben werden und werden den Videoproduzent*innen – je nach Vertrag – später anteilig ausgezahlt (max. 50 Prozent der Einnahmen). Die Übertragung der Geschenke findet live statt, und so sind bei einigen Social-Media-Stars Videos üblich, in denen es um nichts anderes geht, als um Geschenke zu bitten und sich wiederum für diese zu bedanken – teilweise namentlich, was wieder die Bindung zu den Fans erhöht. TikTok nutzt dabei auch den Wettbewerbsfaktor aus, indem es Listen mit den meistbeschenkten Stars zur Verfügung stellt. Ähnlich wie beim »Clickbaiting« (Klickköder), das im Kapitel »Das Bedürfnis nach Informationen« genauer beschrieben wird, hat sich mittlerweile der Begriff »Gift-Baiting« (Geschenkköder) etabliert, denn diese haben es in sich: Bei TikTok können pro Einkauf Geschenke im Wert von bis zu 500 Euro für die Lieblings-TikToker gekauft werden. Auch wenn der Kauf offiziell erst ab 18 Jahren erlaubt ist, besteht hier für Jugendliche eine große Gefahr, abgezockt zu werden.

> **TIPP:**
> Es ist in Ordnung, die Künstlerinnen und Künstler finanziell zu unterstützen und beispielsweise Merchandise-Produkte zu kaufen, die zugleich als Werbung für sie dienen. Penetrante und manipulative Bitten der Influencer*innen um Schenkungen sind dagegen nicht in Ordnung, und dass die Plattformbetreiber dabei kräftig mitverdienen, auch nicht. Erklären Sie Ihrem Kind, dass es immer hinterfragen soll, worin genau die unterstützenswerte Leistung liegt. Welches Talent ist es an der Stelle wert, gefördert zu werden? Dass das Idol besonders cool, berühmt, witzig oder gut aussehend ist, ist kein guter Grund für Geschenke. Gehen Sie auch auf die Kosten ein, die sich sehr schnell sehr hoch aufsummieren können.

Variante 5: Reichweite kaufen

Um »viral« zu gehen, greifen viele zu unfairen Mitteln: Sie kaufen sich Klicks und Likes für ihre Videos oder Follower für ihren Account dazu. Die Klickzahlen des Videos werden also manipuliert oder die Fangemeinde künstlich vergrößert, indem »tote Profile« (Fake-Accounts, die allein zu diesem Zweck angelegt wurden) eine große Beliebtheit suggerieren. Es handelt sich somit zunächst um eine zusätzliche Ausgabe der aufstrebenden Influencer*innen, aber die Algorithmen in Sozialen Netzwerken springen auf die hohen Klickzahlen an und bewerten derartige Beiträge als stärker hervorhebenswert als andere – wodurch sich die Investition wiederum auszahlen kann. Letztlich müssen Influencer*innen also verschiedene Modelle im Blick behalten und teilweise mehrere Methoden zur Eigenvermarktung kombinieren – meist ohne Vorkenntnisse in Marketing, Betriebswirtschaftslehre oder vergleichbaren Branchen.

Große Last auf Kinderschultern

Die meisten Social-Media-Stars sind zwar bereits volljährig, viele sind aber schon in jüngeren Jahren berühmt geworden. Den Rausch des Erfolgs können sie in diesem Alter noch nicht selbst kontrollieren. **Nicht nur der Druck, immer wieder neuen Content liefern zu müssen, kann belastend sein (Quantität der Beiträge), sondern auch die große Verantwortung für den eigenen Kanal, was die Qualität der Beiträge betrifft.** Zudem werden sie schon früh darauf trainiert, ihre Privatsphäre aufzugeben oder zumindest nicht zu ernst zu nehmen und bewusst Abstriche zu machen. Es gibt meiner Meinung nach zwei gegensätzliche Szenarien, wie sich der Umgang mit der eigenen Privatsphäre im weiteren Leben entwickeln wird, und nur wenige Abstufungen dazwischen: Wer sein Leben schon im Jugendalter zum offenen Buch macht, wird dies entweder beibehalten oder die eigene Privatsphäre nach diesen Erfahrungen sehr bewusst und sehr streng schützen. Letzteres basiert allerdings auf einem hohen Maß an Sensibilität und Aufklärung, die nicht allen Jugendlichen gleichermaßen vermittelt werden – schon gar nicht, wenn die Eltern an der Vermarktung des Kindes und seinen Verdiensten interessiert sind.

> **TIPP:**
> Mittlerweile gibt es zahlreiche Dokumentationen, die das Leben von professionell vermarkteten Influencer*innen hinter den Kulissen zeigen, z.B. die WDR-Doku »Minderjährige Stars bei TikTok, Instagram und YouTube – so hart ist das Business«, die Funk-Doku »Wir müssen reden! Was die Influencer @JANAklar und @Lisa Sophie Laurent ins Burnout getrieben hat« oder die Reality-Serie »Hype House« bei Netflix, bei der verschiedene Influencer*innen zusammen in einer Villa leben. Schauen Sie diese gemeinsam mit Ihrem Kind, um Einblicke in die harte Arbeit der Influencer*innen zu bekommen.

Der Kreislauf von Selbst- und Fremdbildern

Die Selbstinszenierung über Social Media kennt kaum noch Grenzen. Beinahe jede App bietet Filter an, die über die Bilder gelegt werden können, sodass die Haut besonders rein, das Gesicht schmal oder die Augen strahlend wirken. Mehr noch: Haar- und Augenfarbe, die Lippenform und alle anderen Körperteile können – wenn nicht in der Social-Media-App selbst, dann in anderen Foto-Apps – überarbeitet werden. Sogar der Bildausschnitt für das perfekte Selfie (dafür braucht es schon mal mehrere Dutzend Versuche) und die Hintergründe werden gezielt ausgewählt, sodass nichts dem Zufall überlassen wird. Ein Bild, das mit #nofilter gekennzeichnet ist (ja, die Besonderheit der Natürlichkeit heben einige extra hervor), ist meist noch immer unter besonders schmeichelndem Lichteinfall aufgenommen. Ein ästhetisches Selfie und ein unaufgeräumtes Zimmer im Hintergrund? So etwas gehört zu den größten Social-Media-Fauxpas.

Fotobearbeitung? Selbstverständlich!

Eine österreichische Jugendstudie aus dem Jahr 2021 zeigt, dass zwei Drittel der Jugendlichen zwischen 11 und 17 Jahren ganz selbstverständlich davon ausgehen, dass jedes hochgeladene Foto vorher bearbeitet wurde und dass sie die Bearbeitung von Fotos zudem als wichtig empfinden. Gleichzeitig empfinden sie es aber als peinlich, zu viel Zeit in die Fotobearbeitung zu stecken, und noch peinlicher, wenn die Bearbeitungen offensichtlich sind.[26] **Die Selbstdarstellung in Sozialen Netzwerken zielt vor allem darauf ab, Anerkennung und Lob zu bekommen, hilft Jugendlichen aber auch dabei, ihre eigene Identität zu finden.** Sie erproben sich, entscheiden für sich selbst, wie sie gesehen werden möchten, beobachten, wie sie bei anderen ankommen, und orientieren sich an ihrer Umgebung. All das ist völlig legitim. Es mag Ihnen befremdlich vorkommen, dass Kinder und Jugendliche die öffentliche Bühne zur Stärkung ihrer eigenen Persönlichkeit brauchen, aber das ist eine Entwicklung, die das Internet und Social Media unwiderruflich mit sich gebracht haben. Was die Auseinandersetzung mit dem eigenen Körper allerdings erschwert, sind die Körperbilder im Netz, die völlig an der Realität vorbeigehen.

TIPP:
Sprechen Sie mit Ihrem Kind über die Selbstdarstellungen in Medien und die Möglichkeiten der Bildmanipulation. Wenn Sie bei YouTube nach »model's radical photoshop transformation« suchen, finden Sie ein Video, in dem bei einer Frau mit nur wenigen Klicks die Gesichtszüge verändert, die Haut geglättet, die Hüften geschmälert und die Beine verlängert werden. Auch das Video »Photoshop turns pizza into woman« verdeutlicht auf amüsante Weise, was die Bildbearbeitung möglich macht.

Stereotype Rollenbilder

Sie können nicht verhindern, dass Ihr Kind sich an Körperbildern aus den Medien orientiert. Was Sie aber tun können, ist die Strukturen der Selbstinszenierung zu erklären, sowie auf Sexismus, Rassismus, Vorurteile und Klischees in Sozialen Netzwerken aufmerksam zu machen. Social Media verstärkt stereotype Rollenbilder, das stellte auch eine Studie im Jahr 2018 fest: Je intensiver die Nutzung von Social-Media-Plattformen, desto stereotyper ist bei den Nutzer*innen die Vorstellung davon, wie Männer und Frauen zu sein haben. Die Studie ergab: Frauen interessieren sich in Sozialen Netzwerken am meisten für Themen rund um Ernährung, Kochen, Mode, Kosmetik, Dekoration, Fitness und Reisen. Männer für politische Diskurse, Gaming, Sport, Unterhaltung und Themen rund um Abenteuer und Herausforderungen.[27] Die Interessen der Social-Media-Nutzer*innen werden allerdings immer von Algorithmen mitgelenkt: Wird eine weibliche Nutzerin erkannt, werden ihr verstärkt die oben genannten Inhalte vorgeschlagen. Sobald sie diese tatsächlich anklickt, wird dieses Interesse registriert und zukünftig noch mehr thematisch passender Inhalt angezeigt. Hier sind Filterblasen am Werk.

Problematische Körperbilder Auch die vermittelten Körperbilder von Mann und Frau sind stereotyp und gefährlich: Während bei weiblichen Influencer*innen eine reine Haut, eine schmale Taille und schlanke Beine als Maß aller Dinge gelten, stehen bei Männern ausgeprägte Muskeln und körperliche Stärke im Vordergrund. Wer da nicht mithalten kann, wird schnell zur Zielscheibe von Mobbing oder **»Bodyshaming«** (Diskriminierung aufgrund des Körpers). Radikaler Gewichtsverlust wird durch Lob und Aufmerksamkeit belohnt (Vorher-nachher-Bilder erfreuen sich hoher Beliebtheit), und Essstörungen werden verstärkt – vor allem in Pro-Ana-Kreisen.

Was bedeuten »Pro-Ana« und »Pro-Mia«?
Für die Verherrlichung von Essstörungen tauchen schon seit Jahrzehnten verschiedene Foren, Gruppen und Seiten im Netz auf, die allgemein als »Pro-Ana« (Pro-Anorexia-Nervosa = für Magersucht) oder »Pro-Mia« (Pro-Bulimia-Nervosa = für Ess-Brech-Sucht) bekannt sind. Vor allem unter dem Deckmantel von Challenges finden Wettbewerbe um die dünnste Taille, die schlanksten Beine oder den geringsten Körperfettanteil vor den Augen der Öffentlichkeit statt. Beispiele: Bei »Thigh Gap« (Schenkellücke) geht es um das vermeintliche Körperideal, bei dem sich die Oberschenkel bei geschlossenen Beinen im Stehen nicht berühren dürfen. Bei »Bikini Bridge« (Bikini-Brücke) geht es um den Abstand vom auf den Hüftknochen aufliegenden Bikinihöschen zum Bauch. Bei der »Collarbone Challenge« (auch: Schlüsselbein-Contest) wird gemessen, wie viele Münzen aufgereiht auf das hervorstehende Schlüsselbein passen. Schlagworte wie #thinspiration, #ana, #mia oder #ed (eating disorder) führen zu Tausenden Beiträgen dünner Mädchen und Jungen – oder solchen, die es gerne wären und auf der Suche nach Diät- und Sporttipps sind. Die Betreiber von Social-Media-Angeboten sperren hin und wieder gefährliche Hashtags, doch schnell tauchen neue auf, wie z.B. #anna, #mía oder #thín-

spiration (mit Aufwärtsakzent) sowie andere Abwandlungen, die unauffälliger sind.

Unzufriedenheit mit dem eigenen Körper

In der Pubertät, wo die Veränderungen des Körpers eine enorme Rolle spielen, kann sich schnell eine Begeisterung für die »falschen« Vorbilder entwickeln. Ein offensichtliches Warnsignal ist z.B. das verstärkte Interesse an dünnen Models, Ernährungscoaches oder Fitness-Influencer*innen. Oft handelt es sich aber auch um einen schleichenden Prozess, der nicht so leicht zu durchschauen ist. Jede Faszination für die erfolgreiche Optik anderer Personen stellt das eigene Selbst- und Körperbild infrage. Jugendliche fragen sich beispielsweise: »Was kann ich tun, um genauso beliebt zu werden?« Darin kann für Ihr Kind eine Anregung stecken, die eigenen Fähigkeiten zu verbessern, seine Talente auszubauen oder das Leben gesünder zu gestalten (so wie es der Fitnesstrainer auf Social Media vormacht). Gleichzeitig kann dieses Nacheifern auch in extreme Verhaltensweisen wie übermäßigen Ehrgeiz oder eine ungesunde Körperoptimierung umschlagen. Die Aufklärung über medial geprägte Körperideale wird häufig als Auftrag für heranwachsende Mädchen verstanden, ist aber bei Jungen gleichermaßen wichtig – sowohl im Hinblick auf ihren eigenen Körper als auch im Hinblick darauf, wie sie die »perfekte Frau« definieren.

TIPP:
Dass Jugendliche mit ihrem Körper nicht zufrieden sind, ist erst einmal noch nicht besorgniserregend. Vermutlich haben die meisten jungen Mädchen schon einmal probeweise den BH ausgestopft und die meisten Jungen den Bizeps vor dem Spiegel geprüft – um den klischeehaften Schönheitsidealen von Mann und Frau zu entsprechen. Doch kein Kind braucht Shapewear (figurformende Kompressionskleidung), um schlanker zu wirken, oder Proteinshakes, um dem Muskelaufbau nachzuhelfen. Suchen Sie mit Ihrem Kind z.B. bei YouTube mal nach

Videos zu den Stichworten »Promis ungeschminkt« oder »Stars ohne Make-up«. Selbst das Topmodel Heidi Klum, das die Castingshow »Germany's Next Topmodel« moderiert und für viele der Inbegriff einer schönen Frau ist, sieht ungeschminkt gar nicht mehr so »perfekt« aus.

Body-Positivity-Bewegung

Um dieser perfektionistischen Selbstdarstellung in der Medienwelt etwas entgegenzusetzen, hat sich eine Gegenbewegung im Netz gebildet und in den letzten Jahren stark weiterentwickelt: Die »Body-Positivity-Bewegung« (positive Einstellung zum Körper). Der Grundgedanke dahinter ist, dass sich alle Menschen in ihrem Körper wohlfühlen und sich selbst lieben sollen, so wie sie sind, samt Ecken, Kanten und vermeintlichen Makeln oder Fehlern. Obwohl diese Bewegung meiner Ansicht nach ein Schritt in die richtige Richtung ist, könnte man doch kritisieren, dass auch hier wieder der Körper und seine Eigenschaften in den Vordergrund gestellt werden. Es werden zwar die inneren Werte betont, aber für mein Empfinden birgt die Aufklärung über »innere Schönheit« immer wieder das Risiko, innere und äußere Schönheit gegeneinander abzuwägen. Zudem wird »Body Positivity« häufig als »politisch korrekte« Ausdrucksweise im Zusammenhang mit kurvigen Frauen eingesetzt, vor allem in der Werbebranche, wo dünne Models immer häufiger durch kurvige Frauen ersetzt werden, um das Image der Marke aufzupolieren. Männer hingegen werden selten mit dieser Bewegung assoziiert. Darauf aufbauend entwickelte sich nach und nach die »Body-Neutrality«-Bewegung, mit dem Anspruch, Körper endlich mal neutral zu betrachten, aber auch dieses Narrativ trägt den Körper schon im Namen. Vielleicht könnten die Anhänger*innen dieser Bewegungen (die es schließlich gut meinen) einfach weniger über Körper reden und stattdessen Kampagnen rund um Charakterstärken aufbauen. Positiv hervorzuheben ist wiederum, dass die Bewegungen zur Auseinandersetzung mit Geschlechterrollen führen. Den Körper und sich selbst lieben zu lernen, bedeutet mehr, als das Gewicht, die Körpergröße und andere äußerliche Merkmale zu akzeptieren. Viele Personen aus der LGBTQIA+-Bewegung (Akronym für »lesbian, gay, bisexual, transgender, queer, intersexuell, asexuell und weitere Spektren von Geschlecht und Sexualität«) unterstützen die Appelle.

Die Anti-Social-Media-App BeReal

Die App BeReal kann im weiteren Sinne dieser Bewegung zugeordnet werden. Sie widmet sich dem Schönheitswahn in Sozialen Netzwerken auf eine charmante Art und Weise und nimmt zugleich Snapchat, Instagram und TikTok ein wenig auf die Schippe. Das Hochladen von Fotos aus dem eigenen Fotoalbum ist in dieser App nicht möglich. Lediglich in der App selbst können Fotos aufgenommen werden und dort gibt es keine Bearbeitungsoptionen und keine Filter. Auch Emojis stehen nicht zur Verfügung. Wer sich auf diese Weise ausdrücken möchte, muss eben ein Foto von sich mit einem traurigen oder fröhlichen Gesicht aufnehmen, mit einem Daumen hoch oder runter. Das Konzept ist zwar auf eine gewisse Art erfrischend, allerdings löst die App auch Druck aus: Fotos können natürlich jederzeit gepostet werden, aber einmal täglich, zu einem zufällig gewählten Zeitpunkt, erscheint auch die Aufforderung, genau jetzt ein Foto aufzunehmen – innerhalb eines Zeitfensters von zwei Minuten. So entstehen Schnappschüsse auf dem Arbeitsweg, beim Einkaufen, während des Sports oder beim Putzen: Die App möchte das »echte Leben« einfangen und steigert die Nutzungszahlen konstant.

TikTok Now

Das Unternehmen hinter TikTok hat es sich zur Aufgabe gemacht, die durch BeReal entstandene Konkurrenz im Keim zu ersticken, und daher im September 2022 die neue App TikTok Now herausgebracht, die ähnlich wie BeReal funktioniert, allerdings mit Videos statt mit Fotos. Dazu kommt, dass die vordere und hintere Kamera gleichzeitig auslösen, um die augenblickliche Situation noch besser einfangen zu können. Die Aufforderungen, ein Foto/Video zu einem bestimmten Zeitpunkt aufzunehmen, können in beiden Apps zwar ausgestellt werden, doch ohne diese

Hauptfunktion der App macht die Nutzung weniger Spaß. In meinen Augen lösen sich solche Apps ein wenig von dem inszenierten Schönheitswahn und dem Perfektionismus in Sozialen Netzwerken, schaffen dafür aber an anderer Stelle einen Stressfaktor. Die Gefahr, dass die Bilder zu Mobbingzwecken missbraucht werden, gerade weil es sich um ungeschönte Bilder handelt, steigt durch diese Apps ebenfalls. Bei TikTok Now kommt durch den doppelten Kameraauslöser noch die Gefahr hinzu, dass in der Eile Menschen und Räume erfasst werden, die gar nicht veröffentlicht werden sollten oder dürften.

Live-Streaming aus dem Kinderzimmer

YouNow

Eines der wichtigsten Mittel für die Creator*innen von Social-Media-Content sind Live-Übertragungen. Sie zeigen die Nutzerinnen und Nutzer hautnah in Echtzeit, sodass sich eine enge Bindung zu den Fans aufbauen lässt. Das Gesagte ist nicht mehr zurückzuholen. Ob Versprecher, unvorteilhafte Posen oder was auch immer als peinliche Situation angesehen wird: Alle sehen zu und können sofort reagieren. Etwa um das Jahr 2016 herum sorgte die Live-Streaming-Plattform YouNow erstmals für Aufsehen bei Jugendschützer*innen. Neben mangelnden Kontrollen des Alters bei der Registrierung (ab 13 Jahren erlaubt) stand vor allem in der Kritik, dass die Plattform verstärkt von Stalker*innen und Pädophilen besucht würde, um den jungen Nutzerinnen und Nutzern in ihrem Alltag live zuzuschauen.[28] Zudem stelle die Plattform eine perfekte Zielscheibe für Mobbing dar. **All diese Jugendschutzbedenken bezüglich der Live-Streaming-Plattform sind in jedem Fall berechtigt, doch ein einzelnes Social-Media-Angebot in den Fokus der Kritik zu stellen, hilft nur wenig.**

Jederzeit im Rampenlicht stehen

Live-Streaming hat sich zu einer Social-Media-Kultur entwickelt, die mittlerweile auf sehr vielen Plattformen angeboten wird: Periscope, Twitch, YouTube, Facebook, Twitter, Instagram, TikTok, u.v.m. Der Reiz für Jugendliche liegt dabei nicht nur im engen Kontakt zu den Fans, sondern auch darin, im Rampenlicht zu stehen: Streamer*innen werden zum Star ihrer eigenen Show. Während ein Auftritt im Fernsehen unerreichbar für »normale« Nutzer*innen ist (dieser Wunsch ist übrigens auch richtig »oldschool«), bietet das Livestream-Format die Möglichkeit, jederzeit eine Art Fernsehauftritt hinzulegen. Die Zuschauer*innen können meistens über einen Chat Fragen stellen, und die Streamer*innen beantworten diese oder erzählen irgendetwas, das sie gerade loswerden möchten. Für die Fans gibt es nichts Größeres, als im Livestream des Idols namentlich genannt zu werden. Das ist vergleichbar mit dem Gefühl, bei einem Konzert der Lieblingsband auf die Bühne geholt zu werden.

Vor- und Nachteile des Live-Streamings

Können Sie sich vorstellen, einfach vor eine Fernsehkamera zu treten und sich den Fragen der unbekannten Öffentlichkeit zu stellen? Für Ihr Kind ist Livestreaming schon eher normal, und wer auf Social Media berühmt werden möchte, wagt sich mit eigenen Live-Videos in dieses Territorium vor. Das bringt neben den eben genannten Gefahren auch Vorteile mit sich: Kinder und Jugendliche, die sich auf diese Weise selbst darstellen und präsentieren, werden sicherlich bei Referaten und Vorträgen in der Schule, Uni oder im späteren Job weniger Probleme damit haben, vor anderen Menschen frei zu sprechen. Durch die Live-Streaming-Kultur ziehen wir womöglich eine Generation von (mehr oder weniger) professionellen Redner*innen auf. Gleichzeitig nimmt diese Präsentationsform schon jetzt inflationäre Ausmaße an, und es gibt qualitativ große Unterschiede: Viele Livestreams von Influencer*innen haben inhaltlich keinen Tiefgang, denn es geht ihnen schlicht darum, sich live online zu zeigen und zu sprechen. **Die zuschauende Menge wirkt dabei zusätzlich anspornend, um sich auf grenzwertige Dinge einzulassen** (z.B. den Bildausschnitt zu vergrößern und mehr vom Hintergrund/Zimmer zu zeigen, Mutproben durchzuführen, nackte Haut zu zeigen usw.). Ein oftmals nicht beachtetes Risiko ist auch die Gefahr, Urheberrechte zu verletzen, sei es durch Personen, die ungefragt mitgefilmt werden, oder durch die Musik im Hintergrund, für deren Veröffentlichung keine entsprechenden Lizenzvereinbarungen vorliegen.

TIPP:

Prüfen Sie, ob in der Lieblingsapp Ihres Kindes Live-Streaming möglich ist. Können Sie, wenn Ihr Kind Videos aufnimmt, immer direkt unterscheiden, ob es für den Eigengebrauch geschieht, für das Hochladen in Sozialen Netzwerken nach einer Postproduktion oder gerade in diesem Moment schon ins Inter-

net übertragen wird? Videos, die nicht live gesendet werden, können Sie sich auch vorher zeigen lassen. Wenn Sie mit den Inhalten nicht einverstanden sind, dann formulieren Sie genau, was daran problematisch ist, damit Ihr Kind Ihre Sorgen versteht und sich ähnliche Videoaufnahmen nicht wiederholen.
Wichtig: Wenn Sie mitbekommen, dass Ihr Kind gerade live streamt und Sie die Situation als gefährlich/unangemessen einstufen, dann platzen Sie nicht in genau diesem Moment in das Video! Das wäre an Peinlichkeit für Ihr Kind kaum zu übertreffen. Unterbinden Sie das Streaming auf dezente Art und Weise, gemessen daran, wie dringend Sie eingreifen müssen: die Internetverbindung trennen, aus der kamerafreien Zone herüberwinken, demonstrativ den lauten Staubsauger anmachen – da ist Ihre Kreativität gefragt. Sprechen Sie danach in Ruhe über die Gefahren und wieso Ihr Einschreiten nötig war.

Wünsche & Bedürfnisse von Followern/Fans:

- Zukunftsperspektiven entwickeln
- Orientierung über Ausbildung und Beruf bekommen
- Vorstellung von Partnerschaft und Familiengestaltung generieren
- Veränderungen des eigenen Körpers verarbeiten
- Rolle in der Gesellschaft finden
- der Realität entfliehen
- Produktempfehlungen erhalten
- Spaß und Unterhaltung erleben
- Zeit vertreiben

Bei aktiven Videoproduzent*innen zusätzlich:

- Talente präsentieren
- Aufmerksamkeit generieren
- Anerkennung erhalten
- Geld verdienen
- Karriere aufbauen

Checkliste
Was können Sie für Ihr Kind tun?

✓ Lehnen Sie die Träume Ihres Kindes nicht ab. Sprechen Sie über Stärken und Schwächen und über Möglichkeiten der Talentförderung sowie ähnliche Berufe (Plan B zur Online-Karriere).

✓ Erklären Sie Ihrem Kind, dass Ruhm und Öffentlichkeit auch Schattenseiten haben. Sprechen Sie über die harte Arbeit, den Druck, nicht nachlassen zu dürfen, und die große Verantwortung gegenüber den Zuschauer*innen.

✓ Sprechen Sie über klischeebehaftete Darstellungen von Männern, Frauen und über generell stereotype Rollenbilder in Sozialen Netzwerken sowie den Einfluss von Filterblasen auf individuelle Sichtweisen.

✓ Greifen Sie die besorgniserregende mediale Darstellung von »perfekten« Körperbildern immer wieder im Alltag auf – auch in Zeitschriften oder auf Werbeflächen. Bestärken Sie das Selbstbewusstsein Ihres Kindes.

✓ Prüfen Sie, zu welchen Zwecken Ihr Kind Videos aufnimmt. Einfach aus Spaß? Für die private Sammlung? Oder sollen sie veröffentlicht werden?

✓ Schreiten Sie ein, wenn Sie eine Gefahr für Ihr Kind während der Aufnahme von Videos oder gar während des Live-Streamings vermuten. Werden Sie dabei aber nicht zum Hauptdarsteller der »Show«.

»Wir chatten jeden Tag, glaub mir, wir lieben uns!«

Beziehungen online: Chancen und Gefahren

Freundschaften, der Kontakt zur Familie oder Liebesbeziehungen: Alles wird mittlerweile durch Online-Kommunikation gestützt, insbesondere bei jüngeren Generationen. Wieso nutzen Jugendliche so intensiv Social Media und Apps für die Kommunikation? Welche Gefahren entstehen beim Kennenlernen im Netz? Wie sicher ist es, private Nachrichten auszutauschen, ohne das Gegenüber zu sehen oder überhaupt näher zu kennen? Was kann bei der Kommunikation mit der großen Liebe schiefgehen? In diesem Kapitel geht es um die Vor- und Nachteile, die das Online-Flirten mit sich bringt. Außerdem erfahren Sie, welchen Einfluss Informationsangebote zu Liebe und Sexualität im Netz auf Ihr Kind haben, und welche Rolle Sie dabei spielen. Sie bekommen Tipps, wie Sie Ihrem Kind zuhören und in schambehafteten Situationen helfen können, etwa wenn freizügige Fotos in Umlauf geraten sind. Die sexuelle Entwicklung des eigenen Kindes zu begleiten, geht mit vielen Unsicherheiten einher, aber mit der richtigen Haltung können Sie Ihrem Kind entspannt zur Seite stehen.

Verlieben im Netz?

Viele Paare lernen sich über Dating-Apps oder Soziale Netzwerke kennen. Ich selbst kenne Menschen, die über Apps wie Tinder, Lovoo, Bumble, Badoo oder Chatroulette zueinander gefunden haben und mittlerweile glücklich verheiratet sind, sowie andere, bei denen das Online-Flirten so schiefgelaufen ist, dass sie ausgenutzt oder mit freizügigen Fotos erpresst worden sind. Der Aufbau von Beziehungen funktioniert grundsätzlich genauso gut wie offline. Ob Jugendliche die eine oder andere Art bevorzugen, ist dagegen individuell.

Was ist Sexting?
Anzügliches Flirten über Nachrichten und der einvernehmliche Austausch von erotischen Bildern hat einen Namen: Sexting – eine Zusammensetzung aus »Sex« und »Texting«. Wenn es über Online-Flirts hinaus zu einvernehmlichen sexuellen Handlungen kommt, die über die reine Textform hinausgehen, indem sie beispielsweise durch Telefonate oder Videoanrufe ergänzt werden, wird von Cybersex gesprochen. Vor allem für schüchterne oder introvertierte Menschen flirtet es sich über Textnachrichten besonders gut.

Ist eine romantische Beziehung erst aufgebaut, ist es für viele ein absolutes Muss, den Beziehungsstatus bei Facebook und anderen Sozialen Netzwerken offen preiszugeben, denn ohne dieses öffentliche Bekenntnis zueinander wirkt die Beziehung nicht offiziell. Zur Veröffentlichung auf Instagram und anderen Plattformen werden vor allem Fotos ausgewählt, die das Pärchen besonders glücklich und unbeschwert aussehen lassen. Auch Trennungen werden mitunter öffentlich ausgetragen.

Echte Verbindungen?

Aber wie ist es möglich, dass sich über das reine Chatten so starke Bindungen aufbauen lassen? Falls Sie die Video-on-Demand-Plattform Netflix nutzen, kann ich Ihnen mit »The Circle« ein Reality-Format empfehlen, an dem sich gut erkennen lässt, wie schnell und intensiv sich Beziehungen nur durch Chats entwickeln können. (Ich empfehle, mit der ersten Staffel von »The Circle: USA« zu beginnen.) In dieser Reality-Produktion leben die Teilnehmer*innen mehrere Tage zusammen in einem Haus, allerdings in getrennten Wohnungen, ohne sich zu sehen. Das Ziel der Show ist es, am Ende den/die beliebteste/n Spieler*in zu küren. Alle Teilnehmer*innen legen sich ein kurzes Profil an (Foto, Name, Alter, Beruf, Beziehungsstatus, Interessen) und kommunizieren nur über einen Chat. Einige machen diese Angaben wahrheitsgetreu, andere geben sich als eine andere Person aus, die ihnen für den Sieg erfolgversprechender erscheint, und legen somit ein Fake-Profil an. Sie bewerten sich mehrfach gegenseitig, und wer am Ende als beliebteste/r Spieler*in gewählt wird, gewinnt ein Preisgeld. Zwar spielt jede Person für sich, um zu gewinnen, doch die aufgebauten Beziehungen führen zu interessanten Dynamiken. In kürzester Zeit entstehen strategische Bündnisse und Intrigen, Freundschaften und romantische Beziehungen – ohne überhaupt sicher zu sein, ob das Gegenüber eine reale oder eine fiktive Person ist. Die Zuschauer*innen der Show können den Teilnehmer*innen dabei zusehen, wie diese echte Gefühle gegenüber fremden Mitspieler*innen entwickeln – was zugleich lustig, faszinierend und ein wenig beängstigend ist.

Wenn Sie die Reality-Show nicht anschauen können oder möchten, hier ein ähnliches – analoges – Beispiel: Falls Sie mal einen Brieffreund oder eine Brieffreundin hatten, werden Sie vielleicht besser nachvollziehen können, wie es funktionieren kann, Freundschaften über Briefe und vielleicht mal ein beigelegtes Foto aufrechtzuerhalten. Heute funktioniert das über E-Mails, Textnachrichten, Fotos, Videos, Sprachnachrichten und Videotelefonie noch schneller und intensiver. Sich zu verlieben, braucht nur wenige positive Anreize. Ob daraus allerdings tatsächlich Liebe wird, hängt von vielen weiteren Faktoren ab.

Vorteile von Online-Beziehungen

Wer sich online kennenlernt, agiert zunächst in einem (mehr oder weniger) anonymen Schutzraum. Jede Person kann selbst entscheiden, was er oder sie von sich preisgibt, welche Interessen, welche Charaktereigenschaften und persönlichen Marotten. Die Selbstdarstellung lässt sich zum größten Teil steuern, was einen großen Reiz darstellt: Jede*r kann sich so präsentieren, wie er oder sie gerne wäre – mit der Tendenz, die Eigenschaften zu verbergen, die man selbst als schlecht empfindet. Andererseits ermöglichen Online-Bekanntschaften es auch, unsere wahren Gedanken und Gefühle preiszugeben, uns gerade nicht verstellen zu müssen und auszuprobieren, wie die eigene Persönlichkeit auf andere wirkt – es gibt ja nicht viel zu verlieren. Auf den reinen Chat-Kontakt folgen meist Telefongespräche oder Videotelefonate. Wenn der Partner oder die Partnerin nicht passt, kann diese Beziehung ganz einfach wieder beendet werden, bevor sie in die Offline-Welt integriert wurde und physische Treffen stattgefunden haben. Ganz zu schweigen von der Zeitersparnis, die sich durch das Kennenlernen in dieser Form ergibt.

Stellen Sie sich vor, wie attraktiv Online-Bekanntschaften für Jugendliche sind, die gerade die Pubertät durchleben und ihre Interessen, ihren Körper und ihre sexuelle Orientierung erkunden: Die Vorteile von virtuell aufgebauten Beziehungen sind kaum von der Hand zu weisen. Die sexuelle Selbstbestimmung zu ergründen, gehört zu einer der Entwicklungsaufgaben von Jugendlichen: **Sie lernen ihre Sexualität kennen, lernen sie zu steuern und zu entscheiden, ob und, wenn ja, welche sexuelle Aufmerksamkeit sie erregen wollen – ein Erfahrungsschatz, der sich gerade erst aufbaut.** Gleichzeitig birgt diese Form des Kennenlernens ein großes Risiko: Nämlich bei einem Offline-Treffen plötzlich an die falsche Person zu geraten (dazu mehr im Kapitel »Sexuelle Anmache im Netz«).

TIPP:
Reden Sie mit Ihrem Kind ganz grundsätzlich über Liebe und Beziehungen, z.B. darüber, dass die erste große Liebe womöglich nicht die letzte bleibt. Vielleicht können Sie Beispiele nennen von Paaren im Bekanntenkreis, die sich erst im Erwachsenenalter kennengelernt haben? Sie sollen die romantischen Vorstellungen von »Sie lebten glücklich bis an ihr Lebensende« keineswegs desillusionieren, lediglich verschiedene Szenarien und Beziehungsmodelle aufzeigen, die Ihrem Kind dabei helfen können, auf dem Boden zu bleiben, wenn der Kopf über den Wolken schwebt. Denn die »rosarote Brille« plus die Anonymität im Netz können persönliche Hemmschwellen stark verringern.

Exkurs: Sexualpädagogik online

Elternfreie Zone?

An welches Vermittlungsformat denken Sie bei dem Stichwort »sexuelle Aufklärung«? Das elterliche Gespräch über Bienchen und Blümchen? Eine ruhige Unterhaltung über den richtigen Zeitpunkt für das »erste Mal«? Sexualaufklärung in der Schule und die Vorführung eines Kondoms anhand einer Banane? Beratungsformate in Jugendzeitschriften wie der BRAVO? Das heimliche Anschauen von Pornos? Aufklärung über Film und Fernsehen? – Dann liegen Sie gleichzeitig richtig und falsch. Denn die »klassischen« Aufklärungsmethoden werden weiterhin eingesetzt und sollten auch beibehalten werden, damit Jugendliche den für sich selbst passendsten Kanal – ihre Wohlfühlzone – finden können. **Der Löwenanteil der Sexualaufklärung findet jedoch durch Freunde oder (Online-)Medien statt: In Sozialen Netzwerken, in Online-Foren und über Serien/Filme auf Streaming-Plattformen.** Egal ob Verhütung, Aufklärung über (ungewollte) Schwangerschaften oder sexuell übertragbare Krankheiten, die Gefahr vor sexuellen Übergriffen, unterschiedliche Vorlieben und sexuelle Orientierungen oder die geschlechtliche Identität: Das Netz ist voller individueller Geschichten, die Jugendliche an diese Themen heranführen. Und der Bedarf an diesen Inhalten ist bei Jugendlichen groß. Die gemeinsamen Nenner der Aufklärung im Netz lauten: 1. Die Vielfalt von Sexualität steht im Vordergrund. 2. Es gibt keine Tabus.

Wie viel Aufklärung ist nötig?

Nun trifft der öffentliche Umgang mit Sexualität mit all seinen Facetten nicht immer den Geschmack von Erwachsenen. Die Gründe dafür sind vielfältig: Während für die einen Sexualität ein so intimes Thema ist, dass sie jeglichen öffentlichen Diskurs dazu vermeiden, werden in anderen Familien diese Themen aus ethischen, kulturellen oder religiösen Gründen tabuisiert. Wiederum andere sind schlicht überfordert von so viel Offenheit gegenüber sexualpädagogischen Themen, die in ihrer eigenen Erziehung und

Jugend nicht aktiv behandelt/besprochen wurden. All diese Aspekte sind meiner Ansicht nach bis zu einem gewissen Punkt legitim, verständlich und nachvollziehbar. Das Mindestmaß an Aufklärung liegt jedoch in meinen Augen bei Themen, die den Schutz von Kindern und Jugendlichen in akuten Situationen betreffen. Konkret heißt das: **Aufklärung zu Verhütung, Krankheiten und sexuellen Übergriffen muss sein. Es gibt keine guten Gründe, darauf zu verzichten.**

Aufklärung ohne Tabus – analog oder im Netz?

In vielen Familien findet viel zu wenig Sexualaufklärung statt, auch in Schulen wird das Thema häufig stiefmütterlich behandelt. Erschwerend kommt hinzu, dass Eltern und Schule mit zunehmendem Alter – salopp gesagt – immer weniger zu melden haben. Beim Thema Sexualität sind viele Jugendliche daher mehr oder weniger auf sich allein gestellt und auf die Peergroup (das gleichaltrige Umfeld) sowie auf frei zugängliche Medienformate angewiesen. Das ist für ihre Entwicklung und die wichtige Ablösung von den Eltern erst einmal nicht schlecht, denn Gespräche über die ersten Liebschaften oder die sexuelle und geschlechtliche Orientierung können – nicht immer, aber oft – zu Peinlichkeiten zwischen Kindern und Eltern führen.

Anhand von Studien lässt sich beobachten, dass Jugendliche immer länger bis zum ersten Geschlechtsverkehr warten, gleichzeitig steigt der Austausch erotischer Bilder, ohne dass es zu sexuellen Handlungen kommt. Kaum etwas zeigt eindrucksvoller, dass Jugendliche sich mit ihrer Sexualität beschäftigen und auf verschiedenen Wegen damit auseinandersetzen. Aber was online erprobt wird, spiegelt nicht zwangsläufig eins zu eins ihr Verhalten in der Realität wider. Außerdem zeigen dieselben Studien, dass Jugendliche sich mehr Gespräche mit ihren Eltern über Sexualität, Liebe und emotionale Bindungen wünschen.[29] Also was denn nun? Sollen Eltern ihre Kinder in der Pubertät in Ruhe lassen, peinliche Gespräche über Sex vermeiden und sie ihre eigenen Erfahrungen machen lassen? Oder ausgiebig mit ihnen über Liebe und Sex sprechen? Meine Antwort lautet: Finden Sie ganz individuell heraus, was Ihrem Kind lieber ist.

TIPP:
Signalisieren Sie Ihrem Kind, dass Sie für Gespräche über Gefühle und Sexualität zur Verfügung stehen, ohne dabei zu viel Druck auszuüben. Fragen Sie hin und wieder, ob es eine Person gibt, in die Ihr Kind verknallt ist, aber fragen Sie auch niedrigschwelliger: »Gibt es eine Person, die du sehr bewunderst? Bei der du dich wohlfühlst? Für die du alles tun würdest? Für die du dich verändern würdest?« Sie müssen davon ausgehen, dass Sie nicht immer Antworten und die volle Wahrheit erhalten. Aber auf diesem Weg bekommen Sie Hinweise über die Art der Beziehung: Ob es sich um freundschaftliche oder romantische Beziehungen handelt, ob aus der Freundschaft mehr werden könnte und ob sich eine »toxische« Bindung, Druck oder Missbrauch abzeichnen.

Das Internet hat einen neuen Zugang zu Sexualaufklärung geschaffen. Eine der bekanntesten Persönlichkeiten in dem Genre ist Nicolette Fountaris, eine transsexuelle Comedienne und Unternehmerin, die ganz offen und unzensiert über Sexualität spricht, auch ihre eigene. Mit ihrem Aufklärungsformat steht sie nicht allein da, denn viele Personen der LGBTQIA+-Community tauschen sich – öffentlich oder in geschlossenen Gruppen – online aus. **Diese Informationsmöglichkeiten im Netz sind sehr wichtig, da Themen rund um Homo- und Transsexualität in vielen Familien tabuisiert werden.** Neben zahlreichen selbst ernannten Expert*innen für verschiedene Themen trudeln bei TikTok auch immer mehr öffentlich-rechtliche Formate ein, die über Sexualität aufklären, wie z.B. der Kanal @wahrscheinlichpeinlich des MDR.

Ein verfälschtes Bild von Sexualität

Wenn sich Jugendliche zum Teil selbst im Netz aufklären, ist das zunächst noch nicht problematisch, wenn sie aber in eine durch

Algorithmen verursachte Filterblase geraten und dadurch ein einseitiges Bild von Sexualität bekommen, können die Auswirkungen auf spätere Bindungen, Beziehungen und andere Verhaltensweisen maßgeblich sein. Vor allem der Konsum von pornografischen Videos kann ein verfälschtes Bild von Männlichkeit und Weiblichkeit erzeugen. Bei jüngeren Kindern, die ohnehin noch nicht mit pornografischen Inhalten in Berührung kommen sollten, empfiehlt sich – wie im Kapitel »Jugendschutz durch technische Kontrollen« beschrieben – die Installation von technischen Jugendschutzfiltern, bei älteren Kindern gibt es meiner Meinung nach keinen Grund dafür. **An die Inhalte kommen sie, wenn sie wollen, auch auf anderen Wegen. Und auch im Alltag begegnen ihnen zumindest erotische Inhalte an vielen öffentlichen Stellen.**

Umso wichtiger ist die Aufklärung darüber, dass die dargestellten Sexualakte oftmals choreografiert sind, dass die Männer ggf. Potenzmittel einnehmen, um länger durchhalten zu können, dass lautes Stöhnen von Frauen als Stilmittel eingesetzt wird, dass Sexualpraktiken im echten Leben auf sehr individuellen Vorlieben basieren und darüber hinaus in Pornos viele Rollen- und Geschlechterklischees bedient werden. Die meist holprige und gleichzeitig aufregende Kennenlernphase wird in Pornos übersprungen, das vorsichtige Herantasten an Wünsche und Grenzen fehlt komplett. Dasselbe gilt für das gegenseitige Einverständnis: Viele Vorgänge in Pornos wirken ganz selbstverständlich und von beiden Seiten erwünscht. Hier können falsche Vorstellungen entstehen, weshalb es wichtig ist, über »consent« (Zustimmung) bezüglich sexueller Annäherung zu sprechen. Eine gute Gelegenheit, um die wichtige Regel »Nur Ja heißt Ja« zu thematisieren.

Sexuelle Anmache im Netz

Durch die Anonymität im Netz hat sich schon so manche Person darüber gewundert, wen sie bei einem Offline-Treffen schließlich vor sich hatte. Die zuvor zugeschickten Fotos wurden oft geschönt, bei der Körpergröße wurde geschummelt usw. Oder handelt es sich etwa um eine völlig andere Person? Bevor es überhaupt zu einem Treffen kommt, ist meist schon viel geschehen, nämlich das Online-Kennenlernen. Dieses kann sich durchaus gefährlich gestalten.

Was sind »Cybergrooming« und »Cyberstalking«?

»Cybergrooming« (sinngemäß übersetzt: virtuelle Anbahnung) beschreibt die Vorbereitung sexueller Übergriffe in Sozialen Netzwerken, Chats und Online-Games auf Minderjährige. Der Täter (seltener: die Täterin) verwickelt sein Gegenüber in Gespräche und arbeitet daran, ein vertrauensvolles Verhältnis aufzubauen. Lässt er auch bei deutlicher Ablehnung nicht von seinen Nachrichten und Aufforderungen ab, kann sich Cybergrooming zu Cyberstalking entwickeln. Letzteres wird oftmals auch durch eifersüchtige Partner*innen oder Ex-Partner*innen verübt, die von einer Beziehung nicht loslassen möchten, oder von Fremden, die sich fanatisch eine sexuelle Beziehung mit dem Opfer wünschen. Stalker*innen verfolgen allerdings nicht immer romantische Ziele: Die Obsessionen können auch hasserfüllter Natur sein, mit dem Ziel, eine Person zu belästigen oder ihr zu schaden. Das Risiko, dass sich Cyberstalking im Netz entwickelt, dann aber in der analogen Welt weitergeführt wird, ist groß.

In vielen Fällen – aber bei weitem nicht immer – geben sich ältere Personen als Gleichaltrige aus, vor allem wenn sie unter Pädophilie leiden. Dabei handelt es sich um eine Normabweichung bei Männern oder Frauen, die sich darin äußert, dass sie als Erwachsene ausschließlich sexuelles Interesse an Säuglingen, Kindern und Jugendlichen haben. Manche Expert*innen sprechen von einer Störung der Sexualpräferenz, andere von einer psychischen Störung – die genaue Definition ist höchst umstritten. Dass diese Personen in jedem Fall eines Tages sexuellen Missbrauch begehen und immer männlich sind, sind allerdings weit verbreitete Mythen. Zum einen können auch Frauen pädophil sein, zum anderen bleiben pädophile Neigungen häufig unbemerkt. An der Stelle spielt das Internet eine maßgebliche Rolle: Die reine Beobachtung von Kindern und Jugendlichen im Netz reicht oftmals zur Erfüllung des sexuellen Interesses aus – sogar, wenn es sich um »ganz normale« Bilder und Videos handelt, die keineswegs anzüglich sind. Erst wenn diese Befriedigung nicht mehr ausreicht, kommen das Verlangen nach erotischeren Bildern, die direkte Kontaktaufnahme zu Kindern und danach ggf. weitere Schritte hinzu, bis hin zu sexuellem Missbrauch.

Missbrauch von Bildmaterial

Machen Sie Ihrem Kind bewusst, dass auch ganz alltägliche Fotos missbraucht werden können. Und denken Sie selbst ebenfalls immer daran, wenn Sie Fotos veröffentlichen. Viele Eltern veröffentlichen voller Stolz die Fotos ihrer Kinder auf Abschlussfeiern, bei Familienausflügen oder aus dem Alltag. Dafür hat sich der Begriff »Sharenting« etabliert, zusammengesetzt aus »share« (= teilen) und »parenting« (= elterliche Erziehung). **Alle Bilder von Ihrem Kind, die Sie im Netz hochladen, können für Mobbing, Identitätsdiebstahl oder pornografische Zwecke missbraucht werden** – dabei verletzen Sie mit ungefragter Veröffentlichung der Bilder auch die Persönlichkeitsrechte Ihres Kindes (dazu mehr im Kapitel »Privatsphäre ist ein nicht verhandelbares Grundrecht«).

TIPP:

Sie können einen ganz einfachen Gesprächseinstieg in das Thema finden, indem Sie Ihrem Kind sagen: »Gerade wollte ich das Foto von unserem Konzertbesuch bei ›XY‹ (hier den Messenger oder das Soziale Netzwerk einfügen, das Sie nutzen) hochladen, aber dann fiel mir ein, dass das keine gute Idee ist, weil es ja in falsche Hände geraten könnte.« An dieser Stelle können Sie Ihrem Kind auch erklären, wieso es mit den Fotos von anderen Freund*innen und Familienmitgliedern sorgsam umgehen und ggf. von Veröffentlichungen absehen sollte.

Vorgehensweise von Cybergroomer*innen

Trick 1: Geduld

Es gibt immer wieder Fälle, in denen »Cybergroomer*innen« schnell als solche erkannt werden können. Es gibt aber auch sehr geduldige Täterinnen und Täter, die über Jahre hinweg eine freundschaftliche Beziehung zu ihren Chatpartner*innen aufbauen, bevor sie damit beginnen, die Gespräche in eine sexualisierte Richtung zu lenken. Durch meine eigenen Erfahrungen mit Cybergrooming kann ich sehr gut nachvollziehen, wie schnell man sich in Gespräche verwickeln lässt, die schließlich in eine sexuelle Anbahnung übergehen. Aussagen wie »Mir würde so etwas nie passieren« sind schlicht falsch. Eine Studie aus dem Jahr 2021 zeigte, dass im Schnitt ein Viertel der befragten Kinder und Jugendlichen zwischen 10 und 18 Jahren bereits erwachsene Personen im Internet kennengelernt hat, die sich im realen Leben mit ihnen verabreden wollten. **Etwa jede sechste Person zwischen 10 und 18 Jahren wurde mit Versprechungen wie Geld, Spielzeug, cooler Kleidung oder einem neuen Handy gelockt, sie sollte »lediglich« Fotos oder Videos von sich zur Verfügung stellen.** Ähnlich häufig sind die Fälle, in denen Kinder und Jugendliche gezielt dazu aufgefordert wurden, sich vor der Kamera nackt auszuziehen. All diese Zahlen nehmen mit steigendem Alter zu und betreffen Mädchen und Jungen fast gleichermaßen (Mädchen sind geringfügig häufiger betroffen). Dass Kinder zwischen 10 und 18 Jahren diese Erfahrungen nicht selbst gemacht, aber bei Freunden beobachtet haben, kommt darüber hinaus noch weitaus häufiger vor – was für eine hohe Dunkelziffer spricht.[30]

Trick 2: Vertrauen aufbauen

Teilweise suchen sich Täter*innen ihr Ziel für sexuelle Übergriffe im Netz sorgfältig aus. In kleinen Schritten bereiten sie eine Abwendung des Opfers von seinen Freund*innen und seiner Familie vor und lenken gleichzeitig das Vertrauen immer mehr auf die eigene Seite. Sätze wie »Wahrscheinlich verstehen dich all deine Freunde nicht, aber mir kannst du vertrauen, ich verstehe dich und bin immer für dich da« sind für einige Jugendliche genau das, was sie brauchen – gerade wenn sie sich in der Pubertät von ihrem gesamten Umfeld missverstanden fühlen. **Aber auch Kinder und Jugendliche, die gesunde und vertrauensvolle Verhältnisse zu Freund*innen und innerhalb der Familie pflegen, können durch perfide Tricks angelockt werden.** Wenn das Vertrauen erst einmal etabliert ist, ist es nur noch ein vergleichbar kleiner Schritt zu Flirts und dem Aufbau eines romantischen Verhältnisses. Letztlich fordert der Täter oder die Täterin meist sexuelle Interaktion ein, z.B. in Form von freizügigen Bildern, erotischen Nachrichten oder sexuellen Handlungen vor der Kamera. Selbst wenn bei Jugendlichen die Alarmglocken läuten, können die Gespräche und Flirts einen gewissen Reiz haben, sodass sie sich zunächst darauf einlassen. Sie testen Grenzen aus, tasten sich Schritt für Schritt vor und unterschätzen oftmals das Risiko. Die Täter*innen spielen dabei gezielt mit den Bedürfnissen von Kindern und Jugendlichen, z.B. Verständnis, ein offenes Ohr, Zuspruch, Anerkennung, Komplimente und Zuneigung. Teilweise kommen Zweifel bei den betroffenen Jugendlichen erst dann auf, wenn das zur Verfügung gestellte Bild- oder Videomaterial als Druckmittel eingesetzt wird, um Weiteres zu erpressen. Die Aufforderung zu physischen Treffen steht meist an letzter Stelle, wenn Cybergroomer*innen die Chats und das Bildmaterial nicht mehr genügen, um ihr sexuelles Verlangen zu stillen. Offline-Treffen bedeuten für die Täterinnen und Täter zugleich ein großes Risiko des Misserfolgs, das sie sorgfältig abwägen.

Trick 3: Schlechtes Gewissen einreden

Einige Cybergroomer*innen lassen an der Stelle bereits los, andere versuchen die aufgebaute Beziehung geschickt zu retten: »Wieso schreibst du nicht mehr? Was habe ich falsch gemacht? Es tut mir so leid! Ich werde dich nie wieder auffordern, mir Bilder von dir zu schicken, du bist mir doch so wichtig!« In vielen Fällen ist die Beziehungsarbeit an der Stelle bereits so weit fortgeschritten, dass Jugendliche sich nicht mehr selbst aus der Situation befreien können, sie die Kontrolle verlieren und zunehmend **in ein Abhängigkeitsverhältnis zu dem Täter oder der Täterin rutschen**. Aufforderungen an Ihr Kind wie »Warum redest du überhaupt noch mit dem? Mach doch einfach Schluss damit!« sind daher wenig zielführend. Die Täter wissen genau, welche Knöpfe sie drücken müssen.

TIPP:

Sprechen Sie mit Ihrem Kind über die Geduld, die einige Täter*innen mitbringen und die ihre perfiden Pläne so schwer durchschaubar macht. Stellen Sie deutlich heraus, dass es Ihrem Kind nicht peinlich sein muss, wenn es mal in solch eine Situation geraten ist. Sie sollten Ihrem Kind klarmachen, wie gefährlich es sein kann, Online-Beziehungen mit Fremden aufzubauen oder gar sich mit ihnen zu verabreden. Wenn Sie aber jede Bewegung in diese Richtung verteufeln, wird Ihr Kind vermutlich nicht zu Ihnen kommen, wenn es tatsächlich Hilfe braucht. Sie sollten auch andere Vertrauenspersonen vorschlagen, z.B. aus dem Familien- und Freundeskreis, Vertrauenslehrer*innen oder Kontaktpersonen in Beratungsstellen für sexualisierte Gewalt (Anlaufstellen finden Sie am Ende dieses Kapitels).

Wie können Jugendliche sich schützen?

Ein allgemeines »Schutz-Rezept«?

Vorweg: Es gibt für solche Situationen keine maßgefertigten Anleitungen. Ich selbst habe damals Chatgespräche, die in eine erotische Richtung verliefen, recht schnell unterbunden. Aber bei etwas geschickterem Vorgehen der Täter wäre ich sicherlich nicht so glimpflich davongekommen. **Die individuelle kognitive, sexuelle und körperliche Reife sowie die unterschiedlichen Lebenserfahrungen von Jugendlichen machen es unmöglich, pauschal vorherzusagen, wie sie in solchen Situationen handeln werden – jede Person reagiert anders darauf.** Für mich spielte nicht nur der Ärger über die vertane Zeit eine Rolle, sondern auch die Enttäuschung darüber, dass die vielen guten Gespräche nur eine Masche und nicht ernst gemeint gewesen waren. Die Hoffnung, dass ich die Situation vielleicht nur falsch interpretiert hätte, starb zuletzt.

Ich denke, dass es vielen Jugendlichen so geht, da sie in der Pubertät noch auf der Suche nach ihrer eigenen Persönlichkeit sind und zudem nicht so schnell einschätzen können, was da eigentlich gerade passiert. Damals konnte ich mich mit ein oder zwei »Testfragen« meist vergewissern, ob meine Sorgen begründet sind (z.B., wenn auf »Was bringt es dir zu wissen, welche Farbe meine Unterwäsche hat?« eine sexuell orientierte Antwort kam). Auch die Frage »Wie alt bist du wirklich?« kann einerseits mit einer weiteren Lüge seitens der Täter schnell abgetan werden, aber auch dazu führen, dass sie sich ertappt fühlen und zurückrudern. Früher war es zudem vielleicht noch sinnvoll, sich (tagesaktuelle) Fotos von der jeweiligen Person schicken zu lassen, aber diese können mittlerweile leicht gefälscht oder von einer künstlichen Intelligenz erstellt werden.

> **TIPP:**
> Geben Sie Ihrem Kind Ausstiegsoptionen für unangenehme Gespräche mit Online-Bekanntschaften an die Hand: gezieltes

Nachfragen, was das sexuelle Interesse bzw. die »komischen Fragen« sollen, oder Fragen nach dem Alter des Gegenübers. Die Problematik bezüglich gefälschter Profilbilder können Sie Ihrem Kind sogar vorführen: Laden Sie sich einfach auf der Webseite *this-person-does-not-exist.com* ein künstlich erzeugtes Profilbild herunter und stellen Sie diesem ein echtes Bild einer fremden Person gegenüber: Erkennt Ihr Kind das Fake-Bild?

this-person-does-not-exist.com

Risiken bei Snapchat

Allgemeinen Schutz vor Cybergrooming bietet natürlich der Verzicht auf Gespräche mit Fremden sowie das Schützen der eigenen Social-Media-Auftritte. Eine besonders gefährliche Funktion beinhaltet der Messenger Snapchat, denn dort gibt es – wie bereits beschrieben – die Möglichkeit, aufgenommene Schnappschüsse auf einer Karte zu vermerken und somit den Foto-Standort preiszugeben. Freizügige Bilder aus dem Sommerurlaub oder auch ein Alltagsbild aus dem Kinderzimmer liefern somit Hinweise auf den Standort in Echtzeit. Um einen Missbrauch dieser Informationen zu verhindern, sollte unbedingt in den App-Einstellungen der »Ghost Modus« gewählt werden, mit dem die automatische Standortveröffentlichung ausgeschaltet wird. Oder die Info über den eigenen Standort nur ausgewählten Freund*innen zugänglich gemacht werden, wenn diese aus irgendeinem Grund wichtig sein sollte.

TIPP:

Sprechen Sie mit Ihrem Kind darüber, dass es sich in Chats zu nichts zwingen lassen soll. Dieser Tipp klingt zunächst banal, ist aber wichtig, denn vielen Kindern und Jugendlichen fehlen einfach Handlungsempfehlungen für solche Situationen. Neben kritischen Fragen an die Chatpartner*innen kann auch Humor dabei helfen, sexuelle Anfragen abzulehnen und sich Raum und Zeit zum weiteren Nachdenken zu verschaffen, ohne als Spielverderber dazustehen: Wenn Ihr Kind zu anzüglichen Fotos aufgefordert wird, kann es – wenn es ihm schwerfällt, gar nicht zu antworten – auch ein lustiges Meme mit dem Text »Hättest du wohl gerne« schicken oder ein Bild von einem Plüschtier aufnehmen, das Dessous trägt. Ihre wichtigste Botschaft an Ihr Kind muss lauten: »Nein zu sagen ist okay! Und es kann dich vor negativen Erfahrungen schützen.«

Was tun bei »Dickpics«?

Cybergrooming beschränkt sich allerdings nicht immer nur auf das Einholen von erotischen Fotos. Auch das bloße Versenden anzüglicher Fotos ist weit verbreitet und gilt strafrechtlich als sexuelle Belästigung. Auch ich habe vor einigen Jahren, also bereits im Erwachsenenalter, mehrfach Penisbilder (sogenannte Dickpics) von fremden Männern zugeschickt bekommen. Wenig verwunderlich, da laut einer britischen Studie aus dem Jahr 2018 immerhin 46 Prozent der Frauen zwischen 18 und 36 Jahren bereits solch ein Foto zugeschickt bekamen.[31] Da sind die Herrschaften bei mir natürlich genau »an der richtigen Stelle« gelandet, denn ich wollte mehr über ihre Beweggründe erfahren. Ihre Antworten bestätigten, was ich aus Studien bereits kannte: Während einige Männer das Versenden von Penisbildern für eine normale Form des Flirtens halten, erhoffen sich andere ein ebenso erotisches Bild als Gegenreaktion oder verschicken die Bilder aus exhibitionistischen Gründen. In den meisten Fällen liegt (sexuelle) Unsicherheit zugrunde, und oftmals zielt dieses Vorgehen auf eine Rückmeldung ab, um die eigene Attraktivität zu prüfen. Viele Absender trauen sich offline nicht, offensiv an Frauen heranzutreten. Auch narzisstische Züge oder der Wunsch, anderen Angst einzujagen, Ärger zu stiften oder Macht zu demonstrieren, können zu solchen Aktionen führen.[32] Natürlich besteht auch die Möglichkeit, dass Ihr eigenes Kind solche Bilder verschickt, vielleicht im Zuge von einvernehmlichem Sexting oder darüber hinaus. Im letzteren Fall sollten Sie Entwicklungspsycholog*innen zu Rate ziehen, denn der Wunsch, Nacktbilder ungefragt zu verschicken, kommt in der Regel nicht plötzlich aus dem Nichts. Er baut sich während der Kindheit und der Pubertät auf und wird durch verschiedene Lebenserfahrungen, Rollenbilder und medial vermittelte Geschlechterrollen geprägt.

Sexuelle Belästigung melden

Ich habe damals die Absender der Bilder blockiert/gemeldet und die Sache auf sich beruhen lassen, aber heute würde ich solche Fälle zur Anzeige bringen, um andere Frauen vor Wiederholungstaten zu schützen. Seit dem Jahr 2020 gibt es die Website *dickstinction.com*, auf der die Empfänger*innen von Dickpics bei der Erstellung einer Strafanzeige begleitet werden. Solche Angebote sind grundsätzlich mit Vorsicht zu genießen, weil ggf. sensible Daten der Anzeigensteller*innen im Netz angegeben werden müssen. In diesem Fall verzichten die Website-Betreiber aber aus Datenschutzgründen auf das Tracking der Website-Nutzer*innen (abgesehen von der Übermittlung statistischer Daten an Google).

Worst case: Nacktfotos im Umlauf

Das passiert nur den anderen?

Auch Erwachsene lassen sich schnell hinters Licht führen, können aber von einer größeren Lebenserfahrung profitieren und erkennen in der Regel schneller, wenn sie auf eine ungesunde Beziehung oder akute Gefahren zusteuern. **Kindern fehlen diese Lebenserfahrungen, ihre Persönlichkeit wird gerade erst geformt und ihre Neugier auf das Leben ist groß.** So kommt es immer wieder zu dem schlimmsten Szenario, das Eltern sich nur vorstellen können: Nacktfotos vom eigenen Kind sind in privaten Kreisen oder gar im Netz im Umlauf. Was für ein Horror! Ihr Kind hat es Ihnen womöglich nicht einmal selbst erzählt, und die Information erreicht Sie durch andere Eltern oder die Klassenlehrkraft? Die Möglichkeiten, wie es so weit kommen konnte, sind vielfältig, aber vor allem: Liebe macht blind. Sicherlich sollten auch Erwachsene diese Weisheit häufiger beherzigen, aber Jugendliche sind da – aus ganz logischen Gründen – etwas naiver unterwegs.

Sexting beschränkt sich, wie bereits beschrieben, nicht auf bloße Textnachrichten, sondern kann auch den Austausch von Fotos beinhalten. Solange die Beziehung intakt ist, bleiben die Fotos im Besitz der Person, für die sie gedacht waren. Doch geht die Beziehung in die Brüche, können jugendlicher Leichtsinn, verletzter Stolz und angeknackste Eitelkeit zu Racheakten verleiten: Die Fotos der Ex-Partner*innen werden anderen gezeigt, womöglich an die engsten Freund*innen weitergeleitet, die sie wiederum anderen zeigen, oder die Fotos werden gar in Soziale Netzwerke hochgeladen. Es gibt im Netz sogar Plattformen, die speziell auf »revenge porn« (Rache-Pornografie) ausgerichtet sind. Sobald die Fotos in Umlauf geraten sind, ist der Schaden bereits irreparabel. **Oftmals sind Kindern und Jugendlichen die Risiken sogar bekannt,** aber wenn der Partner oder die Partnerin, womöglich der erste große Schwarm, nach anzüglichen Fotos fragt, ist es schwierig, diesen Wunsch abzulehnen: Wird er/sie mich noch mögen, wenn ich ablehne? Werde ich vielleicht als prüde, langweilig oder nicht mutig genug abgestempelt? Nicht selten wird auch emotionaler Druck ausgelöst: »Wenn du mir keine Bilder schickst, dann vertraust du mir wohl nicht.« Und in einigen Fällen ist auch Erpressung im Spiel: »Schickst du mir die Fotos nicht, trenne ich mich von dir« (auch »Sextorsion« genannt).

Keine Verurteilung der Abgebildeten

Als ich an Schulen unterwegs war, um unter anderem über Cybermobbing und die möglichen Folgen von Sexting aufzuklären, gab es im 8. Jahrgang einen Fall, bei dem ein Foto eines nur mit Unterwäsche bekleideten Mädchens kursierte. Ihr Gesicht war nicht zu sehen, aber die Mitschüler*innen wussten, um wen es sich handelte. Das Foto machte die Runde. Ich selbst habe von Schülerinnen einer 6. Klasse davon erfahren. In dieser Klasse waren die Meinungen dazu gespalten: Einige Kinder waren sich einig, dass das Mädchen eine »Schlampe« sei, weil sie solch ein Foto aufgenommen habe. Diese Haltung ist kein Einzelfall: Erfahrungsgemäß werden Mädchen schneller für freizügige Bildaufnahmen verurteilt und Jungen in ihren Freundeskreisen eher als »Hengst« oder »cooler Typ« gefeiert, wenn sie erotische Bilder (z.B. Dickpics) verschicken. Andere Kinder in der Schulklasse erkannten, dass der Junge, der dieses Foto verbreitet hatte, eine Straftat begangen hatte.

Ich bin sicher, dass der Impuls vieler Eltern ist: »Kind, wie kannst du nur? Du hättet es doch besser wissen müssen.« Das Wichtigste: Machen Sie Ihrem Kind keine Vorwürfe! **Die Gründe, wieso Ihre Tochter oder Ihr Sohn diese Fotos aufgenommen hat, können vielfältig sein, spielen aber zunächst keine relevante Rolle.** Ihr Kind ist zutiefst verletzt worden, sein Vertrauen wurde missbraucht und das Schamgefühl ist groß. Ihr Kind braucht Sie jetzt. Solch ein Bild von sich selbst aufzunehmen ist noch keine Straftat, auch nicht, es im Vertrauen an eine andere Person weiterzugeben. Allein die Person, die die Bilder unerlaubt verbreitet, macht sich strafbar.

So sollten Sie sich verhalten

1. **Ruhe bewahren und Ihr Kind trösten.** Fragen Sie vorsichtig nach, wie es dazu gekommen ist, um herauszufinden, ob z.B. eine Erpressung vorliegt. In vielen Fällen werden Sie aber erfahren, dass die Bilder als Vertrauens- oder Liebesbeweis verschickt wurden, und das sollten Sie vorwurfsfrei annehmen. Gespräche über die Risiken beim Austausch erotischer Bilder können Sie auch später noch führen, allerdings wird diese Erfahrung Ihrem Kind vermutlich schon lehrreich genug gewesen sein.
2. **Klären Sie, wie die Bilder in Umlauf gekommen sind.** Wenn sich herausfinden lässt, wer dafür verantwortlich ist und es sich um einen bekannten Jugendlichen handelt, sollten Sie Gespräche mit den Eltern dieser Person organisieren. Je nachdem, aus welchem Umfeld der/die Verantwortliche stammt, sollten Sie unbedingt entsprechende Mediatoren hinzuholen, z.B. Lehrkräfte, Schulleitung, Teamleiter, Trainer*innen im Verein usw. Wenn ein Mädchen vom Missbrauch der Bilder betroffen ist, sollten weibliche Mediatorinnen dabei sein, bei betroffenen Jungen auch männliche Personen. Ziehen Sie den Kreis allerdings nicht zu groß und nehmen Sie nur die Personen hinzu, deren Mitwissen und Anwesenheit sinnvoll erscheint, denn für Ihr Kind handelt es sich um eine extrem schambehaftete Situation. Ihr Kind sollte daher bei diesen Gesprächen selbst nicht dabei sein, wenn es nicht zwingend nötig ist.
3. **Sichern Sie Beweise.** Machen Sie (bzw. Ihr Kind) Screenshots von den Nachrichten, die zum Austausch der Bilder geführt haben, vor allem wenn Druck auf Ihr Kind ausgeübt wurde. Notieren Sie Datum und Uhrzeit und schreiben Sie Gedächtnisprotokolle, wenn Absprachen mündlich stattgefunden haben. Sichern Sie Beweise von der unerlaubten Veröffentlichung. Speichern Sie die Nacktbilder von Minderjährigen aber nicht auf Ihrem eigenen Gerät! Sonst sind Sie im Besitz pornografischer Dar-

stellungen Minderjähriger. Am besten holen Sie sich bereits für die korrekte Beweissicherung Hilfe von Expert*innen (Anlaufstellen finden Sie am Ende des Kapitels).

4. **Erstatten Sie Anzeige bei der Polizei.** Sie können im ersten Moment noch nicht absehen, wie sich der Missbrauch der Bilder auf Ihr Kind auswirken wird, sowohl psychisch als auch in Bezug auf das weitere Leben. Der Schaden kann größer ausfallen, als Sie denken, und Sie sollten rechtlich dagegen vorgehen. Bestimmt werden der/die Täter*in versprechen, so etwas nie wieder zu tun, aber mit Sicherheit wissen Sie es nicht und eine Strafanzeige kann auch als erzieherische Maßnahme wirkungsvoll sein. Anzeige zu erstatten und die Geschichte immer wieder erzählen zu müssen, kann für Ihr Kind aber auch eine hohe Belastung darstellen, deshalb sollten Sie das nicht über den Kopf Ihres Kindes hinweg entscheiden und ggf. Hilfe von Beratungsstellen in Anspruch nehmen, die sich mit digitaler oder sexualisierter Gewalt auskennen (Anlaufstellen finden Sie am Ende des Kapitels).
5. **Konsequenzen für Täter*innen:** Möglicherweise stehen Sie gar nicht auf der Seite der Betroffenen, sondern sind Mutter oder Vater eines Kindes, das die Bilder ungefragt weitergeleitet hat. Finden Sie heraus, wieso Ihr Kind das getan hat, und erklären Sie, was daran falsch war. Wenn es sich um Gründe aus der Kategorie »jugendlicher Leichtsinn« handelt: Das macht noch keinen schlechten Menschen. Die (zivil- und strafrechtlichen) Konsequenzen muss Ihr Kind dennoch tragen. Das Strafmaß kann unterschiedlich ausfallen: Geldstrafen, gemeinnützige Arbeit oder sogar eine Freiheitsstrafe, je nachdem, was auf den Bildern zu sehen ist und wie alt Betroffene*r und Täter*in sind. Stehen Sie Ihrem Kind bei den Vorgängen, die es nun zu bewältigen hat, zur Seite. Holen Sie sich selbst auch Unterstützung, wenn Sie sich dafür nicht gewappnet fühlen (Anlaufstellen finden Sie am Ende des Kapitels).

Präventive Maßnahmen

In den meisten Ratgebern für Eltern werden Sie Hinweise dazu finden, wie Jugendliche sicheres Sexting betreiben können, auch »Safer Sexting« genannt: Sie sollen ihr Gesicht nicht mitfotografieren, keine Merkmale zur Schau stellen, die sie identifizierbar machen (z.B. Muttermale, Narben, Tattoos oder Piercings) und auch auf den Hintergrund achten, vor dem sie sich ablichten, um keine Personenzuordnung zu ermöglichen. All diese Tipps sind vollkommen richtig und wichtig zu vermitteln, doch eine absolute Sicherheit können diese Vorkehrungen nicht erzielen. Wenn doch etwas auf dem Foto zu erkennen ist, das eine Identifizierung zulässt, neigen die meisten Menschen dazu, Bilder zu retuschieren, z.B. Gesichter und Gegenstände unkenntlich zu machen, indem sie verwischt, verpixelt oder übermalt werden. Sie kennen es vielleicht von sich selbst, wenn Sie Bilder aus dem Urlaub oder von Familienfeiern veröffentlichen, auf denen sie aus besten Absichten die Gesichter der Kinder unkenntlich machen oder die Kennzeichen der parkenden Autos vor der Veröffentlichung schwärzen. Aber Übermaltes kann manchmal durch ein paar Änderungen der Bildbelichtung wieder sichtbar gemacht werden – was ausreichen kann, um zu erkennen, um wen es sich handelt. Und auch Technologien zum Wiederherstellen von Verpixelungen werden vermutlich irgendwann auf den Markt kommen. Sogar, wenn sich absolut keine identifizierbaren Merkmale auf dem Bild erkennen lassen, ermöglicht jedes Bild eine potenzielle Zuordnung zu einer Person: Durch die Daten, die in dem Bild selbst stecken – sogenannte »Metadaten«.

Was sind Metadaten?
Metadaten sind Informationen und Merkmale, die in anderen Daten enthalten sind. Sozusagen Daten über Daten. In einem Handyfoto wird beispielsweise gespeichert, wann (Datum und

Uhrzeit), mit welchen Belichtungseinstellungen und mit welchem Gerät das Foto aufgenommen wurde (sogar das genaue Modell). Eventuell sogar, wo es geschossen wurde (Standortdaten). Die Metadaten von Fotos können leicht mit frei zugänglichen Programmen ausgelesen werden (z.B. mit Photoshop, GIMP, EXIF-Viewer oder diversen webbasierten Programmen). Besteht bereits ein Verdacht, von wem dieses Foto stammen könnte, kann einfach ein anderes Foto, das diese Person gemacht hat, zum Vergleich hinzugezogen werden – kinderleicht.

Bilder sind nie ganz gelöscht

Eine ebenfalls nur vermeintliche Sicherheit lockt viele Jugendliche zum Austausch erotischer Fotos über Snapchat. Wie eingangs beschrieben, lässt sich einstellen, wie lange dem Empfänger die Fotos angezeigt werden sollen (z.B. 10 Sekunden). Auch WhatsApp arbeitet an solch einem »Selbstzerstörungsmodus«. Auf den Servern der App-Betreiber bleiben die Fotos aber weiterhin gespeichert. Außerdem lässt sich während des Anschauens über jedes Gerät auch ein Screenshot anfertigen: eine Kopie des eigenen Bildschirms und somit des angezeigten Fotos. Snapchat reagierte nach einiger Zeit auf diesen Trick und passte die App so an, dass die Absender*innen der Fotos nun eine Benachrichtigung bekommen, wenn ein Screenshot angefertigt wurde. Aber zurückholen kann man diesen nicht. Selbst wenn die Möglichkeit zur Anfertigung eines Screenshots irgendwann ganz blockiert werden sollte, können die Bilder immer noch mit einem anderen Gerät abfotografiert werden.

Wünsche & Bedürfnisse bei Online-Flirts und Sexting

- Gefühle und Emotionen erleben
- Liebe und Zuneigung bekommen
- Sicherheit und Geborgenheit erfahren

- Vertrauen üben
- die eigene Sexualität ergründen
- sexuelle Orientierung und Identität finden
- den eigenen Körper kennenlernen
- Befriedigung von Lust
- Beziehungsmodelle ausprobieren
- Bestätigung erhalten
- Selbstbewusstsein und Selbstbestimmung stärken
- Grenzen austesten
- Spannung und Nervenkitzel erfahren
- Ausprobieren im Rahmen der Anonymität

Checkliste
Was können Sie für Ihr Kind tun?

✓ Zeigen Sie Interesse an den Freundschaften und Beziehungen Ihres Kindes, ohne es dafür zu verurteilen. Schlagen Sie auch andere Vertrauenspersonen für Beziehungsfragen vor.

✓ Stellen Sie keine Tabus auf. Sprechen Sie über Gefühle, Sexualität und die Veränderungen des Körpers. Nehmen Sie z.B. Online-Angebote zur Sexualaufklärung zu Hilfe, wenn Sie keinen Gesprächsansatz finden.

✓ Sprechen Sie über die Möglichkeiten, Risiken des Nachrichten- und Fotomissbrauchs bei Online-Flirts zu minimieren, und sensibilisieren Sie Ihr Kind dafür, verantwortungsvoll mit Fotos umzugehen, weil »Safer Sexting« nie hundertprozentig möglich ist.

✓ Wenn Fotos missbraucht wurden: Bleiben Sie ruhig, machen Sie keine Vorwürfe, klären Sie, wie das passiert ist, sichern Sie Beweise für die Straftat, organisieren Sie Gespräche mit Mediator*innen und wenden Sie sich an die Polizei.

✓ Wenden Sie sich bei Fragen z.B. an das **Hilfetelefon für sexualisierte Gewalt (08000 116016),** schauen Sie auf *nina-info.de* oder *hilfe-portal-missbrauch.de*. Sie können auch den **Bundesverband für Frauenberatungsstellen (bff e.V.)** oder die Organisationen »Wildwasser« und »HateAid« kontaktieren. Teilen Sie diese Anlaufstellen auch Ihrem Kind mit.

nina-info.de

hilfe-portal-missbrauch.de

»Doch, das hab' ich im Internet gelesen!«

Wie (falsche) Informationen den Charakter und die Weltsicht formen

Während in einigen Ländern die Internetnutzung und somit der Zugang zu Wissen beschränkt ist, finden wir hierzulande zu jedem Thema Informationen im Netz, inklusive jeder denkbaren Meinung dazu. Aber ist unser Zugang zu Wissen tatsächlich komplett frei? Welchen Informationen kann man glauben? Wieso verbreiten Menschen Falschnachrichten im Netz und welchen Einfluss haben diese auf die Leser*innen? Welche Rolle spielen gleichgesinnte Online-Gruppen bei der Identitätsbildung von Jugendlichen? In diesem Kapitel geht es um Algorithmen, Suchmaschinen und Menschen, die die Informationsbeschaffung im Netz beeinflussen. Ihr persönlicher Einfluss darauf, was Ihr Kind im Netz sieht und liest, ist sehr begrenzt. Es gibt aber Wege, wie Sie die Informationskompetenz Ihres Kindes stärken und ihm dabei helfen können, den Wahrheitsgehalt von Nachrichten zu hinterfragen. Sie bekommen Tipps, wie Sie Ihr Kind durch die Informationsfluten begleiten und das Risiko für Beeinflussungen minimieren können.

Das Bedürfnis nach Informationen

Im Netz verliert man sich leicht

Sich im Internet zurechtzufinden, ist nicht immer leicht. Was schon für Erwachsene schwierig zu bewältigen ist, fällt Kindern und Jugendlichen noch schwerer. Gerade jüngere Kinder stoßen dabei an die Grenzen ihrer kognitiven Fähigkeiten, was zur Orientierungslosigkeit im Web führen kann. Verarbeitungsmenge und -tempo des Gehirns entwickeln sich – psychologischen Theorien zufolge – erst im Laufe des Lebens und erreichen ihren Höchststand im Alter von ca. 30 Jahren.[33] Sicher haben Sie das ein oder andere Mal an sich selbst ein »information overload«, eine Reizüberflutung beobachtet, weil das Angebot schier endlos erschien: Da wollten Sie nur eine bestimmte Sache nachschauen, haben sich aber von Seite zu Seite mitreißen lassen und lesen plötzlich eine Studie zum Zusammenhang von Aspirin-Wirksamkeit und Sternkonstellationen. Ob Ihnen diese Information jemals weiterhelfen wird? Fraglich. Wie Sie dort hingekommen sind? Auch nicht mehr richtig nachvollziehbar. Aber Ihre Suchmaschine weiß es. Und womöglich sind Sie in diese oder in eine ähnliche Richtung sogar gezielt gelenkt worden. Denn hier sind hochkomplexe Algorithmen am Werk.

Der Suchalgorithmus bei Google

Wer beispielsweise Google als Suchmaschine verwendet (also 85 Prozent der Menschen weltweit), hat es mit einem Suchalgorithmus zu tun, der anhand von etwa 200 Merkmalen darüber bestimmt, welche Suchergebnisse angezeigt werden, an welcher Stelle sie in der Ergebnisliste auftauchen und ob gewisse Inhalte überhaupt angezeigt werden. Ein paar bekannte Kriterien: Auf den vorderen Plätzen erscheinen zunächst die Seiten der Anbieter, die Geld an Google bezahlen. Danach folgen Seiten, die nach weiteren Kriterien ausgewählt wurden; Priorität bekommen beispielsweise Websites, die von anderen besonders oft angeklickt oder verlinkt worden sind.[34] Ob auf der unbekannteren Seite ebenso gute oder noch bessere Informationen gestanden hätten, spielt eine untergeordnete Rolle. Essenziell ist auch der Standort, von dem aus eine Suchanfrage gestellt wird: Regionale Informationen werden vorgezogen und die Suchbegriffe werden einem Kontext zugeordnet. Wird z.B. in Deutschland nach »Football« gesucht, erscheinen viele Treffer zur Sportart American Football. Wird aber in Großbritannien nach dem gleichen Begriff gesucht, beziehen sich die Ergebnisse auf die Sportart Fußball. Verraten die vorherigen Suchanfragen jetzt noch, dass eine weibliche Person von einem teuren Gerät aus recherchiert, werden vielleicht die teuersten Stadiontickets für Frauenfußball höher priorisiert. **Alle Informationen, die wir von uns preisgeben, werden analysiert und fließen in die Suchergebnisse mit ein.**

Fast alle Jugendlichen zwischen 12 und 19 Jahren nutzten im Jahr 2021 zwar Suchmaschinen zur Informationsbeschaffung, 30 Prozent griffen allerdings zusätzlich auf Instagram als bevorzugte Quelle zum aktuellen Tagesgeschehen zurück. Etwa ein Viertel der Befragten nutzte YouTube, um sich über aktuelle Themen zu informieren, und ein Fünftel informierte sich über TikTok. Erst dann folgten »klassische« Online-Angebote wie die Nachrichten von TV- und Radiosendern, Zeitungen und Zeitschriften.[35]

Schlagzeilen im Netz

Ein großer Nachteil an Nachrichten auf Social-Media-Plattformen: Viele Beiträge sind qualitativ minderwertig, nur sehr kurz, ohne Quellenangaben oder bestehen lediglich aus Bildern mit kurzen Bildunterschriften. Einige Beiträge wirken sehr aufdringlich und wollen die Aufmerksamkeit auf sich lenken, z.B. durch besonders schockierende Inhalte in den Überschriften. Die Leserinnen und Leser werden von der aktuellen Seite weggelockt und finden hinter dem »spannenden« Beitrag entweder uninteressante Informationen oder einfach nur Werbung. Dieses »Auslegen von Ködern« nennt sich »Clickbaiting« und wird im hochwertigen Journalismus möglichst vermieden. Doch sind mir in den letzten Jahren immer wieder reißerische Überschriften selbst in seriösen Online-

Formaten aufgefallen. Der Kampf um die Aufmerksamkeit im Netz spitzt sich immer weiter zu. Denn logisch: Wenn alle ihre Inhalte im Netz präsentieren, muss man irgendwie auffallen, um gesehen zu werden.

> **TIPP:**
> Es gibt mehr als Google. Nutzen Sie schon bei der Suche nach Informationen Suchmaschinen, die nur wenige Daten erheben und auswerten. Wenn Sie normalerweise Google, Bing, Yahoo oder Yandex verwenden, sollten Sie lieber Startpage, MetaGer oder DuckDuckGo als Standardsuchmaschine in den Einstellungen Ihres Browsers speichern. Stellen Sie die Suchmaschine mit Ihrem Kind gemeinsam um.

Fake News und Desinformation

Wo verbreiten sich Falschnachrichten?

Jede*r kann Informationen und Nachrichten im Netz verbreiten. Es gibt nur selten Kontrollen, die die Inhalte prüfen. Eine Studie aus dem Jahr 2021 zeigt, dass sich etwa die Hälfte der Jugendlichen zwischen 14 und 17 Jahren für tagesaktuelle Nachrichten interessiert (immerhin ein Viertel weist ein hohes Nachrichteninteresse auf) und diese u.a. auch aus Sozialen Netzwerken bezieht.[36] Aber: **Wie qualitativ hochwertig ein Beitrag ist und ob die Informationen fachlich stimmen, müssen die jugendlichen Leserinnen und Leser größtenteils selbst bewerten.** Auch Ironie und Satire müssen selbst erkannt werden. Mir selbst sind z.B. schon häufig Beiträge begegnet, die von dem Satire-Format »Der Postillon« stammten, von vielen jedoch für bare Münze genommen wurden.

Die oben genannte Studie zeigt gleichzeitig, dass die andere Hälfte der befragten Jugendlichen kein besonders großes Interesse daran hat, sich über das aktuelle Tagesgeschehen zu informieren, schon gar nicht, wenn es um Dinge geht, die ihren Alltag nicht betreffen. Stattdessen nehmen sie – das belegt auch eine weitere Studie aus dem Jahr 2022 – häufig Informationen auf, die ihnen »zugespült« werden, die von Influencer*innen und anderen Akteuren für wichtig empfunden und »mundgerecht« aufbereitet wurden.[37] Besonders herausfordernd ist dabei allerdings, dass im Netz nicht nur versehentlich falsche Informationen, sondern auch gezielt Gerüchte und Falschnachrichten verbreitet werden, um »Desinformation« zu bewirken.

Was bedeutet Desinformation?
»Desinformation umfasst alle Formen absichtlich erstellter und weitergegebener manipulierter Informationen. Diese sollen das Publikum täuschen und irreführen, um absichtlich öffentlichen Schaden zu verursachen oder um Profit zu machen. Mit Desinformation wollen einige Leute also beeinflussen, was andere

denken und glauben. [...] Dazu zählen unter anderem Fake News, gekaufte Likes, Memes, Fake Accounts, manipulierte Fotos und Videos sowie Verschwörungserzählungen.« (Klicksafe 2021)[38] Um eine möglichst große Zustimmung für bestimmte Inhalte und Ansichten zu bekommen, werden z.B. Pseudo-Expert*innen zu Wort gebeten, die Meinungen von Minderheiten bedeutender darstellen, als sie sind. Fehlschlüsse werden aus Argumentationen gezogen, unerfüllbare Erwartungen als Maßstab gesetzt, einzelne Informationen aus Zusammenhängen gerissen oder irreführende Vergleiche herangezogen. Desinformation ist somit ohne entsprechendes thematisches Fachwissen nur sehr schwer zu erkennen.

Was sollen falsche Informationen bewirken?

Kein Kanal, über den Nachrichten verbreitet und diskutiert werden, kann jemals hundertprozentig frei von falschen Informationen sein. Als besonders große Verbreitungsstelle gelten allerdings sämtliche Sozialen Netzwerke und seit einigen Jahren der Messenger-Dienst Telegram, der sich zum Tummelplatz für politische Extremist*innen und Verschwörungstheoretiker*innen entwickelt hat.[39] Falsche Informationen, Halbwahrheiten oder gezielt gestreute Gerüchte können großen Schaden anrichten, weil sie zu schlechten bzw. manipulierten Entscheidungen führen können – genau dafür werden sie in die Welt gesetzt. Es geht darum, andere in Verruf zu bringen, ihnen zu schaden, ihre Geduld herauszufordern oder sich gegen andere zu verschwören. Und die Auswirkungen können verheerend sein.

Politische Auswirkungen: Wird behauptet, dass ein Politiker oder eine Politikerin etwas Verbotenes getan hat, verlieren die Wähler*innen das Vertrauen in die Person/Partei, auch wenn sie sich nichts zuschulden hat kommen lassen. Besonders in Wahlkämpfen können Falschnachrichten großen Schaden anrichten. Noch schlimmer: Werden falsche Informationen über Kriegshandlungen verbreitet, stehen sogar Menschenleben auf dem Spiel. Ein aktuelles Beispiel liefert der Angriffskrieg Russlands auf die Ukraine: Beide Seiten setzen gezielt Social Media ein, um ihre Seite der Wahrheit zu verbreiten. Es ist ein regelrechter »Informationskrieg« entstanden, darunter sehr viele gefälschte Nachrichten, Bilder und Videos, die den Kriegsverlauf beeinflussen sollen.

Wirtschaftliche Auswirkungen: Nachrichten beeinflussen grundsätzlich unsere Wirtschaft, Börsenkurse und somit die gesamte Gesellschaft. Werden falsche Nachrichten über ein Unternehmen verbreitet, verliert es beispielsweise seine Kund*innen, sodass ein wirtschaftlicher Schaden entsteht. Ein Beispiel für den Einfluss von Nachrichten haben Sie alle erlebt: Zu Beginn der Corona-Pandemie verbreitete sich die Information, dass das Toilettenpapier in den Läden knapp werden würde. So kam es zu Hamsterkäufen, und erst dann (!) wurde das Toilettenpapier tatsächlich knapp. In der Soziologie und Psychologie werden derartige Phänomene als »selbsterfüllende Prophezeiung« bezeichnet. Im Rahmen von Desinformationskampagnen wird dieses Mittel gezielt eingesetzt, weswegen es wenig verwunderlich ist, dass solche Kampagnen mittlerweile auch als Dienstleistung eingekauft werden können (»Desinformation as a Service«).

Gesundheitliche Auswirkungen: Wird fälschlicherweise behauptet, dass ein Medikament schlimme Nebenwirkungen hat, dann lassen viele Menschen lieber die Finger von der Medizin, die ihnen eigentlich helfen würde. Auch hier ein Beispiel aus Pandemiezeiten: Corona-Schutzimpfungen, zu deren Wirksamkeit es unzählige Gerüchte oder ganz klar falsche Berichte gab, haben viele Menschen abgeschreckt. Allein die Unsicherheit darüber, welche Informationen denn nun stimmen und welche nicht, haben zu Ängsten und Ablehnung geführt. Andersherum gibt es immer wieder Fälle, bei denen auf bestimmte Hausmittel oder Medikamente geschworen wird, die aber in Wirklichkeit keine heilende Wirkung haben oder sogar gesundheitlichen Schaden anrichten.

Enormer Zuwachs bei Falschnachrichten

Eine Studie im Jahr 2021 ergab: Etwa die Hälfte der befragten 12- bis 19-Jährigen ist erst kürzlich extremen politischen Ansichten, Verschwörungstheorien oder Fake News im Netz begegnet (extreme Ansichten: 56 Prozent, Verschwörungstheorien: 51 Prozent, Fake News: 42 Prozent). Alle drei Bereiche hatten im Vergleich zum Vorjahr etwa zehn Prozentpunkte Zuwachs. Ein Grund hierfür ist möglicherweise in der Corona-Pandemie zu suchen, die große öffentliche Diskurse und besonders viele »alternative Fakten« mit sich gebracht hat. Da aber grundsätzlich jedes politische oder gesellschaftskritische Thema Angriffsfläche für Desinformation bietet, sollten die Zahlen an dieser Stelle keinesfalls verharmlost oder allein mit dem besonderen Geschehen begründet werden.[40] **Aufgrund der Algorithmen, die Inhalte vorfiltern, ist Social Media keinesfalls für den Wissenserwerb geeignet, zumindest nicht als alleinige Informationsquelle.** Umso wichtiger wird zukünftig die Aufklärung über die Funktionsweise von Algorithmen und vor allem die reflektierte Auswahl der Accounts, denen man folgt. Denn Sie erinnern sich an das Phänomen der Filterblasen: Was wir lesen und wem wir folgen, entscheidet darüber, welche Nachrichten wir angezeigt bekommen.

Fake News: Versehen oder Vorsatz?

In einer US-amerikanischen Studie aus dem Jahr 2018 wurde die Verbreitung von Falschnachrichten bei Twitter zwischen 2006 und 2017 genauer analysiert. Dabei stellte sich heraus, dass sich 1.) Falschnachrichten viel schneller verbreiten als wahre Nachrichten, dass sie sich 2.) über Social Media (insbesondere Twitter) schneller verbreiten als auf anderen Wegen und dass 3.) schlechte Nachrichten häufiger geteilt werden als gute Nachrichten.[41] Selbst wenn die Inhalte schnell als Falschnachrichten erkannt und der Beitrag nicht aktiv weiterverbreitet wird: Der Algorithmus »arbeitet«. Es reicht, wenn ein neuer Klick registriert wurde, der die Beliebtheit des Artikels ankurbelt und ihn anderen Personen wieder an vorderen Stellen anzeigt. Bis hierhin ist noch keine vorsätzliche Verbreitung erkennbar. Aber die Studie ergab auch, dass es vielen Social-Media-Nutzer*innen nicht wichtig ist, ob sie wahre oder falsche Informationen verbreiten. Die Aufmerksamkeit für den eigenen Account steht im Vordergrund: **Schockierende, überraschende und polarisierende Nachrichten führen zu mehr Klicks und Likes für sie selbst** – und das bei einem minimalen Aufwand, dem einfachen Teilen einer Nachricht. Das hat den zusätzlichen Vorteil, dass sie in ihrem sozialen Umfeld mitreden können, ohne ein hohes Maß an Eigenrecherche aufbringen zu müssen. Es bestehen somit nicht nur politische oder wirtschaftliche Vorteile für diejenigen, die Falschnachrichten in die Welt setzen, sondern auf einer persönlichen Ebene auch für diejenigen, die diese Nachrichten verbreiten.

Untermauern der eigenen Position

Wann kommt Vorsatz ins Spiel? Wer eine starke Meinung von etwas hat, möchte diese auch besonders stark verteidigen – das ist ganz natürlich. Denken Sie an eine Situation, in der Sie fleißig recherchiert haben, um jemanden von einer Sache zu überzeugen. Haben Sie da vorrangig nach vertrauenswürdigen Quellen gesucht oder waren Ihnen auch Informationen willkommen, die Ihre Meinung bestätigt haben? Vor allem, wenn es sich um Themen handelt, die aus persönlichen oder gesellschaftlichen Gründen emotional aufgeladen sind, kann schon mal in Vergessenheit geraten, dass man selbst falschliegen könnte. Einige gehen sogar so weit, sich ihre eigene Wahrheit zu schaffen.

Bei der Aufklärung zu Fake News und Desinformation ist Fingerspitzengefühl nötig: Absolut jede Information hinterfragen zu müssen, wäre furchtbar desillusionierend, beängstigend und realitätsfern. Im Kapitel »Welchen Quellen kann man noch vertrauen?« bekommen Sie Tipps, wie Sie und Ihr Kind sich Orientierung im Nachrichten-Dschungel verschaffen können. Es kann auch sein, dass Ihr Kind zwar öfter an der Echtheit von Nachrichten zweifelt, aber sich nicht traut, Sie oder andere Erwachsene zu fragen, weil es ihm/ihr peinlich ist. Dennoch: Die Hälfte der Jugendlichen zwischen 12 und 19 Jahren fragt – neben eigenen Recherchen zu der Quelle – hin und wieder ihre Eltern, wenn sie einer Information misstrauen.[42]

TIPP:

Wenn Sie sich mit Ihrem Kind über ein bestimmtes Thema unterhalten, sollten Sie auf jeden Fall die hohe Verantwortung betonen, die es als Nutzer*in Sozialer Medien hat. Sensibilisieren Sie Ihr Kind dafür, dass das unüberlegte Weiterleiten von Nachrichten ganz massive Auswirkungen haben kann, und üben Sie den Umgang mit Nachrichten. Die effektivste Möglichkeit, gegen Fake News und Desinformation in ihrer Gesamtheit vorzugehen, ist der kritische Umgang mit jeder Information. Das schließt auch den Kommunikationskanal mit ein und die Person, die die Information teilt. Weisen Sie darauf hin, dass es sehr viele Falschnachrichten und Gerüchte im Netz gibt, aber die Welt nicht untergeht, wenn Ihr Kind versehentlich eine gefälschte Nachricht weitergeleitet hat. Sind Sie selbst schon mal auf falsche Informationen hereingefallen? Dann machen Sie das Ihrem Kind gegenüber transparent – niemand ist unfehlbar.

Videobeweis! Deepfakes auf Höhenflug

Manipulation von Bildern und Videos

»Ein Bild sagt mehr als tausend Worte.« Eine tolle Metapher, fast schon eine Weisheit! Und sie stimmt: Ein Bild »sagt« sehr viel, nur leider nicht immer die Wahrheit. Die Manipulation von Bildern und die Neuschreibung ihrer Geschichten hat durch die wachsenden Möglichkeiten der digitalen Bild- und Videobearbeitung so enorme Ausmaße angenommen, dass ihre Echtheit mittlerweile immer hinterfragt werden muss. **Selbst wenn ein Bild nicht digital bearbeitet wurde, um kleine Makel zu retuschieren, Lichtverhältnisse anzupassen oder stimmungsvolle Filter darüberzulegen, besteht immer noch die Möglichkeit, dass einzelne Teile des Bildes verändert, gelöscht oder hinzugefügt wurden.**[43] Profi-Software, wie z.B. Adobe Photoshop oder GIMP – die (lizenz-)freie Alternative – braucht es dafür nicht mehr, denn Bildbearbeitung ist über unzählige Apps ganz einfach auf dem Smartphone oder Tablet möglich. Die App-Stores sind prall gefüllt mit Programmen, mit denen man das Gesicht um 50 Jahre altern lassen oder Gesichter miteinander vertauschen kann *(Face Swapping)*. Dieselben Bearbeitungsmöglichkeiten bestehen natürlich – wenn auch etwas aufwendiger – bei Videos. Es gibt immer mehr Apps, mit denen sich Video und Ton ganz einfach verändern und kombinieren lassen. Passiert dies mit dem Einsatz künstlicher neuronaler Netze und Algorithmen des maschinellen Lernens im Hintergrund, sprechen wir von »Deepfakes«.

Was sind Deepfakes?

Der Begriff beschreibt eine Kombination aus den Begriffen »Deep Learning« und »Fake«. Es handelt sich um Videos, in denen Ton, Lippenbewegung und Mimik so manipuliert werden, dass sie aussehen, als wären sie echt. Es gibt verschiedene informationstechnische Herangehensweisen an derartige Manipulationen. Meist wird vorhandenes Bildmaterial genauestens analysiert – jeder Bildpunkt, jede Falte und jede Mimik –, sodass in einem zweiten Schritt fiktive Mund- und Gesichtsbewegungen (Worte, Emotionen usw.) darübergelegt werden können, die ebenfalls aus Analysen von Gesichtern stammen. Alles vollautomatisch und im Bruchteil einer Sekunde (teilweise in Echtzeit) durchgeführt von Algorithmen.

Beängstigende technische Entwicklungen?

Maschinelles Lernen und Künstliche Intelligenz stehen – im Vergleich zu den Szenarien, die wir aus Science-Fiction-Filmen kennen – noch am Anfang ihrer Entwicklung. Im Rahmen von Satire ist es ein regelrechter Trend geworden, Personen künstlich witzige Dinge sagen zu lassen. Es gäbe natürlich auch die Möglichkeit, Deepfakes für künstlerische oder wissensvermittelnde Zwecke einzusetzen, z.B. um historische Persönlichkeiten virtuell wieder aufleben zu lassen. Allerdings werden die gefälschten Videos vor allem aus manipulativen Gründen eingesetzt: um Gerüchte und Lügen in die Welt zu setzen, berühmte Persönlichkeiten zu diffamieren und politische Entscheidungen zu beeinflussen. Es ist absehbar, dass Deepfakes schon in naher Zukunft nur noch mit ausgeklügelter IT-Forensik zu erkennen sein werden. Es erscheint mir fast unmöglich, dass Kinder und Jugendliche ihre Informationskompetenzen so ausbauen können, dass sie sich künftig nicht von gefälschten Videos beeinflussen lassen. Bildern oder Videos grundsätzlich nicht mehr vertrauen zu können, ist ein – wie ich finde – sehr trauriger Zustand, zu dem es niemals kommen sollte. Tatsächlich sind wir dem aber schon sehr nahe. Die Problematik rund um Videomanipulationen wird uns gesellschaftlich noch lange beschäftigen. Im Moment gibt es noch Kleinigkeiten, auf die Sie bei Fotos oder Videos achten können. So sind asymmetrische Ohren, merkwürdig proportionierte Körperteile oder ein sechster Finger an der Hand klar als Fälschungen zu erkennen, doch die Technologien werden sich schnell verbessern. Sie sollten sich und Ihrem Kind diese Problematik unbedingt klar vor Augen führen.

TIPP:

Sprechen Sie mit Ihrem Kind im Alltag so oft es geht über mögliche Bildmanipulationen und ihren Einfluss auf den Ruf von Personen, Wirtschaft und Politik. Appellieren Sie an die Vernunft Ihres Kindes. Beispiele finden Sie überall im Netz, z.B. bei YouTube, wenn Sie nach »Best Deepfake Videos« suchen. Dabei werden Sie auch vielen witzigen Videos begegnen, was es schwierig macht, das Thema ernsthaft anzugehen. Knüpfen Sie an die persönlichen Umstände Ihres Kindes an: »Wie würde es sich anfühlen, wenn jemand dich in einem Video ›XY‹ sagen lassen würde [hier individuelles Thema einfügen] und alle würden denken, dass du das wirklich gesagt hast?«

Wie können Falschnachrichten erkannt werden?

Egal, ob es sich um Websites, Blogartikel, Memes oder Kettenbriefe handelt, die Vorgehensweise zum Erkennen falscher Nachrichten (inklusive Bilder und Videos) ist immer sehr ähnlich. Anfangs ist es noch etwas anstrengend, die verschiedenen Punkte für jede neue Nachricht durchzugehen, aber mit ein wenig Übung achtet Ihr Kind irgendwann ganz automatisch auf verschiedene Faktoren. **Nur knallharte Fakten-Trainings können helfen.**

1. **Überschrift stilistisch einordnen:** Ist die Schlagzeile besonders reißerisch formuliert, um Menschen anzulocken und Klicks zu generieren (Clickbaiting), oder ist sie sachlich geschrieben? Handelt es sich um einen Kommentar, also eine subjektive Meinung, oder um eine sachliche, wissenschaftliche Betrachtung des Themas? Zumindest in den meisten qualitativ hochwertigen, journalistischen Beiträgen werden die wichtigsten Informationen schon in der Überschrift mitgeteilt – in sachlichem Ton.
2. **Quelle und Neutralität überprüfen:** Wer sind die Autor*innen? Wird dies überhaupt deutlich (z.B. im Impressum)? Wie ist die Kompetenz der Person einzuschätzen? Ist sie Expertin oder Experte für das Thema? Gehört sie einer bestimmten Partei oder einer Gruppe an, welche bestimmte (fragwürdige oder einseitige) Ansichten vertritt? Wie ist der Tonfall des Textes? Wenn explizit zum Teilen einer Nachricht aufgerufen wird, wie es z.B. bei Kettenbriefen der Fall ist, sollten die Alarmglocken läuten, denn dadurch wird klar, dass hier die möglichst weite Verbreitung einer Meinung (oder gezielter Hetze) angestrebt wird.
3. **Aktualität überprüfen:** Ist die Information vielleicht schon Tage, Wochen oder Jahre alt? Bei sich schnell ändernden Wis-

sensständen können nur wenige Stunden zwischen alten und neuen Erkenntnissen stehen. Da entgeht einem die allerneueste Information schon mal. Unseriöse Quellen beharren allerdings oft bewusst auf veralteten Erkenntnissen, wenn ihnen die neuen Erkenntnisse und Entwicklungen nicht »in den Kram passen«.

4. **Rechtschreibung und Grammatik prüfen:** Fehler können immer passieren, aber seriöse Journalist*innen achten auf Rechtschreibung und nehmen sich möglichst Zeit für Korrekturen. Wenn besonders viele Fehler in einer Nachricht enthalten sind, deutet das auf eine unseriöse Quelle hin. Ist der Text aus einer anderen Sprache übersetzt worden, sodass es zu Übersetzungsfehlern und Verschiebungen des Kontextes gekommen sein könnte?
5. **Bilder überprüfen:** Ist das Bild bearbeitet? Passt es zum Text? Kommt es aus einem anderen Kontext? Die Änderung des Bildkontextes (Zweckentfremdung von Bildern) ist ein beliebtes Mittel bei Falschnachrichten. Zur Prüfung der Quelle kann eine Bilder-Rückwärtssuche verwendet werden, z.B. die von Google (auf das Kamerasymbol neben dem Suchfeld klicken und hochladen). Wer Google nicht nutzen möchte, kann auch auf anderen Seiten nach Bildern im Netz suchen, z.B. auf *tineye.com.*[44]
6. **Einzelne Fakten checken:** Gibt es andere Quellen, die die Infos bestätigen? Schreiben alle (wortgleich) von nur einer einzigen Quelle ab, die falsch sein könnte? Natürlich kann es auch mal nur eine Quelle geben, wenn tagesaktuelle Informationen noch nicht weit verbreitet sind. In diesem Fall müssen die vorherigen fünf Punkte zum Erkennen von Falschnachrichten stärker berücksichtigt werden.

TIPP:

Sensibilisieren Sie Ihr Kind für das Hinterfragen von Fakten und Wahrheiten. Ganz sicher erzählt es Ihnen oft ganz aufgeregt von Geschichten im Stil von »Ich habe gehört, dass ...«.

Dass Wissenschaftler einen leuchtenden Affen entdeckt haben, dass in drei Jahren ein großer Komet auf der Erde einschlagen wird, dass Johnny Depp nun Glatze trägt, dass Joe Biden pädophil ist ... – was auch immer. Fragen Sie: »Wo hast du das denn gehört/gelesen/aufgeschnappt?« und erkundigen Sie sich nach der Quelle. Jedes Mal. Nerven Sie Ihr Kind ruhig ein wenig mit dieser Frage, denn es geht darum, dass es stetig trainiert, Informationen zu hinterfragen und die Quellen von Anfang an mitzudenken.

Welchen Quellen kann man noch vertrauen?

Eine hundertprozentige Gewissheit, dass Nachrichten der Wahrheit entsprechen, kann und wird es nie geben. Es gibt im Netz diverse Faktencheck-Angebote, aber sogar die müssen kritisch eingeordnet werden: Wer prüft am anderen Ende die Fakten? Hat die Person ein Interesse daran, selbst etwas an der Wahrheit zu drehen? Faktenchecks, die sich explizit auf Nachrichten aus der Politik und das Aufdecken von Verschwörungstheorien beziehen, sind beispielsweise immer mit großer Vorsicht zu genießen, da Demokratie, Menschenrechte, (Meinungs-)Freiheit, Gerechtigkeit und Wahrheit genau die Argumente sind, mit denen auch links- oder rechtsextreme Parteien und Verschwörungsanhänger*innen ihre kruden Ansichten zu begründen versuchen. Außerdem sollten Sie grundsätzlich vorsichtig sein, wenn Einzelpersonen oder kleine Gruppen Faktenchecks anbieten. Allerdings wachsen mit der Zunahme von Falschnachrichten im Netz auch die professionellen Informationsangebote, die Fake News und Desinformation aufdecken.

- **mimikama.at:** Hier werden – teilweise in Zusammenarbeit mit Polizeidienststellen – Fälle von Internetbetrug, z.B. Phishing, gefälschte Gewinnspiele, Abo-Fallen und Spam-Mails veröffentlicht. Außerdem Warnungen vor Schadsoftware-Fallen (Viren), Falschmeldungen in Sozialen Netzwerken und gruselige oder falsche Nachrichten, die durch Kettenbriefe verbreitet werden. Für mich persönlich ist die Seite unverzichtbar geworden, um aktuelle Gefahren im Blick zu behalten.
- **hoaxinfo.de:** Auch hier werden falsche Informationen aufgedeckt, die vor allem über Kettenbriefe in Messengern und Sozialen Netzwerken verbreitet werden. Die Liste ist nicht immer topaktuell, zeigt aber, wie unterschiedlich die Tricks und Lügen

sein können: Von angeblich vermissten Kindern, über Wunderwirkungen von Medikamenten, bis hin zu gefälschten Petitionen sind alle möglichen Absurditäten dabei. Auf der Seite sind auch fragwürdige Challenges zu finden, die in Sozialen Netzwerken kursierten. Ähnliche Inhalte sind auch auf *hoaxmap.org* zu finden (sogar nach Datum und Städten sortiert).

- **correctiv.org:** Dieses Recherche-Netzwerk bietet eine Einschätzung verschiedener Nachrichten zu gesellschaftlichen Themen (bewertet nach »richtig«, »teilweise richtig« oder »frei erfunden«).
- **volksverpetzer.de:** Der Blog unterscheidet sich von den zuvor genannten Seiten, da er Informationen rund um politische Themen und Verschwörungstheorien satirisch aufbereitet. Wenn Sie die Seite Ihrem Kind empfehlen möchten, müssen Sie abwägen, ob es die Inhalte bereits richtig einordnen kann.
- **Öffentlich-rechtliche Nachrichtenportale:** Für Informationen zum aktuellen Tagesgeschehen sollten Sie sich an öffentlich-rechtliche Angebote halten. Dort werden Journalistinnen und Journalisten darauf geschult, Falschinformationen zu erkennen. Die ARD bietet zudem den »ARD-Faktenfinder« an. Der Bayerische Rundfunk bietet auf seiner Internetpräsenz den »Faktenfuchs« an. Auch die dpa (Deutsche Presse-Agentur) als unabhängiges Unternehmen, das aber eng mit öffentlich-rechtlichen Stellen zusammenarbeitet, klärt über tagesaktuelle Falschmeldungen auf.

TIPP:

Verlassen Sie sich zwischendurch ruhig auf Profis. Zeigen Sie Ihrem Kind, auf welchen Seiten Fakten geprüft werden können, sammeln Sie Beispiele und sprechen Sie über die gefundenen Falschnachrichten, z.B.: »Wow, wie täuschend echt, also ehrlich gesagt wäre ich darauf reingefallen, wenn mir das jemand zugeschickt hätte. Aber schau mal hier: An der Stelle fällt's dann doch auf.« Sprechen Sie über die hier genannten Kriterien zum Erkennen von unseriösen Nachrichten.

Spielerische Aufklärung

Browser-Spiele

Vielleicht ist es mal wieder Zeit für einen Spieleabend? Mit dem kostenlosen Browser-Spiel »Bad News« (übersetzt: schlechte Nachrichten) können Sie drei Fliegen mit einer Klappe schlagen: glückliches Kind, gemeinsame Zeit und Aufklärung über Fake News. Es geht darum, dass die Spieler*innen Falschnachrichten selbst produzieren und sich Mühe geben, andere von dem Wahrheitsgehalt ihrer Meldungen zu überzeugen. Dazu müssen Taktiken und Strategien überlegt werden, um die Nachrichten möglichst weit zu verbreiten und viele Follower zu gewinnen. Die Spieler*innen sollen erkennen, wie sich Personen und Organisationen vertrauenswürdiger geben als sie sind, auf welchen Wegen sie anderen gezielt schaden können, und wie Emotionen wie Angst, Wut oder Mitleid das Urteilsvermögen von Leser*innen beeinflussen. Außerdem werden Bots und »stimmungsmachende« Menschen thematisiert, die gezielte politische Meinungsmache betreiben oder Verschwörungen befeuern.

Auch in dem Browser-Spiel »Fake It To Make It« (übersetzt: »Fälsche, um erfolgreich zu sein«) geht es darum, Fake News zu produzieren. Das Ziel: Aufmerksamkeit für die gefälschten Nachrichten schaffen, um Geld mit Werbeeinnahmen zu erwirtschaften. Das Spiel basiert auf wahren Ereignissen, nämlich den Präsidentschaftswahlen 2016 in den USA, bei denen gezielt Fake News verbreitet wurden, um Wählerinnen und Wähler in ihren politischen Entscheidungen zu beeinflussen (mehr zu der US-Wahl von 2016 finden Sie im Kapitel »Eigentor durch persönliche Interessen?«).

Fake News selbst produzieren?

Zugegeben: Zu lernen, Fake News selbst zu erstellen, klingt erst einmal nicht nach dem konventionellsten Weg, um das kritische Bewusstsein von Jugendlichen zu trainieren. In fast allen aufklärerischen Bereichen stellen sich Expert*innen die Frage: An welcher Stelle werden schlafende Hunde geweckt? Ist es klug, über gefährliche Dinge zu informieren, weil sie Kindern ernsthaft gefallen könnten?

Verbotenes ist für Heranwachsende ohnehin besonders reizvoll, wollen wir ihnen da – in diesem Fall für Fake News – wirklich eine Anleitung mitgeben? Wenn Sie sich nicht wohl dabei fühlen, Ihr Kind diese Spiele spielen zu lassen, dann ist das nachvollziehbar. Sie können trotzdem beruhigt sein: Die Spiele sind pädagogisch durchdacht. So wie Sie den Blickwinkel Ihres Kindes einnehmen müssen, um es zu verstehen und schützen zu können, ist es auch wichtig, dass Ihr Kind sich in die Rolle der Menschen versetzt, die falsche Nachrichten gezielt in die Welt bringen. Auf diese Weise wird Ihr Kind am besten dafür gewappnet, Falschnachrichten und Desinformation zu erkennen.

Wünsche & Bedürfnisse beim Teilen von Nachrichten (insbesondere von Schlagzeilen)

- besonders informiert wirken
- andere über (subjektiv) wichtige Themen informieren (als Dienst an der Gesellschaft)
- Anschluss an Interessensgruppen/Gleichgesinnte finden
- im sozialen Umfeld mitreden
- Aufmerksamkeit für den eigenen Account bekommen
- Gelegenheit nutzen, sich selbst keine neuen Inhalte überlegen zu müssen
- eigene Empörungen kanalisieren (als Ventil)
- die eigene Meinung begründen, bestärken oder gezielt verbreiten
- zu Themen positionieren (z.B. politische Haltung kundtun)
- ein bestimmtes Ziel verfolgen (z.B. jemanden unterstützen, diffamieren, Schaden anrichten)

Checkliste
Was können Sie für Ihr Kind tun?

- ✓ Stellen Sie gemeinsam mit Ihrem Kind auf eine der genannten datenschutzfreundlichen Suchmaschinen um (s. Tipp am Ende des Kapitels »Das Bedürfnis nach Informationen«). Damit minimieren Sie den Einfluss von Algorithmen auf die Suchergebnisse.
- ✓ Sprechen Sie mit Ihrem Kind über Falschnachrichten im Netz und erklären Sie auch, wie Politik, Wirtschaft und Gesellschaft dadurch beeinflusst werden können.
- ✓ Erklären Sie Ihrem Kind die verschiedenen Kriterien, wie Falschnachrichten erkannt werden können. Nutzen Sie pädagogisch aufbereitete Spiele, um den Lerneffekt zu vergrößern.
- ✓ Sensibilisieren Sie Ihr Kind in alltäglichen Situationen zum Hinterfragen von Fakten, Nachrichten und Quellen. Nutzen Sie Faktencheck-Angebote, um an realen Beispielen zu üben.
- ✓ Gehen Sie besonders auf die Möglichkeit der Bild- und Videomanipulation, z.B. auf Deepfakes, ein und sensibilisieren Sie Ihr Kind dafür, dass jede*r von uns eine Verantwortung trägt, um Bild- und Videomaterial in Zukunft noch trauen zu können.

»Bitte!
Nur noch dieses eine Spiel!«

Gaming zwischen Hobby, Berufung und Sucht

»Wie kannst du nur die ganze Zeit daddeln? Geh doch mal nach draußen. Triff Freunde!« Warum ein Kind stundenlang Spiele spielt, ist vielen Eltern unbegreiflich. Der Satz »Bitte, nur noch 10 Minuten« hat vielleicht auch Sie schon öfter zur Weißglut getrieben. Was macht für Jugendliche den Reiz bei digitalen Spielen aus? Wann artet das Spielen in suchtartiges Verhalten aus und wie lässt sich das erkennen? Welche weiteren Gefahren bringt das Spielen von Online-Games mit sich? In diesem Kapitel steht die Diversität von Bildschirmspielen im Vordergrund, ebenso verschiedene Spielmotivationen. Am Ende dieses Kapitels werden Sie eine Idee davon haben, welche Spiele als unbedenklich einzustufen sind, auf welche Alarmzeichen der ungesunden Nutzung Sie achten sollten und wie Sie Ihr Kind optimal beim Spielen begleiten können. Selbst wenn Sie mit dem Hobby Ihres Kindes überhaupt nichts anfangen können, wird Ihnen der ein oder andere Perspektivwechsel sicher dabei helfen, es besser zu verstehen.

Vergnügen vs. Lerneffekt

Gaming – gar nicht Ihr Ding?

Ich selbst habe mich früher – abgesehen von ein paar Game-Boy-Spielen (für sie dafür mit voller Leidenschaft) – nicht dauerhaft fürs Zocken digitaler Spiele begeistern können. Digitale Spiele, bei denen man eine eigene Welt erschafft, z.B. Die Sims (Aufbau von Familie, Freundschaften und Karriere), RollerCoaster Tycoon (Bau und Verwaltung eines Freizeitparks) und FarmVille (Aufbau und Pflege einer Farm) haben mir zwar Spaß gemacht und ich habe sie phasenweise intensiv gespielt, aber nach ein paar Wochen waren sie schon wieder uninteressant. In Mario Kart, meinem Lieblingsspiel auf der Nintendo GameCube-Konsole, fühle ich mich zwar bis heute unbesiegbar, allerdings war auch bei diesem Spiel mein Interesse keineswegs vergleichbar mit dem Interesse an Games, das Gleichaltrige in meinem Umfeld hatten, sowohl in der Schul- als auch in der Studienzeit. Im Studium habe ich mich intensiver mit dem Thema beschäftigt, viele Studien gelesen und Interviews mit Gamer*innen geführt, um die Motivation zum stundenlangen Spielen besser nachvollziehen zu können. Ich kann nicht behaupten, dass ich die »Gaming-Welt« nun vollkommen verstehe, aber ich habe zumindest ein paar Fragezeichen für mich auflösen können. Vielleicht können Sie die ein oder andere Spielmotivation Ihres Kindes ebenfalls besser verstehen, wenn Sie sich mit den Vorteilen beschäftigen, die das Spielen mit sich bringt.

Welche Spiele für welches Alter?

Bei der Nutzung von Konsolen-, Bildschirm- und Onlinespielen liegen die Vorteile nicht immer sofort auf der Hand – abgesehen von dem Unterhaltungs- und Spaßfaktor. Spiel-Genres sind sehr vielfältig, und einige Spiele verbinden so viele verschiedene Funktionen, dass sie nicht klar in die eine oder andere Kategorie eingeordnet werden können. **Aber alle Spiele können in irgendeiner Form Fähigkeiten und Wissen fordern und fördern.** Die Auswahl an Spielen ist endlos. Hier also lediglich eine Handvoll der statistisch beliebtesten vorzustellen, würde die Diversität nicht widerspiegeln, zumal die wenigsten Kinder und Jugendlichen nur ein einziges spielen. Die folgenden Beispiele sollen Ihnen dennoch einen kleinen Einblick geben. Sie können entweder auf dem Smartphone, Tablet, PC oder der Konsole gespielt werden – viele davon auch online. Die Zahl hinter den im Folgenden genannten Spielen gibt – sofern vorhanden – die Altersempfehlung ab 0, 6, 12, 16 oder 18 Jahren der USK (Unterhaltungssoftware Selbstkontrolle) an. Diese kann für einzelne Spiele innerhalb einer Reihe unterschiedlich sein und bewertet beispielsweise, wie verständlich das Spiel ist, welche Atmosphäre darin herrscht, wie realistisch (wie menschenähnlich) die Darstellungen, wie groß der Handlungsdruck und wie schwerwiegend die Gewalt im Spiel ist. Die Altersfreigaben bieten eine gute Orientierung, aber aufgrund des individuellen Entwicklungsstandes eines jeden Kindes lässt sich nicht pauschal festlegen, ab wann welches Spiel geeignet ist. Zudem machen die Empfehlungsstufen große Sprünge zwischen mehreren entwicklungsreichen Jahren. Dennoch steckt hinter den – in Einzelfällen umstrittenen – Empfehlungen langjährige wissenschaftliche Forschung. Mehr als ein Jahr nach oben oder unten sollten Sie, nach meinem Empfinden, nicht davon abweichen. Allerdings kennen Sie Ihr Kind in der Regel am besten und haben als erziehungsberechtigte Person das letzte Wort. Spiele ab 18 Jahren (= keine Jugendfreigabe) sollten wirklich erst ab 18 gespielt werden. Detaillierte Angaben zu den Inhalten einzelner Spiele finden Sie z.B. auf der Website vom »Spieleratgeber NRW« und auf *spielbar.de,* einem Ratgeber der Bundeszentrale für politische Bildung.

spieleratgeber-nrw.de

spielbar.de

- **Puzzle- und Rätselspiele** verschiedenster Art fördern kognitive Fähigkeiten. Beispiele: Candy Crush (0), Jewels Star (0), Portal (12), The Room (k.A.), The Witness (k.A.).
- **»Jump 'n' Run«-Spiele** erfordern Schnelligkeit und eine schnelle Auffassungsgabe. Beispiele: Super Mario (0/6), Sonic (6), Subway Surfers (6).
- **Renn- und Sport-Spiele** integrieren neben schneller Reaktionsfähigkeit auch technisches Sportwissen in die Spiele. Beispiele: FIFA (0), Madden NFL (0), Mario Kart (0), Forza Horizon (6), Rocket League (6), Need for Speed (12).
- **Rollenspiele** (Role-Playing-Games, kurz: RPGs) erfordern die Auseinandersetzung mit Charaktereigenschaften und Fähigkeiten. Beispiele: Final Fantasy (6/12/16), Planescape: Torment (12), The Witcher (18). Als eine Art Action-Rollenspiel gilt auch das Genre **Hack & Slay** (oder: Hack & Slash). Beispiele: Diablo (16), Devil May Cry (16), Path of Exile (18), Bayonetta (18).
- **Mehrspieler-Online-Rollen-Spiele** (Massively Multiplayer Online Roleplaying-Games, kurz: MMORPGs) zeichnen sich darüber hinaus durch gemeinsame Strategien innerhalb von Teams, Kommunikationsfähigkeit, Empathievermögen und Gemeinschaftssinn aus. Beispiele: World of Warcraft, kurz: WoW (12), Metin 2 (12), Flyff (12), Guild Wars 2 (12), The Elder Scrolls Online (16), Lost Ark (16), RuneScape (16).
- Bei **Action-/Adventure-Spielen** (Abenteuerspielen) kommt es beispielsweise auf eine gute Beobachtungs- und Kombinationsgabe sowie Reaktionsfähigkeit an. Beispiele: Assassin's Creed (16/18), Tomb Raider (16/18), Hitman (18). Viele Action-Spiele beinhalten Kämpfe mit Schusswaffen **(Koop-, Third-Person-, oder Ego-Shooter),** deshalb sind sie stark umstritten. Beispiele: Fortnite (12), Halo (16), Valorant (16), Counter Strike (16/18), Battlefield (16/18), Call of Duty (18), Apex Legends (18), Cyberpunk 2077 (18), Far Cry (18), Grand Theft Auto, kurz: GTA (18).

- **Kampfspiele (auch »Fight 'em up« genannt)** benötigen ebenfalls schnelle Reaktionen, fordern aber auch Wissen zu Bewegungsabläufen – sozusagen zum theoretischen Muskelgedächtnis. Beispiele: Super Smash Bros (12), Street Fighter (12), Tekken (12/16), Mortal Kombat (18). Ebenfalls kampforientiert, aber mehr auf kooperatives Spielen ausgerichtet sind »Beat 'em up«-Spiele, z.B. Streets of Rage (12), Final Fight (12), Teenage Mutant Ninja Turtles, kurz: TMNT (12), Castle Crashers (12).
- **Simulationsspiele** versetzen Kinder und Jugendliche in virtuelle, oft möglichst real nachempfundene Welten (z.B. als Bauer oder Bäuerin eines Hofs oder Bürgermeister*in einer Stadt), sodass weitreichende Konsequenzen aus eigenen Handlungen bedacht werden müssen. Beispiele: Animal Crossing (0), Hay Day (0), FarmVille (k.A.), Euro Truck Simulator (0), Landwirtschafts-Simulator (0), Football Manager (0), The Sims (6), Clash Royale (6), Goat Simulator (12).
- Bei **Survival-Spielen** geht es darum, in einer gefährlichen Welt zu überleben, oder diese Welten darüber hinaus sogar selbst zu bauen **(Building-Games)**. Beispiele: Terraria (6), Minecraft (6/12), Don't Starve Together (12), New World (16).
- **Strategiespiele** erfordern vor allem logisches und vorausschauendes Denken sowie eine hohe Konzentration und Ausdauer. Beispiele für Echtzeitspiele, die schnelle Reaktionen erfordern: League of Legends, kurz: LoL (12), Age of Empires (12), StarCraft (12). Beispiele für rundenbasierte Spiele (etwas weniger hektisch): Fire Emblem (12), Civilization (12), XCOM (16). Ein eigenes Genre, aber ebenfalls sehr strategisch ausgerichtet sind digitale Kartenspiele: Hearthstone (0), Yu-Gi-Oh (0), Pokémon Trading (0), Magic: The Gathering Arena (6), Legends of Runeterra (12).

Eintauchen in andere Welten

Kinder begeben sich beim Spielen in Fantasiewelten, kämpfen gegen das Böse, schlüpfen in verschiedene Rollen und erleben ein Konkurrenz-, aber auch ein Machtgefühl. Möglicherweise sind

Sie genervt davon, dass Ihr Kind beim Spielen andauernd flucht und schimpft, und glauben nicht, dass das zu irgendetwas gut sein könnte? Es lässt sich tatsächlich etwas Positives darin sehen: Ihr Kind lernt, mit Erfolg und Niederlage umzugehen – zugegeben manchmal auf eine eher temperamentvolle Art und Weise. In vielen Spielen können die Eigenschaften der Spielfiguren (Avatare) fiktiv oder realitätsnah gestaltet werden. Es können Eigenschaften ausgewählt werden, die sich das Kind in der Realität vielleicht selbst für sich wünscht oder erproben möchte. In eine fremde Rolle zu tauchen, kann zudem als angenehme Flucht aus der Realität empfunden werden. Es geht um die Entwicklung von Bewältigungsstrategien, Erarbeitung von Selbstvertrauen, Widerstandsfähigkeit und Ausdauer – nicht nur im Spiel, sondern auch in der realen Welt. Viele Spiele vermitteln zudem historisches oder praktisches Wissen, weil sie meist eine Geschichte erzählen. Vor allem bei Mehrspieler*innen-Games, bei denen die Spieler*innen viel miteinander kommunizieren müssen, ergibt sich durch das Gemeinschaftsgefühl, das Erreichen von Zielen und das Knüpfen neuer Freundschaften rund um den Globus eine hohe Motivation.

Extremismus und Gewalt

Wo sich starke Interessengruppen und Cliquen (bzw. Clans) bilden, kann auch immer die Heranführung an links- oder rechtsextreme Gruppierungen eine Rolle spielen. Wenn Ihnen bei Ihrem Kind Begriffe, Sprüche und Verhaltensweisen auffallen, die eine antidemokratische, menschenverachtende oder diskriminierende Grundhaltung vermuten lassen, sollten Sie Ihrem Verdacht unbedingt nachgehen und auch die Gaming-Community Ihres Kindes als mögliche Quelle in Betracht ziehen. Wichtig ist jedoch, dass Sie nicht vorschnell urteilen, wenn Ihr Kind sich für Spiele interessiert, bei denen Gewalt im Vordergrund steht: Ein direkter Zusammenhang zwischen Gewalt beinhaltenden Spielen und Aggressivität von Jugendlichen konnte – auch wenn er sehr logisch erscheint und oft so behauptet wird – bisher nicht wissenschaftlich nachgewiesen werden. Ähnlich wie Soziale Netzwerke besonders für die

Nutzer*innen interessant sein können, die die Aufmerksamkeit, die sie sich wünschen, im direkten sozialen Umfeld nicht in demselben Maße bekommen, können gewaltverherrlichende Spiele eine besondere Faszination auf Jugendliche ausüben, die zu gewalttätigen Handlungen neigen. Die Ursachen dafür sind jedoch meist im persönlichen Umfeld zu suchen.[45]

TIPP:
Kennen Sie alle Spiele, die Ihr Kind spielt? Eine Studie aus dem Jahr 2021 zeigte, dass Call of Duty und GTA unter die beliebtesten Spiele von 16- bis 17-Jährigen fallen[46] – dabei sind beide aus guten Gründen erst ab 18 Jahren erlaubt. Sie sollten Ihr Kind grundsätzlich immer bei den Spielen begleiten, z.B. zwischendurch mal mit reinschauen, Fragen zum Ablauf stellen und nach einer Weile prüfen, ob die USK-Empfehlung für Ihr Kind tatsächlich passt. Zeigen Sie Interesse an diesem Hobby Ihres Kindes und fragen Sie nach der Spielweise, welche Strategie verfolgt wird und was unternommen werden muss, um die nächste Aufgabe zu schaffen.

Gefahren beim Mehrspieler*innen-Online-Gaming

Mehrspieler-Games sind soziale Räume

Wer Online-Spiele mit anderen spielt, z.B. Roleplaying-Games (RPGs) oder Massively Multiplayer Online Roleplaying-Games (MMPORGs), ist zunächst denselben Gefahren ausgesetzt, die für ganz viele Tätigkeiten im Netz gelten. Auch bei der Kommunikation unter Gamer*innen sind Cybermobbing, Hassrede und Vertrauensmissbrauch an der Tagesordnung. Wer verabredete Spieltermine verpasst oder absagen muss, macht sich unbeliebt. Wer schlecht gespielt hat und somit den Sieg des ganzen Teams aufs Spiel setzt, macht sich angreifbar. Wer nicht gut im Team spielt und auf den eigenen Vorteil bedacht ist, wird zur Zielscheibe für Anfeindungen. Konkurrierende Spieler*innen oder Teams können sich gegenseitig anheizen, hochtreiben und »bashen« (verbal oder physisch angreifen), bis ein hassähnliches Verhältnis entsteht, wie es z.B. bei konkurrierenden Fußballvereinen vorkommt. Auch das »Trollen« – also das gezielte Ärgern anderer Spieler*innen, z.B. durch absichtliches Verlieren – kann zu Streitigkeiten führen, deren Dynamiken ausarten. **Der Druck, sowohl den Herausforderungen im Spiel als auch den Anforderungen der Mitspieler*innen gerecht zu werden, ist groß.** Dazu kommt: Die Möglichkeit der Anonymität und die Möglichkeit, im Spiel eine andere Rolle einzunehmen, laden förmlich dazu ein, sich als eine Person auszugeben, die man nicht ist. Wie bereits beschrieben, liegt im anonymen Ausprobieren von Rollen ein großer Mehrwert für Jugendliche. Die eigene Persönlichkeit befindet sich schließlich noch im Aufbau. Zugleich steigt mit der Anonymität die Gefahr, das Ziel von Sexualstraftäter*innen und Trickbetrüger*innen zu werden. Sie erschleichen sich auch beim Gaming das Vertrauen von Kindern und Jugendlichen, um an Fotos zu kommen, Geld zu erpressen oder das freundschaftliche Verhältnis in anderer Form auszunutzen.

TIPP:

Wenn Ihr Kind Online-Spiele spielt, vor allem solche, die im Team gespielt werden, sollten Sie einen Schwerpunkt auf die Aufklärung zu Cybermobbing, Cybergrooming und Hassrede legen. Faktoren, die auch bei Social-Media-Plattformen gefährlich werden können (wie im Kapitel »Sexuelle Anmache im Netz« beschrieben), werden bei Teamspielen noch dadurch verstärkt, dass Ihr Kind dort in direkter Konkurrenz zu den anderen Spieler*innen steht. Die Angst vor Mobbing sollte allerdings nicht zum Verbot von Mehrspieler*innen-Online-Games führen. Schließlich würden Sie die Teilnahme an einem Sportverein, wo ähnliche Mobbingszenarien denkbar sind, ja auch nicht verbieten.

Faszination: E-Sport, Stars und Fans

Starke Communities

Durch die oft globale Vernetzung mit anderen Spieler*innen – etwa über die Plattformen Twitch und Discord – werden viele Kontakte geknüpft. So bilden sich die unterschiedlichsten Teams, die miteinander spielen und sich zu den Spielen austauschen. Darüber hinaus entstehen über das gemeinsame Interesse am Gaming neue Freundschaften und Beziehungen: Die Spieler*innen unterstützen sich gegenseitig, befreien sich aus brenzligen Lagen und kämpfen Seite an Seite, um gemeinsame Ziele zu erreichen – das verbindet. Sie kennen das vermutlich von Ihrem eigenen Hobby: Es ist einfach schön, wenn man auf jemanden stößt, der sich genauso für eine Sache begeistern kann wie man selbst. Gemeinsame Interessen mit Freund*innen oder Partner*innen zu haben und Erlebnisse miteinander zu teilen, ist ein großartiges Gefühl. Deshalb bilden sich sehr schnell Communitys, also Freundes- und Fangruppen rund um die entsprechenden Lieblingsspiele. Teilweise werden diese Beziehungen in das Offline-Leben überführt und Treffen zwischen den Spieler*innen organisiert – mal privat, mal als großes öffentliches Event.

Wachsende Branche mit vielen Vorbildern

Die »Gamescom« (die größte Computer- und Videospielmesse Europas), die jedes Jahr in Köln stattfindet, zog in den Jahren vor der Corona-Pandemie fast 400.000 Besucher*innen an. Dort werden die neuesten Spiele, Trends und Videospieltechnologien vorgestellt, vor allem aber treffen dort Gleichgesinnte aufeinander. Spielfiguren-Kostümierungen gehören zur Gamescom ebenso dazu wie Auftritte und Autogrammstunden der großen Gaming-Stars. Seit einigen Jahren wimmelt es auf der Veranstaltung von Influencer*innen sowie YouTube- und Twitch-Stars, die dort auf ihre Fangemeinde treffen. Während sich viele von ihnen mit dem Testen von Spielen oder Let's-Play-Videos einen Namen gemacht haben und Geld mit den üblichen Social-Media-Deals verdienen (durch Klicks, Abo-Modelle, Geschenke usw.), hat sich der Wettkampf zwischen Gamer*innen zu einer Sportart entwickelt, dem sogenannten E-Sport. Dabei handelt es sich nicht um eine gänzlich neue Sportart, denn professionelle Video- oder Computerspieler*innen, die sich aneinander messen, gibt es seit den Kindertagen dieser Spiele. Vielmehr wuchs die Branche mit den Möglichkeiten des vernetzten Spielens stetig an. Wie in jeder Sportart werden die Wettkämpfe und Turniere von Sponsoren und durch Werbung finanziert. Es gibt Preisverleihungen, verschiedene Ligen von Amateuren bis Profis und Preisgelder für die besten Mannschaften (»Clans«). Die Spieler*innen trainieren hart für Wettkämpfe (teilweise in Vollzeit), und auch Betrug spielt – wie in jeder anderen Sportart – eine Rolle: Entweder durch »Cheaten« (technische Manipulationen im Spiel) oder durch Doping der Spieler*innen, um länger und konzentrierter trainieren zu können.

Das Spielen fordert zu geistigen Höchstleistungen heraus, erfordert viel Koordination und die präzise Bedienung des Sportgeräts: des Controllers, der Tastatur oder der Maus, über die das Spiel gesteuert wird. Trotzdem ist E-Sport vom Deutschen Olympischen Sportbund (DOSB) bislang nicht als Sportart anerkannt worden. Andere geistig herausfordernde Strategiespiele oder bewegungsarme Sportarten, wie z.B. Schach oder Darts, hingegen schon. Davon lassen sich professionelle E-Sportler*innen (auch »Pro-Gamer*innen« genannt) aber nicht abschrecken, auch nicht Kinder und Jugendliche, die mal E-Sportler*innen werden wollen. Auch in dieser Branche gibt es Vorbilder, die Jugendliche faszinieren.

Wie oft und wie lange?

Im Jahr 2021 gaben 13 Prozent der Mädchen und 36 Prozent der Jungen zwischen 12 und 19 Jahren an, täglich oder mehrmals die Woche Let's-Play-Videos anzuschauen, also einfach ihren Idolen beim Spielen zuzusehen. Knapp drei Viertel der befragten Jugendlichen spielen selbst täglich oder mehrmals die Woche digitale Spiele (Jungen häufiger als Mädchen). Die durchschnittliche Spielzeit beträgt etwa zwei Stunden am Tag.[47] Falls Ihr Kind ebenfalls zwei Stunden am Tag spielt: **Sie müssen diese Spielzeit nicht gutheißen, aber Sie brauchen an dieser Stelle noch nicht in Panik zu verfallen**, was eine mögliche Sucht betrifft. Meinem Empfinden nach ist es ebenfalls nicht dramatisch, wenn daraus ab und zu drei oder vier Stunden werden, denn nicht bei jedem exzessiven Gaming liegt auch eine Spielsucht vor. Aber dennoch ist nicht von der Hand zu weisen: Vergnügen und suchtartiges Spielverhalten liegen nah beieinander.

Sucht oder Leidenschaft?

Kriterien für »Gaming Disorder«

Nach jahrelangen Debatten entschied die Weltgesundheitsorganisation WHO im Jahr 2019, die Computerspielsucht (»Gaming Disorder«) in den Katalog offiziell anerkannter Krankheiten aufzunehmen. Diese Entscheidung sorgte für viel Kritik, nicht zuletzt, weil eindeutige Studien bislang fehlen und die gesamte Computerspielbranche dadurch ein negatives Image erhält. Die WHO legte Kriterien fest, die den Unterschied zwischen exzessivem und suchtartigem Spielen erkennbar machen sollen. Süchtig ist demnach erst, wer die Kontrolle über die Häufigkeit und die Dauer des Spielens verliert. Wer das Spielen also zunehmend anderen Aktivitäten vorzieht und auch dann noch weiterspielt, wenn negative Konsequenzen daraus resultieren, z.B. die Vernachlässigung von Freund*innen und Familie, körperliche Leiden durch langes Sitzen oder durch Schlafmangel oder ein Leistungsabfall in der Schule. Für eine Computerspielsucht sprechen außerdem Entzugserscheinungen, wie sie auch bei anderen Suchterkrankungen auftreten, z.B. Nervosität, Reizbarkeit und Schweißausbrüche.[48] Ausreden und Lügen, um länger spielen zu können, können ebenfalls auf suchtartiges Verhalten hinweisen. Darunter fällt allerdings nicht, ein bisschen zu »flunkern«, um mehr Spielzeit herauszuschlagen.

Perspektive des Kindes

Als Auslöser für eine Computer- oder Videospielsucht werden von Fachstellen Gründe genannt, die mit dem Spielen nicht viel zu tun haben: einschneidende oder belastende Erlebnisse im Leben, Probleme in der Familie oder psychische Faktoren, die letztlich zu dem Wunsch führen, der Realität zu entfliehen.[49] Für das Spielen an sich gibt es – wie bereits genannt – viele gute Gründe wie Vergnügen, Gruppenzugehörigkeit und sozialer Anschluss.

Wenn Sie das Gefühl haben, dass Ihr Kind exzessiv spielt, sollten Sie immer zuerst die positiven Aspekte betrachten und die Bedürfnisse Ihres Kindes ergründen, statt vorschnell von einer pathologischen Sucht auszugehen. **Wie so oft gibt es zwischen normaler und besorgniserregender Nutzung viele Abstufungen.** Ich möchte das Suchtrisiko beim Gaming keineswegs kleinreden, denn ich bin sicher, dass es mit der gewachsenen Anzahl von Spielen und der Vernetzungsmöglichkeit tatsächlich gestiegen ist. Aber würden Sie eine Lesesucht vermuten, weil Ihr Kind ein Bücherwurm ist, sich für mehrere Stunden mit seiner Lektüre isoliert und sich für kaum etwas anderes als Bücher interessiert? Sprechen Sie von einer Sportsucht, wenn es für Ihr Kind nur noch Fußball als Thema gibt und es exzessiv für bessere Ergebnisse, den Erfolg seines Teams oder eine Sportkarriere trainiert? Sie ahnen, worauf ich hinausmöchte: Dass Sie unbedingt die Perspektive Ihres Kindes einnehmen sollten, um die Gründe für sein exzessives Spielen herauszufinden.

TIPP:
Wenn Sie nicht sicher sind, ob das Spielverhalten Ihres Kindes noch gesundheitlich unbedenklich ist, können Sie den Rat von Expert*innen einholen und sich bei einer Suchtberatung informieren. Dort bekommen Sie auch Tipps, wie Sie mit Suchtkranken umgehen sollten. Denn es ist viel Feingefühl nötig, damit sich Ihr Kind nicht völlig vor Ihnen verschließt. (Anlaufstellen finden Sie am Ende des Kapitels.)

Wie viel darf der Spaß kosten?

In-App-Käufe und Bezahlschranken

Ein nicht zu vernachlässigender Aspekt bei der Frage, ob eine Spielsucht vorliegt, sind die finanziellen Ausgaben für Spiele. Wenn hohe Kosten oder gar Verschuldung im Spiel sind, sollten sofort alle Alarmglocken schrillen. Viele Spiele sind zunächst kostenfrei zu bekommen, doch während des Spiels – besonders wenn der Spielverlauf gerade richtig spannend wird – tauchen Bezahlschranken auf, die dem weiteren Spielen erst mal einen Riegel vorschieben. Klar ist, dass die Spieleentwickler*innen hierbei auf den »Flow« (den Spielfluss und den Sog) setzen. Oft sind nur kleine Beträge fällig, um weiterspielen zu können oder neue Funktionen freizuschalten – ein langsames Ködern. Diese Vorgehensweise ist besonders perfide, weil sich die Kosten für sogenannte In-App- oder In-Game-Käufe langsam aber sicher summieren. Je weiter ein Spieler oder eine Spielerin gekommen ist, desto verlockender ist es, noch einmal ein paar Euro zu bezahlen, um weiterspielen zu können oder sich Vorteile gegenüber anderen Spieler*innen zu erkaufen. Viele Spiele bieten zudem eine In-Game-Währung an (z.B. Münzen oder Diamanten), die käuflich erworben werden muss. Die Spieler*innen bekommen ein Startgeld zur Verfügung gestellt, mit dem sie zunächst normal mitspielen können, doch mit steigendem Spielfortschritt, wenn es also gerade richtig Spaß macht, ist das Startgeld aufgebraucht und kann nur mühsam wieder vermehrt werden (z.B. durch bestimmte Zusatz-Missionen oder als Belohnung für das Anschauen von Werbeclips). Die Spielwährung zu kaufen, wird dadurch attraktiver, und diese auszugeben, fühlt sich weniger wie ein echtes Geldgeschäft an. Außerdem sind sogenannte »Lootboxen« sehr gefährlich.

Was sind »Lootboxen«?

Lootboxen (übersetzt: Beuteboxen) sind – meist zufällig generierte – Zusammenstellungen von Zusatzgegenständen für das

Spiel: weitere Kleidung, Waffen und Ausrüstung für die Avatare oder andere Gegenstände, die käuflich erworben und im Spiel eingesetzt werden können (manchmal auch Zusatzlevel). In Belgien und den Niederlanden gibt es bereits strenge Vorgaben für den Einsatz von Lootboxen in Online-Games, da sie nahe an der Schwelle zum Glücksspiel stehen. Deshalb dürfen die virtuellen Boxen dort keine Gegenstände enthalten, mit denen sich die Spieler*innen Vorteile gegenüber anderen erkaufen können. Hierzulande sind Lootboxen bislang nicht als verstecktes Glücksspiel eingestuft worden. Wer mit großer Leidenschaft spielt, nimmt solche Ausgaben bereitwillig in Kauf: Im Jahr 2021 wurden in Deutschland 4,2 Milliarden Euro für In-Game-Käufe ausgegeben, also viermal mehr als für den einmaligen Kauf von Spielen.[50] Ein Vergleich aus der analogen Welt: Es braucht keine sieben Sets an Kleidung, um mit einer Puppe spielen zu können, aber ein paar zusätzliche Outfits parat zu haben, macht einfach Freude. Der Reiz zum Kauf von Lootboxen ist dementsprechend groß.

Datenschutzfreundliche Spiele

Es liegt auf der Hand, dass Spieleentwickler*innen Geld verdienen wollen. Und ein bisschen Geld darf man für Spaß auch ausgeben. Es kann sich sogar lohnen, ein Spiel oder eine App zu kaufen, wenn dafür keine weiteren In-App-Käufe enthalten sind oder keine Werbung geschaltet wird, über die das Unternehmen Geld einnimmt. Vor allem bei Apps auf dem Smartphone oder auf Tablets ist die Spielarchitektur häufig so angelegt, dass die Spieler*innen nicht um Werbung und Kaufanreize herumkommen. Wie bei Social-Media-Plattformen gibt es auch bei Spielen datenschutzfreundliche Alternativen. Wenn Sie sichergehen möchten, dass keine Werbung und versteckten Kosten in Spiele-Apps auftauchen, können Sie auf Android-Geräten statt dem vorinstallierten Playstore auch den alternativen App-Store »F-Droid« herunterladen. Alle Apps, die dort angeboten werden (darunter auch Spiele) sind ausschließlich lizenzfrei, arbeiten nicht gewinnorientiert und bauen dementsprechend keine fiesen Bezahlschranken oder Kaufanreize ein. Durch den offenen Quellcode der Software wird transparent gemacht, welche Daten beim Spielen gespeichert werden und wohin sie fließen, was zumindest geheime Machenschaften mit den Daten der Nutzer*innen eindämmt.

Allerdings gibt es für Spiele im F-Droid keine Pflicht zur Alterskennzeichnung, sodass sich auch jugendgefährdende Spiele daruntermischen können. Die genaue Betrachtung einzelner Spiele und ihrer Inhalte bleibt somit nicht aus. Die namhaften, kommerziellen Spiele werden Sie dort natürlich nicht finden, aber einige gleichwertige Alternativen. Spielt Ihr Kind gerne Minecraft? Dann lohnt sich das Ausprobieren von Minetest. Gute Kritiken erhielten auch die Simulationsspiele O-penTTD und Simutrans (Aufbau eines Transportunternehmens), das Strategie-Kampftruppenspiel Open General und das Echtzeit-Strategie-Spiel O.A.D. (nach dem Vorbild von Age of Empires). Die Liste an freien Spielen ist mittlerweile fast endlos.[51]

TIPP:

Prüfen Sie gemeinsam mit Ihrem Kind die Höhe der potenziellen Kosten (z.B. in der Spiel-/App-Beschreibung) und ob die Spiele »In-App-Käufe« beinhalten. Es wird sich nicht vermeiden lassen, dass Ihr Kind ein Spiel installieren möchte, bei dem es Zusatzfunktionen zu erwerben gibt. Deshalb sollten Sie von Beginn an über mögliche Bezahlschranken aufklären, um Enttäuschungen zu vermeiden, wenn das Spiel im weiteren Verlauf abgebrochen werden muss, weil es sonst zu teuer würde. Beim Aufbau dieser Selbstdisziplin können Sie Ihr Kind unterstützen: Gespräche über »das clevere Geschäftsmodell« der Spieleanbieter*innen sind ein guter Start dafür.

Wünsche & Bedürfnisse von Gamer*innen:

- verschiedene Fähigkeiten zeigen
- lernen und erkunden
- Erfolgserlebnisse erfahren
- Konkurrenzdenken befriedigen
- bewundert werden
- Spannung und Nervenkitzel erfahren
- sich ausprobieren
- Sicherheit durch Anonymität empfinden
- Zeit vertreiben
- Unterhaltung und Spaß haben
- Identitätsentwürfe erproben
- der Realität entfliehen
- Entspannung oder Ablenkung erfahren
- einer Gruppe angehören
- Langeweile bekämpfen
- Konflikt- und Problemlösung üben
- Macht und Kontrolle ausüben

Checkliste

Was können Sie für Ihr Kind tun?

- ✓ Scheren sie nicht alle Spiele über einen Kamm. Überlegen Sie, welchen Mehrwert ein Spiel für Ihr Kind haben könnte und welche Motivationen dahinterstehen.
- ✓ Orientieren Sie sich an den USK-Empfehlungen von Spielen, aber klammern Sie sich nicht akribisch daran: Sie selbst – im Austausch mit Ihrem Kind – können am besten entscheiden, mit welchen Inhalten es umgehen kann und mit welchen nicht.
- ✓ Zeigen Sie Interesse. Fragen Sie Ihr Kind, was es da genau spielt. Freuen Sie sich mit, wenn es sich über eine bestandene Mission freut. Gemeinsame Erlebnisse können Ihnen später als Basis für tiefergehende Gespräche dienen.
- ✓ Behalten Sie die finanziellen Ausgaben Ihres Kindes mit im Blick und sprechen Sie schon vor dem Start eines Spiels über mögliche Kostenpunkte, die später entstehen könnten.
- ✓ Vermeiden Sie ablehnende Sätze wie »So ein Quatsch macht dir Spaß?« und werfen Sie Ihrem Kind nicht vorschnell eine Spielsucht vor.
- ✓ Suchtberatungsstellen finden Sie in fast jeder größeren Stadt, in karitativen Einrichtungen oder online z.B. unter *caritas.de* und auf der Website des Fachverbands Medienabhängigkeit e.V.

caritas.de/hilfeundberatung

fv-medienabhaengigkeit.de/hilfe-finden/

»Daten schützen? Ich hab' doch nichts zu verbergen!«

Die Rolle des Datenschutzes für Leib, Seele und Entwicklung

Das letzte Kapitel dieses Buchs beschäftigt sich mit dem Argument, das meiner Meinung nach am schwersten zu entkräften ist: »Na und? Ich hab' doch nichts zu verbergen!« oder »Wer sollte Interesse an meinen Daten haben?« Wie hängen mangelnder Datenschutz und die Manipulation Ihres Kindes zusammen? Was kostet der Verlust persönlicher Daten? Welche Beispiele und Argumente können hilfreich sein, um das Bewusstsein für Privatsphäre anzuregen? Dass die Veröffentlichung der eigenen Adresse oder Telefonnummer zur Gefahr werden kann, leuchtet auch schon jüngeren Kindern ein. Aber zu erkennen, was sie darüber hinaus zu befürchten haben, ist ein abstraktes Gedankenspiel. Mit ein paar Tricks können Sie »unsichtbare« Datenflüsse nicht nur technisch einschränken, sondern auch die Konsequenzen von mangelndem Datenschutz beleuchten – und im Idealfall sogar ein Umdenken bewirken. Mit den folgenden Tipps und etwas Ausdauer bringen Sie Ihrem Kind die Geschäftsmodelle rund um den Datenhandel näher und bereiten es darauf vor, selbstständig informierte und reflektierte Entscheidungen zu treffen, was den Umgang mit seinen persönlichen Daten betrifft.

Andere entscheiden, ob wir etwas zu verbergen haben

Die Historie sollte uns eine Lehre sein

Die deutsche Geschichte hält viele schreckliche Beispiele dafür bereit, wo private Informationen zur Lebensgefahr wurden. Allerdings sind vielen Bürgerinnen und Bürgern die Gefahren rund um die Veröffentlichung privater Daten viel zu wenig bewusst.

Persönliche Daten während der NS-Zeit

Während der Zeit des Nationalsozialismus (1933 bis 1945) wurden bestimmte Religionsgruppen (hauptsächlich Juden), Sinti und Roma, Homosexuelle, Menschen mit Beeinträchtigungen oder schlicht fremdländisch aussehende Personen verfolgt und getötet. Personen, die mit ihnen in Kontakt standen, wurden ebenfalls streng beobachtet oder gleich mitbestraft. Neben Herkunft und Religion wurden von den Nazis auch andere Informationen ausgenutzt: Zwillinge wurden für Forschungszwecke missbraucht und gequält; besonders athletische Kinder galten als vorbildlich und schützenswert, während Menschen mit Behinderung als »nicht lebenswert« angesehen wurden. In vielen Familien wurden Fotoalben aus Sicherheitsgründen lieber vernichtet, um keine Rückschlüsse auf Verwandte oder verdächtige Herkunftsverhältnisse zu ermöglichen. Und Tagebücher, falls man sich überhaupt traute, sie zu führen, mussten zur eigenen Sicherheit akribisch versteckt werden. Kurz: Es war lebensbedrohlich, persönliche Informationen von sich preiszugeben.

Personenüberwachung in der DDR

Auch später, während der Teilung Deutschlands in BRD und DDR, entschieden Überwachung, Kontrolle und Verfolgung über menschliche Schicksale. Das Ministerium für Staatssicherheit (»Stasi«) beobachtete seit seiner Gründung 1950 alle Bürgerinnen und Bürger in der DDR (und darüber hinaus) auf Schritt und Tritt, um politische Ziele durchzusetzen und jede Art von Widerstand gegen die Regierung zu unterbinden. Dazu spannten sie die verschiedensten Menschen für ihre Zwecke ein: Aus eigener Überzeugung oder um sich selbst zu schützen, ließen sich Tausende Bürger*innen darauf ein, ihre Familie, Freunde, Kolleginnen und Kollegen zu bespitzeln. Jede Tätigkeit, mitunter sogar Toilettengänge und Essgewohnheiten, wurde an die Stasi gemeldet – und manchmal auch Informationen über die eigenen Kinder, wie etwa Hinweise auf deren verbotenen Konsum westlicher Musik. Erst 1990, ein Jahr nach der Wiedervereinigung Deutschlands, wurde der Nachrichtendienst offiziell aufgelöst, wobei die Informationssammlungen (»Stasi-Akten«) im großen Stil vernichtet wurden.

Staatliche Überwachung heute

Damit endete die staatliche Überwachung des DDR-Regimes. Doch auch heute gibt es verschiedene Organisationen, die z.B. die Sicherheit des Landes oder gefährdete/gefährliche Einzelpersonen im Auge behalten. Zu den bekannten deutschen Geheimdiensten gehören der Bundesnachrichtendienst (BND), das Bundesamt für Verfassungsschutz und der Militärische Abwehrdienst (MAD). Von Geheimdiensten bespitzelt zu werden, klingt weitab von der eigenen Realität: Das kennt man aus Actionfilmen, und die Wenigsten können sich vorstellen, dass sie selbst ebenfalls beobachtet werden. Allerdings tauchen regelmäßig geheime Dokumente auf, die beweisen, dass Überwachungsszenarien durchaus real sind und sogar noch weitaus intensiver als damals in der DDR stattfinden, weil es bessere technische Mittel dafür gibt. Das zeigten z.B. die Enthüllungen von Edward Snowden im Jahr 2013.

Was war nochmal der »NSA-Skandal«?

Im Jahr 2013 übermittelte der ehemalige Geheimdienstmitarbeiter Edward Snowden der Presse geheime Unterlagen der NSA (US-Geheimdienst) und des GCHQ (britischer Geheimdienst). Diese bewiesen, dass Hunderte Politikerinnen und Politiker auf der ganzen Welt über viele Jahre hinweg systematisch überwacht wurden, darunter auch Deutsche wie z.B. Angela Merkel. Aber nicht nur Politiker*innen wurden beobachtet:

Auch von Tausenden von Bürger*innen wurden E-Mails und Chats ausgelesen, Telefonate abgehört, Mobilfunk- und Standortdaten in Echtzeit ermittelt. Dazu wurde Spionage-Software eingesetzt und Handy-SIM-Karten schon bei der Herstellung mit Abhörmöglichkeiten versehen. An einigen kanadischen Flughäfen wurden die Verbindungsdaten von Personen gespeichert, die sich in das öffentliche WLAN einwählten. In Großbritannien wurde auf die Webcams der Nutzer*innen von Yahoo (E-Mail- und Suchmaschinendienst) zugegriffen, wodurch alle paar Minuten Fotos von den Personen erstellt werden konnten – vor ihren Rechnern, in ihren Wohnzimmern. Auch andere Länder haben der NSA massenweise Informationen bereitgestellt, auch der deutsche Bundesnachrichtendienst. Und das ist nur ein Bruchteil der Aktivitäten, die Snowden aufgedeckt hat. Snowden ist ein »Whistleblower« und gilt seit dem Geheimnisverrat als Verräter und Staatsfeind der USA. Er floh vor der Strafverfolgung und lebt seitdem im Exil.[52]

TIPP:

Sie allein sind nicht für den Geschichtsunterricht Ihres Kindes verantwortlich, und über die dunklen Seiten der Geschichte zu sprechen, macht vermutlich keinen Spaß. Aber Sie können das Thema behutsam angehen und z.B. an Ihrer eigenen Familie anknüpfen: Haben Sie Vorfahren, die Kriege miterlebt haben, Verfolgungen, Repressionen oder andere schwierige Situationen, in denen private Informationen geschützt werden mussten, um negative Folgen zu vermeiden? Auch heute gibt es z.B. Ehrenmorde, weil eine für die Familie nicht akzeptable Liebesbeziehung enttarnt wurde, oder andere Fälle, in denen über Soziale Netzwerke verbreitete Informationen Menschenleben gekostet haben. Falls Sie mit Ihrem Kind gemeinsam das aktuelle Tagesgeschehen verfolgen, finden Sie weltweit viele Beispiele, wo Datenschutz Leben rettet und z.B. Demonstrierende, Journalist*innen, Anwält*innen, Geflüchtete und viele andere Menschen vor Verfolgung oder Strafe bewahrt.

Kein Klick und kein Schritt ohne Datenspur

Heute geben die meisten Menschen freiwillig viele Informationen über sich in der Öffentlichkeit preis. Wer etwas Privates über andere erfahren möchte, hat es nicht besonders schwer. Eine Statistik aus dem Jahr 2021 zeigt: Weltweit werden täglich ungefähr 100 Millionen Fotos bei Instagram hochgeladen und pro Minute 400 Stunden Videomaterial bei YouTube veröffentlicht. Irre, kaum vorstellbare Zahlen.[53] Man kann in der gestiegenen Verbreitung privater Informationen auch etwas Gutes sehen, denn sie bedeutet auch, dass sich viele Menschen bei uns freier fühlen als je zuvor. Sie beziehen in Sozialen Netzwerken z.B. Stellung zu Homosexualität, engagieren sich öffentlich für politische Themen, halten ihre Erinnerungen für alle sichtbar in Fotos, Videos und Blogs fest. Sie sprechen offen über Religionszugehörigkeit, Hobbys und Interessen. Nicht immer sind mit diesen Mitteilungen unmittelbar Gefahren verbunden, aber: Der Wert dieser Daten und die Einordnung der Informationen können sich jederzeit ändern – und das kann gefährlicher werden als je zuvor.

Der Wert von Informationen verändert sich

Ein Beispiel: Im Juni 2022 änderte sich die Gesetzeslage in den USA, sodass die einzelnen Bundesstaaten zukünftig selbst entscheiden dürfen, ob Schwangerschaftsabbrüche erlaubt oder illegal sind. Viele Bundesstaaten machten sofort Gebrauch von ihrem Entscheidungsrecht und verboten Abtreibungen. Noch am gleichen Tag tauchten überall in Sozialen Netzwerken – auch hierzulande – Warnungen vor der Nutzung von Menstruations-Apps auf, die bei vielen Mädchen und Frauen zur Zyklusbeobachtung beliebt sind. Was den Wenigsten bewusst war: Den Strafverfolgungsbehörden in den USA ist es erlaubt und früher schon mehrfach gelungen, anhand der Durchsuchung von Apps oder aufgrund der Suchhistorie im Browser zu erkennen, dass eine Schwangerschaft bestand und gezielt abgebrochen wurde.[54] In einem bekannten Fall forderte die US-Polizei sogar ohne eine für eine Straftat ausreichende Beweisgrundlage Facebook-Chatverläufe über einen Schwangerschaftsabbruch an, die der Meta-Konzern bereitwillig herausgab.[55] Informationen über den eigenen Menstruationszyklus, auch Gespräche über Abtreibungen, sind mit den Änderungen im Juni 2022 schlagartig gefährlich geworden.

Was wissen meine Apps über mich?

Viele Apps sind praktisch, erleichtern den Alltag oder machen einfach Spaß. Was würde ich ohne meine Wasserwaagen-App tun? Na ja, vermutlich in den Keller laufen und die analoge Wasserwaage holen. Was koche ich bloß ohne die Koch-App – die schon längst registriert hat, welche Allergien und Unverträglichkeiten ich habe? Die App meines Lieblingsshops könnte wahrscheinlich schon ohne mein Zutun die passenden Kleider für mich bestellen – und weiß anhand der Größen genau, wann ich zu- oder abgenommen habe. Es wäre keine Lösung, auf alle digitalen Hilfsmittel und Unterhaltungsformen zu verzichten. **Wichtig ist aber, dass Kinder und Jugendliche die Tragweite ihres Handelns verstehen** und nicht ablehnend oder ungläubig, sondern einsichtig reagieren, wenn sie – wie im Fall der Zyklus-Apps – plötzlich auf die ein oder andere Lieblings-App verzichten sollen.

Ein paar Gedankenspiele zeigen, wer Interesse an Daten haben könnte: Sind Sie in Diskussionsforen für Haustiere angemeldet und kaufen das Futter für Ihren Hund über Amazon? Vielleicht finden Sie deshalb keine neue Wohnung (Bevorzugung von tierfreien Haushalten). Recherchieren Sie bei körperlichen Leiden sofort nach möglichen Krankheiten? Vielleicht sind Ihre Versicherungsbeiträge deshalb so enorm gestiegen (Verdacht auf schlechte Gesundheit). Shoppen Sie online immer auf Rechnung? Vielleicht kriegen Sie deshalb so schwer einen Kredit (Vermutung von schwacher Liquidität). **Gibt Ihr Kind schon von klein auf immer wie-**

der persönliche Informationen preis, ist es im Erwachsenenalter womöglich ein offenes Buch für jedes Unternehmen.

TIPP:

Schauen Sie sich mit Ihrem Kind gemeinsam die Website »Me and my Shadow« (übersetzt: Ich und mein Schatten) an. Auf dieser Seite können Sie überprüfen, welche Datenspuren Sie abhängig von Ihrem Gerät, Ihrem Betriebssystem und der Nutzung verschiedener Online-Dienste hinterlassen. Es wird auch erklärt, was es mit verschiedenen Daten auf sich hat, z.B. was eine MAC-Adresse ist, eine IMEI-Nummer, ein Browserfingerabdruck oder was Web Beacons sind. Leider können Sie hier keine individuellen Dienste auswählen, sondern nur grobe Kategorien. Sie bekommen aber ein Gefühl dafür, welche Datenspuren Sie hinterlassen und welche Wege ins Netz datensparsamer sind als andere. Starten Sie mit Ihrem Kind eine kleine Challenge: Wer von ihnen hinterlässt weniger Datenspuren?

myshadow.org/de/trace-my-shadow

Persönliche Informationen machen uns manipulierbar

Das Internet vergisst nichts

Unüberlegte Postings

Sicherlich sind Ihnen schon oft Sätze begegnet wie »Das Internet vergisst nichts« oder »Think before you post« (übersetzt: Denk nach, bevor du postest). Heißt: Irgendwann können die veröffentlichten Nachrichten, Fotos und Videos gegen einen verwendet werden. Einmal veröffentlicht, sind die Inhalte kaum zurückzuholen. Ein Beispiel, das ich in Schulklassen immer wieder eingebracht habe: »Die zukünftigen Arbeitgeber könnten Informationen über dich bekommen, die ihnen nicht gefallen und die dir deinen Karriereweg versperren.« Dass Fotos von Party-Exzessen bei Arbeitergeber*innen nicht gut ankommen, ist einleuchtend. Ein einzelnes Partybild führt vermutlich seltener zum Ausschluss im Bewerbungsverfahren, doch wiederholt durchzechte Nächte können den Eindruck von Unzuverlässigkeit und fehlender Ernsthaftigkeit erwecken. Auch Gemütszustände (z.B. melancholische Phasen), persönliche Interessen und Hobbys, individuelle Meinungen, der Humor, das äußere Erscheinungsbild oder andere kleine Details können auf Ablehnung stoßen – egal, ob begründet oder aufgrund von Vorurteilen der Arbeitgeber*innen. So richtig überzeugend finden Jugendliche das »Arbeitgeber-Argument« meiner Erfahrung nach nicht. Vielleicht ist ihnen nicht bewusst, dass zwei Drittel der Arbeitgeber*innen sich tatsächlich über ihre Bewerber*innen im Netz informieren und ein Viertel davon schon einmal Personen wegen ihrer Social-Media-Darstellung abgelehnt hat.[56] Einigen Jugendlichen erscheint das Berufsleben wiederum noch so weit weg, dass sie sich darüber noch keine Gedanken machen wollen (oder können).

Politische Beteiligung im Netz

Umso wichtiger sind konkrete Beispiele, in denen Jobs wegen »Social-Media-Vorfällen« in Gefahr waren, z.B. bei der Politikerin Sarah-Lee Heinrich. Kurz nachdem sie 2021 zur Sprecherin der Grünen Jugend gewählt wurde, tauchten Twitter-Beiträge von ihr auf, die diskriminierende, vulgäre Äußerungen und teilweise rechtsradikale Andeutungen enthielten, welche sie im Alter von 13, 14 Jahren verfasst und mittlerweile gelöscht hatte. Irgendjemand hatte diese ausgegraben – und schnell erhielt sie Hassnachrichten und Morddrohungen. Dazu kamen weitere, diesmal allerdings gefälschte Nachrichten, die sie als Jugendliche verfasst haben sollte. Heinrich distanzierte sich von dem, was sie als Jugendliche unüberlegt gepostet hatte, und entschuldigte sich öffentlich. Aufgrund ihrer politischen Arbeit, die sich von Beginn an gegen Diskriminierung richtete, wirkt ihre Reue glaubhaft, doch die möglichen Zweifel an ihrer Glaubwürdigkeit wird sie im schlimmsten Fall nie wieder los.

Da die wenigsten Jugendlichen im Teenie-Alter absehen können, in welchen Lebenslagen und beruflichen Positionen sie später mal landen werden, müssen sie schon früh für die Gefahren der öffentlichen Meinungsäußerung sensibilisiert werden – gerade wenn sie aktivistisch unterwegs sind oder Emotionen hochkochen. **Dass Jugendliche sich aktiv in politische Prozesse einmischen, mitreden und Position beziehen, ist für unsere Gesellschaft und Demokratie allerdings maßgeblich wichtig.** Seit 2019 engagieren sich Millionen Kinder, Jugendliche und junge Erwachsene in der Fridays-for-Future-Bewegung für einen besseren Klimaschutz. Eine soziale Bewegung dieses Ausmaßes hat es seit Jahrzehnten nicht mehr gegeben. Daran haben auch Soziale Netzwerke und Messenger wie Facebook, Instagram und WhatsApp großen Anteil, da die jungen Leute ihre Proteste und Kundgebungen hauptsächlich über sie organisieren.

Vermeintliche Anonymität

Ein ganz bestimmter Account bei Instagram (mit 2,7 Millionen Followern) steht meiner Meinung nach sinnbildlich dafür, wie der Umgang mit persönlichen Informationen auf weiter Linie tatsächlich aussieht: »DeinBeichtstuhl« (@DeinBeichstuhl). Ahnen Sie schon, was sich dahinter verbirgt? Nutzer*innen von Instagram können eine private Nachricht an diesen Account schicken und eine Beichte ablegen. Diese wird dann von den Betreibern des Accounts – wer das ist, weiß man nicht – gelesen und anonymisiert veröffentlicht. Die meisten Beichten stammen von Erwachsenen zwischen 20 und 30 Jahren, aber auch Jugendliche verewigen sich dort mit fragwürdigen oder strafbaren Aktionen: »Ich M/14 beichte, dass ich in der Schule immer absichtlich neben das Klo pisse« oder »Ich M/15 beichte, dass meine Freunde und ich im Monat über 500 € für Weed ausgeben.« Die jeweiligen Kommentare zu den Beichten sind unterirdisch: hasserfüllt und verletzend. Schlimmer allerdings ist: Während sich die Absender*innen dieser »Beichten« in dem angeblich »schwarzen Loch« der Anonymität sicher fühlen, bekommen die Betreiber dieses Accounts Erpressungsmaterial frei Haus zugeschickt. **Wer den Schutz von persönlichen Daten im Netz also nicht ernst nimmt, trägt sein ganzes Leben das Risiko, zur Zielscheibe zu werden** – ohne weiteren Einfluss darauf zu haben. Ableger des Beichtstuhl-Formats gibt es inzwischen auch bei TikTok.

Kriminelle verschaffen sich Zugriff auf Daten

Wenn Datenbanken gehackt und Dateien oder andere Informationen kopiert werden, was überall auf der Welt täglich passiert, verlieren Sie die Kontrolle über Ihre Daten. Falls Sie nicht aufgrund eines politischen Amtes oder brisanter Betriebsgeheimnisse zum Ziel von Hacking oder Datenklau werden, können Sie auch rein zufällig in das Visier von Angreifer*innen geraten, die auf eine Datenbank oder einen Server/eine Cloud zugreifen. In der Regel werden große illegal erbeutete Datenmengen an den Meistbietenden verkauft, und es ist ungewiss, wo sie dann landen. Wenn Ihre E-Mail-Adresse, Postanschrift oder Handynummer dabei war, können Sie sicher sein, dass Sie jede Menge Spamnachrichten und Werbung erhalten, die Sie niemals haben wollten. Außerdem steigt die Wahrscheinlichkeit, dass Sie sogenannte »Phishing«-Mails bekommen.

Was genau sind »Phishing«-Mails?

»Phishing« (abgeleitet von »fishing«, also angeln) bezeichnet eine Betrugsmasche im Internet, hauptsächlich über E-Mails. Dazu werden Internetseiten konstruiert, die exakt so aussehen wie die eines bekannten Unternehmens oder einer Behörde (meist von Banken, Online-Shops oder Versanddienstleistern). Es wird ein Vorwand inszeniert, weshalb Sie sich dort mit Ihrem Benutzernamen und Passwort anmelden sollen, z.B. weil es angeblich Probleme mit Zahlungen gibt, eine persönliche Nachricht hinterlegt wurde oder ein Paket nicht zugestellt werden kann. Im Moment des Logins auf der Fake-Seite werden dann Benutzernamen und Passwörter von einer speziellen Software ausgelesen. In anderen Fällen gibt es einen Anhang zur Mail – z.B. eine angebliche Rechnung –, die Schadsoftware (z.B. Viren oder Trojaner) enthält. Schadsoftware kann sich aber auch in Bildern (z.B. Logos) verstecken, die auf der Fake-Seite oder in der Mail eingebunden sind, daher empfiehlt es sich, in den Einstellungen Ihres Mailprogramm das Laden von Bildern generell zu untersagen.

Den Umgang mit E-Mails üben

Laut einer Untersuchung im Jahr 2021 ist jede dritte Familie schon Phishing zum Opfer gefallen. Kinder im Haushalt erhöhen das Risiko dafür, da sie beispielsweise unkritischer auf Links klicken und Mails öffnen – vor allem jüngere Kinder.[57] Das Risiko geht aber nicht ausschließlich von Kindern aus: Phishing-Mails werden mittlerweile so gut und geschickt konstruiert, dass sie kaum von echten Mails und echten Websites zu unterscheiden sind. Hinterfragen Sie deshalb immer: Haben Sie oder Ihr Kind mit diesem Unternehmen überhaupt etwas zu tun? Erwarten Sie tatsächlich ein Paket, bei dem es Versandschwierigkeiten geben könnte? Ist die Mailadresse des Absenders offensichtlich zufällig generiert (z.B. willkürliche Zahlen und Buchstaben oder private Namen in der Absenderzeile)? Auch die Links in einer Mail können Sie prüfen, bevor Sie diese öffnen: Fahren Sie mit der Maus darüber, ohne zu klicken, dann wird Ihnen die Internetadresse angezeigt, die sich hinter dem Linktext verbirgt. Erkennen Sie dahinter eine sinnvolle Webseite oder handelt es sich um einen kryptischen Link aus zufälligen Zahlen und Buchstaben? Auf Sozialen Netzwerken sind verkürzte Links (z.B. über die Dienste »bit.ly« oder »c.tn«) sehr beliebt – schließlich sieht ein fünfzeiliger Link in einem kurzen Post sehr unschön aus. Seriöse Unternehmen verwenden allerdings selten Kurzlinks.

TIPP:
Wenn Sie selbst mal eine Phishing-Mail bekommen und als solche erkannt haben, dann zeigen Sie sie Ihrem Kind. Üben Sie gemeinsam, woran sich die Betrugsmasche erkennen lässt. Bringen Sie Ihrem Kind bei, niemals eine Mail unbekannten Absenders zu öffnen oder zumindest nicht die Links oder Anhänge anzuklicken. Bitten Sie Ihr Kind auch, Ihnen ehrlich mitzuteilen, wenn es vermutet, auf einen Phishing-Betrug hereingefallen zu sein. Denn nur dann können Sie darauf reagieren, z.B. Passwörter ändern oder Ihre Geräte auf Schadsoftware prüfen. Es gibt keinen Grund, sich dafür zu schämen, denn das passiert wirklich vielen Menschen.

Eigentor durch persönliche Interessen?

Personenbezogene Daten verraten viel über uns. Große Datenmengen ermöglichen ein genaues Profiling (Erstellung eines Gesamtbilds der Persönlichkeit), um die Vorlieben, Interessen und Gewohnheiten von Menschen zu erforschen. **Daten von Kindern und Jugendlichen sind für solche Zwecke goldwert, denn junge Menschen lassen sich gezielt formen, prägen und beeinflussen.** Diese Daten werden im Netz überall gesammelt, z.B. durch Cookies und Tracking.

Was sind (Tracking-)Cookies?
Cookies sind kleine Textdateien, die Informationen über Sie und Ihr Surfverhalten speichern. Sie werden lokal in Ihrem Webbrowser gespeichert, aber auch beim Anbieter der Website in Datenbanken hinterlegt. Cookies speichern beispielsweise Log-in-Daten oder die Sprache, in der die Webseiten ausgeben werden sollen, und merken sich beim Online-Shopping, welche Produkte Sie bereits in den virtuellen Warenkorb gelegt haben. Sie sind also in vielen Fällen nützlich. Es gibt allerdings auch Cookies, die Sie »markieren« (eindeutig identifizieren), um dann auf Schritt und Tritt Ihre Aktivitäten im Netz zu verfolgen (Tracking-Cookies). Beim Besuch einer Website wird Ihnen ein sogenannter Cookie-Banner angezeigt, in dem Sie auswählen können, welche Cookies gespeichert werden dürfen und an welche Unternehmen Ihre Daten weitergegeben werden, z.B. weil diese ein »berechtigtes Interesse« daran behaupten. Dabei gibt es auch Cookies, die nicht abgewählt werden können, weil sie technisch gebraucht werden. Das Perfide: Welche Cookies als »notwendig« erachtet werden, entscheiden die Anbieter selbst. IT-Analysen decken immer wieder auf, dass sich darunter auch absolut unnötige Cookies befinden.

Facebook (Meta) hat eine besonders hinterlistige Methode zum Tracking entwickelt: Das Unternehmen lässt von anderen Websites den »Gefällt mir«-Button einbinden, der wie ein Spionagewerkzeug funktioniert. Sie klicken nirgends den »Gefällt mir«-Button? Das ist völlig egal, denn Facebook schnüffelt überall dort, wo der Button eingebunden ist, egal ob Sie ihn anklicken oder nicht, egal ob Sie selbst bei Facebook registriert sind oder nicht.[58] TikTok geht noch einen Schritt weiter und beobachtet nicht nur, welche externen – also aus der App herausführenden – Links Sie über den in der App integrierten Browser öffnen, sondern liest gleich alle Tasteneingaben mit (auch Passwörter), die darüber hinaus in diesem Browser getätigt werden. Also alles, was Sie dort weiter recherchieren. Zwar spionieren leider viele andere Apps auch auf diese Weise, doch nur TikTok lässt unter iOS (dem iPhone-Betriebssystem) keine Nutzung von TikTok-Links über andere Browser zu – äußerst clever.[59]

Tracking und Microtargeting

Sie haben im Netz zu einem bestimmten Thema recherchiert? Dann erhöht das die Wahrscheinlichkeit, dass Sie auch auf den Social-Media-Plattformen Werbung oder Informationen zu diesem Thema angezeigt bekommen, einschließlich unreflektierter Meinungen, falscher Informationen und Nachrichten, die gezielt von Bots verbreitet werden. **Werden Sie oder Ihr Kind anhand der gesammelten Informationen als besonders unwissend, unreflektiert oder gar naiv eingeschätzt, könnten Sie sogar ganz bewusst zum Ziel von Desinformationskampagnen werden.**

Wie einfach persönliche Interessen zu politischen Zwecken missbraucht werden können, zeigte im Jahr 2016 der Fall »Cambridge Analytica« eindrücklich: Das Datenanalyse-Unternehmen beschaffte sich über eine mit Facebook verknüpfte App die Daten von 87 Millionen Facebook-Nutzer*innen (auf perfide, aber dennoch legale Weise): Angaben zu Likes, Aktivitäten, Alter, Geschlecht, Schulbildung, Freundschaften, Beziehungsstatus, sexueller Orientierung, Religion und vielem mehr. Diese Informationen nutzte das Unternehmen für den Wahlkampf des ehemaligen US-Präsidenten Donald Trump. Die Analysen ermöglichten es, sehr kleine und präzise Zielgruppen zusammenzufassen und beinahe personengenauen Wahlkampf für die Präsidentschaftswahlen zu betreiben – zugeschnitten auf die Wünsche und Bedürfnisse der potenziellen Wähler*innen.[60]

Algorithmen lenken uns

Ein anderes Beispiel für gezielte Beeinflussung nach Preisgabe persönlicher Interessen zeigen Netflix und vergleichbare Streaming-Angebote anschaulich. 83 Prozent der Jugendlichen zwischen 12 und 19 Jahren hatten im Jahr 2021 zu Hause Zugang zu den Streaming-Diensten Netflix, Amazon Prime oder Disney+.[61] Wie eine Studie im Jahr 2022 ergab, erhöhte sich durch die Corona-Pandemie die Nutzung von Streaming-Diensten massiv: Kinder zwischen 10 und 17 Jahren nutzen die Angebote am Wochenende im Durchschnitt mehr als vier Stunden täglich.[62] Kennen Sie die Enttäuschung, wenn Ihre Lieblingsserie zu Ende ist? Zum Glück bekommen Sie direkt Vorschläge, welche Serie Sie als Nächstes gucken könnten – abgestimmt auf Ihre Genre- und Themen-Vorlieben, nicht selten Filme derselben Regisseur*innen und Serien mit Ihnen bereits bekannten Schauspieler*innen. Ich persönlich liebe es, nicht lange nach der nächsten Serie suchen zu müssen. Aber ich bemerke immer wieder, wie stark ich dadurch gelenkt werde und wie sehr mich die Vorschläge darin einschränken, mal etwas Neues auszuprobieren. Freund*innen erzählen mir von tollen Filmen, auf die ich niemals gekommen wäre – weil sie nicht zu meinem Empfehlungs-Algorithmus passen. Die Empfehlungen mögen, abgesehen von der Verleitung zur exzessiven Nutzung, nicht allzu schlimm sein, wenn Ihr Kind beispielsweise wissenschaftliche Dokumentationen mag. Durchaus bedenklich wird dieser Service aber, wenn immer wieder dieselben schnulzigen Liebesfilme mit Happy End angezeigt werden (Verzerrung des Bildes, wie Beziehungen und das »echte Leben« verlaufen), oder wenn der Algorithmus verstanden hat, dass Ihr Kind auf brutale Actionfilme und Thriller steht (permanente Gewaltvorführungen). Bei Netflix können Sie in den Konto-Einstellungen des Accounts die zuletzt angesehenen Filme/Serien aus dem Verlauf löschen und somit die zukünftigen Filmvorschläge etwas verändern. Ganz ausschalten können Sie die Empfehlungsalgorithmen aber nicht (würde ja auch das Geschäft mit Ihren Vorlieben kaputt machen).

Was wir alles verraten

Ausgerechnet der so beliebte Dienst Netflix ist für seine Datensammelwut bekannt: Gespeichert wird beispielsweise, an welchem Tag, zu welcher Uhrzeit und an welchem Ort ein Film geschaut wurde. Wann der Film pausiert wurde, wann zurückgespult wurde (Knutschszene dreimal angeschaut?) und in welchem Tempo eine Serie durchgeschaut wurde (drei Staffeln in einer Woche: Ist der/die Nutzer*in vielleicht arbeitslos?).[63] Ist es Ihnen schon passiert, dass nach 90 Minuten ununterbrochenem Zuschauen bei Netflix die Meldung »Schauen Sie noch?« aufploppte? Netflix verkauft die Unterbrechung als Service, um Datenvolumen zu sparen, denn Sie könnten ja vergessen haben, den Fernseher auszuschalten und gar nicht wollen, dass der Stream weiterläuft. Gleichzeitig erfährt das Unternehmen, ob Sie wirklich wie gebannt vor dem Bildschirm hocken, und misst die Reaktionszeit, die Sie zum Bestätigen »Ja, weiterschauen« benötigen. Netflix kennt nicht nur die Vorlieben, sondern auch die Gewohnheiten und sicherlich in Teilen die Psyche seiner Zuschauer*innen – auch die Ihres Kindes. Nun ist der Verzicht auf Streaming-Dienste keine verlockende Option – das sehe ich ein. Es ist aber wichtig, Kindern und Jugendlichen zu erklären, welche Datenmengen über sie gesammelt werden, damit sie eine Vorstellung davon bekommen, wie potenziell angreifbar und gläsern sie sich dadurch machen.

TIPP:

Spielen Sie mit Ihrem Kind das Cookie-Banner-Spiel »Terms and Conditions«. Es handelt sich um ein Minispiel im Browser, das nur wenige Minuten dauert und die Tücken von Cookie-Bannern, nämlich die versteckten Optionen zum Abwählen oder Bestätigen (sogenannte »Dark Patterns«), auf die Schippe nimmt. Das Spiel ist auf Englisch, aber es erfüllt auch bei geringen Sprachkenntnissen seinen Zweck. Schaffen Sie es, sich durch die Banner zu klicken, ohne einem Cookie zuzustimmen?

Darüber hinaus können Sie auch mal die Seite *clickclickclick.click* besuchen, die live demonstriert, wie eine Website das Surfverhalten der Nutzer*innen protokolliert.

termsandconditions.game

clickclickclick.click

Unternehmen verdienen Geld mit unseren Daten

Fluch und Segen personalisierter Werbung

Akzeptanz von Werbung

Daten, die wir auf Websites oder in Apps preisgeben (z.B. durch die eben beschriebenen Cookies), werden von allen möglichen Unternehmen eingekauft, die Antworten auf solche Fragen suchen wie: Welche Zielgruppe bewegt sich auf welcher Plattform? Welche Produkte kommen in einer bestimmten Stadt gut an? Die Informationen werden dann mit den Daten verknüpft, die das Unternehmen – das kann ein Shop, eine Versicherung oder eine Werbefirma sein – selbst über seine Nutzerinnen und Nutzer gesammelt hat, um noch genauere Profile der Nutzer*innen erstellen zu können und personalisierte Werbung zu schalten.

Welchen Detaillierungsgrad das Ganze annimmt, zeigt eines der vielen Patente, die Facebook angemeldet hat: Ein Mechanismus zum Erkennen von Marken auf Fotos, die bei Facebook hochgeladen werden (»Computer-Vision Content Detection for Sponsored Stories«): Die Marke der Handtasche, welche die 18-jährige Lisa auf ihrem Abiball getragen hat, oder die beliebteste Jackenmarke auf dem Gruppenfoto der Klasse 6b der Schiller-Gesamtschule in Hannover, inklusive einer groben Vorstellung über die Zahlkraft ihrer Eltern – was den Nutzer*innen gefällt, braucht Facebook mit dieser Technologie kaum noch separat abzufragen. **Sobald Unternehmen unsere Vorlieben kennen, haben sie leichtes Spiel. Mit passenden Angeboten werden unsere Bedürfnisse geweckt und die Kauflust angefeuert.**

Das Thema hat mich in einigen Schulklassen schon an den Rand der Verzweiflung getrieben, denn meiner Erfahrung nach finden Jugendliche es nicht sonderlich besorgniserregend, dass sie Werbung angezeigt bekommen, die sie potenziell interessiert: »Ist doch total praktisch, dass ich Sportbekleidung angezeigt bekomme, wenn ich mich für Sport-Themen begeistere.« So sahen dies laut Studie im Jahr 2018 über 50 Prozent der Befragten zwischen 14 und 24 Jahren.[64] Ja, das ist praktisch. Deshalb sind die Gefahren, die damit einhergehen, auch so schwer zu vermitteln.

Kaufanreize ohne Limit?

Kommen wir deshalb noch einmal zurück zu dem Netflix-Beispiel: Gefühlt jede*r nutzt den Streaming-Dienst, und das ist zugleich ein Problem für das Unternehmen: Es kann nicht mehr wachsen. Das Abonnement zu verteuern, würde die Kund*innen in die Arme der Konkurrenz treiben. Daher will Netflix zukünftig das Abonnement vergünstigen, aber zusätzlich Werbung einblenden. Jetzt stellen Sie sich die vorhandene Datenbasis in Kombination mit personalisierter Werbung vor. Was werden wir zu sehen bekommen? Merchandise-Produkte zu unseren liebsten Spielfilmen? Paw-Patrol-Stofftiere zum Sonderpreis, weil Ihr Kind die Serie liebt? Den Online-Shop zu der Sonnenbrille, die Zac Efron im zuletzt angesehenen Film getragen hat? Baumarktartikel passend zur gerade begonnenen Heimwerkerserie? Das neue Abo-Modell könnte beinahe unendlich viele gezielte Kaufanreize setzen.

TIPP:

Spielen Sie mit Ihrem Kind das Spiel »Data Dealer – Legal, Illegal, Scheißegal!«, um den Datenmarkt kennenzulernen. Die Spielerinnen und Spieler schlüpfen in die Rolle eines Datenhändlers, sammeln Daten auf legalen sowie auf zweifelhaften Wegen, werten diese aus und ziehen Profite daraus. Sie gründen eigene Firmen, entwickeln Werbestrategien und bauen datenbasierte Geschäftsmodelle auf. In der Rolle des Datenhändlers wehren sie sich gegen Demonstrationen wütender Bürgerinnen und Bürger, gegen kritische Presseberichte oder gegen Datenschutzbeauftragte, die ihnen einen Strich durch die Rechnung machen wollen.

datadealer.com/de

Neues, unsichtbares Bezahlsystem

Datenwirtschaft verstehen

Nutzen Sie eine praktische Kundenkarte Ihres Lieblingsladens, mit der Sie Rabatte bekommen? Oder die bei vielen beliebte Payback-Karte, mit der Sie in verschiedenen Läden Punkte sammeln können, um anschließend Prämien oder Geldgutscheine ausgezahlt zu bekommen? Haben Sie sich mal gefragt, wieso diese Unternehmen so nett sind und Ihnen etwas schenken? Die Antwort lautet: Nicht, um Sie als Kund*in glücklich zu machen (jedenfalls nicht in erster Linie). Sondern weil die Daten, die Sie durch die Nutzung der Kundenkarten hinterlassen, viel mehr wert sind als das, was Sie als Dank für Ihren Einkauf zurückbekommen.

Allerdings geben Sie Ihre Daten nicht nur beim Shopping preis, sondern bei jeder Aktivität im Netz. Den monetären Wert von Daten festzulegen ist nicht ganz einfach. Auswertungen der Ankäufe von Online-Datenhändlern im Jahr 2018 haben folgende Einkaufspreise ergeben: Käufer*innen zahlten etwa 15 Cent für eine Postadresse, 75 Cent für eine E-Mail-Adresse, 1,75 Euro für ein Geburtsdatum, 2,60 Euro für eine Führerscheinnummer und sieben Euro für eine Sozialversicherungsnummer. Ihr Alter, Ihr Geschlecht oder Ihre Einkaufsliste in einem Laden sind inzwischen so leicht zugänglich geworden, dass der Geldwert bei unter einem Cent liegen dürfte – hier kommen allerdings so riesige Datensätze zustande, dass Datenhändler auch damit reich werden können.[65] Was die exakte Preisbestimmung von Daten allerdings beinahe unmöglich macht, ist die Handelsform, die Google und andere große Unternehmen (z.B. Versandhäuser, Streaming-Anbieter, Verlagshäuser, Infoportale und Online-Game-Anbieter) praktizieren: **»Real Time Bidding«** (deutsch: Echtzeitversteigerung). Dabei werden personenbezogene Daten zu Werbezwecken versteigert: Wer am meisten für diese gesammelten Informationen bietet, bekommt den Zuschlag. Dadurch gibt es nach oben keine Grenzen, und der Wert von Daten wird immer höher getrieben.

TIPP:
Berechnen Sie den Wert Ihrer eigenen Daten. Schauen Sie sich dafür gemeinsam mit Ihrem Kind eine kostenlose Lieblings-App oder ein Web-Angebot an, bei dem es einen Account angelegt hat. Prüfen Sie in der Datenschutzerklärung oder in den Optionen von Cookie-Bannern, wie viele Unternehmen Zugriff auf die Daten bekommen (z.B. unter Überschriften wie »Werbepartner«, »Datenweitergabe« oder »berechtigtes Interesse«). Fast immer wird für das Anlegen eines Accounts eine E-Mail-Adresse verlangt – diese können Sie exemplarisch verwenden, um durchzurechnen, wie viel Geld der Anbieter daran verdient (75 Cent mal die Anzahl der Unternehmen) – anhand einer einzigen Information. Natürlich ist dies nur eine stark vereinfachte Rechnung, die nicht die Realität widerspiegelt, und nicht jedes Unternehmen verkauft Daten, aber Ihr Kind kann daran leicht erkennen, dass die Nutzung der App oder des Web-Angebots nicht wirklich kostenfrei ist.

Polizei und Strafverfolgungsbehörden werten Daten aus

Strafermittler interessieren sich für alle

Wo (k)ein Kläger, da ein Richter

Haben Sie schon mal eine Jugendsünde begangen? Vielleicht mal etwas geklaut oder Drogen ausprobiert? Oder kennen Sie eine Person, die so etwas gemacht hat? Ganz bestimmt! Nervenkitzel, Adrenalin, Spannung und an Grenzen zu gehen, gehört zum Erwachsenwerden dazu, ohne dass daraus kriminelle Laufbahnen werden. Viele der »gesetzlich fragwürdigen« Erfahrungen in Ihrem eigenen jugendlichen Umfeld sind sicherlich nicht strafrechtlich verfolgt worden. Wer hätte die Heimlichkeiten denn auch mitbekommen sollen, wenn niemand angeschwärzt wurde? **Ihr Kind hingegen wächst mit ungekannten informationstechnischen Möglichkeiten auf, mithilfe derer man jeder noch so kleinen Straftat auf die Schliche kommen kann.** Um Straftäter*innen zur Rechenschaft ziehen zu können, ist das vorteilhaft: Diese können über Funkmasten, GPS-Daten, Bluetooth-Signale oder die Einwahl ins Netz (öffentliches WLAN/mobiles Internet) ausfindig gemacht werden. Von Tracking-Möglichkeiten im Internet selbst ganz zu schweigen. Selbst wer sich von digitalen Medien gänzlich fernhält, läuft im Alltag regelmäßig an der ein oder anderen Überwachungskamera vorbei.

Die Kehrseite der Medaille: Das tun alle, nicht nur Kriminelle. Wer sich beispielsweise an einem Ort aufgehalten hat, in dessen Nähe eine Straftat stattgefunden hat, gerät selbst ins Visier der Ermittlungen, entweder als verdächtige Person oder zumindest als mögliche*r Zeug*in. Wer jemanden kennt, der jemanden kennt, der etwas Kriminelles getan hat – allein das lässt sich ohne große

Mühe durch Freundschaftsverbindungen in Sozialen Netzwerken herausfinden –, kann ebenfalls im Rahmen der Strafermittlungen interessant sein. Das kann auch Ihr Kind treffen.

Legale Spionage?

Seit 2019 wird unter anderem der sogenannte »Staatstrojaner« eingesetzt, der es dem Bundeskriminalamt (BKA) ermöglicht und erlaubt, unbemerkt in die Computersysteme von Bürger*innen einzudringen und sie auszuspionieren. Darüber hinaus greifen zahlreiche Befugnisse der Polizei tief in die Privatsphäre ein.[66] Im Juni 2022 stimmte zudem das EU-Parlament für eine Reform von »Europol« (europäische Polizeibehörde), wodurch personenbezogene Daten von Unverdächtigen im großen Stil erfasst, gespeichert und analysiert werden dürfen, solange sie in irgendeiner Weise für Ermittlungen nützlich sein könnten. Um die Straftäter*innen unter 83 Millionen Einwohner*innen zu erwischen, müssen große Datenmengen ausgewertet werden – von allen Bürgerinnen und Bürgern, kriminell oder nicht. Erinnern Sie sich noch an die vorangegangenen Tipps, wie Sie sich verhalten sollten, wenn von Ihrem Kind Nacktfotos weitergeleitet wurden? Nun stellen Sie sich vor, Sie hätten die Gesprächsverläufe samt Fotos zur Beweissicherung auf Ihrem Gerät gespeichert und würden in eine anlasslose Überwachung geraten: Sie hätten einige unangenehme Fragen zu beantworten.

Schon aufgrund der historischen Ereignisse der letzten hundert Jahre in Deutschland sollten Jugendliche für die verschiedenen Formen der Überwachung und Strafverfolgung sensibilisiert und darüber informiert werden, wo sie – im öffentlichen und privaten Raum – beobachtet werden. Allein das Wissen darüber kann schon ihr Privatsphärebewusstsein stärken. Das Jugendalter ist die Zeit, in der Fehler erlaubt sein müssen. Nicht umsonst sieht unser Rechtssystem mit dem Jugendstrafrecht, welches milder als das Erwachsenenstrafrecht ausfällt, eine gewisse Pufferzone für jugendlichen Leichtsinn und das Korrigieren von Fehlern vor. Aber auf der anderen Seite sollte allen auch bewusst sein, dass dumme Aktionen, eine diskriminierende Haltung oder Straftaten von den Behörden sehr leicht aufgedeckt werden können.

Tracker in der Hosentasche

Die Möglichkeiten für Komplettüberwachungen, samt Gesichts-, Gang- und Stimmerkennung sind längst vorhanden und werden beispielsweise in China, wo es kaum Datenschutzgesetze gibt, bereits umgesetzt: Wer in Shanghai über eine rote Ampel gelaufen ist, seine Eltern längere Zeit nicht besucht hat oder sich anderweitig »unerwünscht« verhält, bekommt Abzüge auf seinem digitalen Punktekonto (»Social Score«). Wer die Verhaltensvorgaben der Regierung erfüllt, bekommt Punkte dazu. Ob es um das Kauf- und Konsumverhalten oder den Nachrichtenaustausch mit Freund*innen und Verwandten geht: Das Smartphone und die Überwachungskameras kriegen etliche Verstöße gegen die »soziale Ordnung« im Land mit. Wer weniger Punkte hat, verliert Privilegien und darf z.B. keine internationalen Flüge mehr buchen. Oder es ist ihm nicht mehr erlaubt, mit dem Schnellzug zu reisen, wodurch er vielleicht seinen Job in einer anderen Stadt nicht mehr ausüben kann. Dieses Kontrollsystem mittels Punkten nennt sich »Sozialkreditsystem«.[67] Wir haben hierzulande Glück, dass unser demokratisches System, unsere Grundrechte und die Datenschutzgesetze solche Maßnahmen bislang verbieten. Denken Sie aber an das Smartphone, das Ihr Kind tagtäglich mit sich trägt. Hat es eine Kamera? Sehr wahrscheinlich ja – sogar vorne und hinten. **Sie können Ihrem Kind an diesem Beispiel klarmachen, dass es jederzeit seine eigene Überwachungstechnik mit sich trägt.** Es ist übrigens sehr sinnvoll, diese Kameras mit Stickern (oder »Kameraschiebern«, die sich öffnen und schließen lassen) zu überkleben, wenn man nicht fotografieren möchte, denn damit schützt Ihr Kind sich vor Beobachtungen (Fremdzugriffen) durch die Polizei oder durch Hacker*innen. Das Abkleben der Außenkamera ist übrigens auch für die Mitmenschen angenehmer: So wissen z.B. die gegenübersitzenden Fahrgäste in der U-Bahn, dass sie nicht gefilmt werden, wenn Sie gerade Ihr Smartphone hochhalten, um darauf etwas zu lesen.

TIPP:

Prüfen Sie mal, wo Sie im Alltag überwacht werden, wenn Sie sich im öffentlichen Raum bewegen. Wenn Sie mit Ihrem Kind durch die Innenstadt laufen, im Supermarkt unterwegs sind oder mit öffentlichen Verkehrsmitteln fahren, können Sie gemeinsam zählen, wie viele Kameras Sie entdecken. Sie können gern noch einen Schritt weiter gehen und sich an dem Projekt »Surveillence under Surveillence« (übersetzt: Beobachtung unter Beobachtung) beteiligen. Auf einer Online-Karte bei OpenStreet-Maps (dem datenschutzfreundlichen Pendant zu Google Maps) kann jede*r eintragen, wo sich Kameras befinden und ob sie öffentliche oder private Bereiche ausleuchten. Über 50.000 Kameras weltweit sind dort bereits kartografiert.

sunders.uber.space

Besonders sensible Daten »for free«

Fingerabdrücke zu verschenken

Ein weiteres Szenario, das Sie aus jedem guten Krimi kennen, ist die Abgabe der Fingerabdrücke bei einer Verhaftung. Jeder Fingerabdruck existiert nur einmal, denn jeder Mensch hat ein anderes Abdruckmuster. Somit ermöglicht dieses Muster eine zweifelsfreie Identifizierung einer Person, sofern die Abdrücke schon einmal in einer Datenbank registriert worden sind. Viele Mobilgeräte bieten als Sicherheitsmaßnahme an, die Entsperrung des Bildschirms durch einen Fingerabdruck vorzunehmen. Und besonders für Jugendliche hat das einen großen Vorteil: Ihr Gerät ist vor den neugierigen Augen der Eltern geschützt. Die Hersteller der Geräte versprechen für den Abdruck die allergrößte Sicherheit, z.B. soll dieser nur lokal auf dem Gerät selbst gespeichert werden, und nicht Teil externer Datenbanken werden. Dass der Fingerabdruck aber schon beim Scanprozess durch den Zugriff Unbefugter abgegriffen werden könnte (z.B., weil Hacker*innen sich dazwischenschalten und die Daten des Scanners selbst auslesen), liegt außerhalb der Vorstellungskraft der meisten Nutzer*innen. Seit August 2021 gilt in Deutschland eine Fingerabdruckpflicht auf Personalausweisen. Somit landen die denkbar sensibelsten Daten aller Bürger*innen ab 16 Jahren in einer Datenbank. Dass diese Daten (Kategorie »biometrische Daten«) auf sehr gefährliche Weise missbraucht werden können, leuchtet jeder*m sofort ein. Deshalb war der Aufschrei in der Bevölkerung und bei Datenschützer*innen groß.[68] Gleichzeitig aber verschenken viele Menschen bereitwillig und freiwillig ihren Fingerabdruck: nämlich an ihr Smartphone.

TIPP:

Machen Sie Ihrem Kind klar, dass die Sperrmaßnahmen durch Gesichtserkennung und Fingerabdrücke Risiken darstellen. Nutzen Sie die Gelegenheit, um generell über sensible personenbezogene Daten zu sprechen: Der eigene Vor- und Nachname ist sehr individuell, doch es tragen ggf. noch viele andere diesen Namen – und er kann geändert werden. Der Geburtstag (Tag + Monat) ist ebenfalls ein sensibles Datum, allerdings haben viele Menschen an diesem Tag Geburtstag. Der Zusatz des Geburtsjahrs macht eine Zuordnung schon deutlich wahrscheinlicher. Die Kombination von Vorname, Nachname und Geburtsdatum ist bereits sehr eindeutig. Wenn dann noch der Fingerabdruck, das Netzhautmuster, die Stimme oder die Gangart hinzukommen, wird der Mensch unverwechselbar. So schulen Sie einen verantwortungsvollen Umgang mit sensiblen Daten.

Privatsphäre ist ein nicht verhandelbares Grundrecht

Explizite Kinderrechte sind in unserem Grundgesetz bislang nicht erfasst. Besondere Regelungen für Kinder und Jugendliche finden sich z.B. in der UN-Kinderrechtskonvention, im Jugendmedienschutzgesetz und in der Datenschutzgrundverordnung (DSGVO). Aber unabhängig davon, ob jung oder alt, haben alle Bürgerinnen und Bürger Persönlichkeitsrechte, die sich in drei Bereiche teilen lassen: Selbstbewahrung, Selbstdarstellung und Selbstbestimmung.

Recht auf Privatsphäre

Das Recht auf Selbstbewahrung: Es beinhaltet z.B. das Recht, sich zurückzuziehen und sowohl räumlich als auch sozial für sich allein zu sein. Gerade bei Jugendlichen spielt der Wunsch nach Abkopplung von den Eltern eine große Rolle. Durch die ständige Abrufbereitschaft über verschiedene Kommunikationskanäle wird dieses Recht viel zu selten gewahrt. Insgesamt ergibt sich durch das Recht auf Selbstbewahrung das Recht auf Privatsphäre, dieses müssen Sie auch Ihrem Kind gewähren.

Smarte Kinderuhren und Tracking-Apps

Viele Unternehmen haben ein lukratives Geschäftsmodell für sich entdeckt, indem sie mit den Sorgen und Ängsten von Eltern spielen: Sie bieten für jüngere Kinder Smart- und Trackingwatches (internetfähige Uhren) an sowie mit Mikrofonen und Kameras ausgestattete Spielzeuge. Eltern sollen ihr Kind damit auf Schritt und Tritt überwachen können. Für die Eltern älterer Kinder werden beispielsweise Tracking-Apps angeboten, die unbemerkt auf dem Smartphone des Kindes installiert werden können. Einige Funktionen in sogenannten »Parenting«-Apps gehen so weit, dass Eltern die Nachrichten ihres Kindes mitlesen oder den Bildschirm aus der Ferne steuern/sperren können. All das sind unverhältnismäßig starke Eingriffe in die Privatsphäre von Kindern.

Auch Funktionen, die die Bildschirmzeit begrenzen, sollten vor ihrem Einsatz gut reflektiert werden: Ist es möglich, die Bildschirmzeit anders zu regeln? Kommt es auf ein paar Minuten mehr oder weniger an? Ist es nötig, das Kind aus dem Gespräch mit Freund*innen zu reißen (das gerade so wichtig war), aus dem spannenden Artikel (wo nur noch das Fazit gefehlt hat) oder dem Spiel (welches noch nicht zwischengespeichert wurde)? Denken Sie aus der Perspektive Ihres Kindes und an die Bedürfnisse, die es womöglich in diesem Moment hat. **Technische Überwachungsmethoden können zudem mehr Schaden als Nutzen anrichten: Oft sehen und hören die Anbieter genau das, was auch die Eltern sehen, inklusive der Bild- und Tonaufnahmen.** Sie schauen sich über so eine App »nur« den Browser-Suchverlauf Ihres Kindes an? Vielleicht haben Sie auch das Alter Ihres Kindes hinterlegt, um entsprechende Beschränkungen einzurichten, und möglicherweise sind der App auch Zugriffe auf das Telefonbuch oder den Standort erlaubt? Der Anbieter (bzw. ein entsprechender Algorithmus) schaut wahrscheinlich mit und weiß nun sicher, dass hier ein Kind – Ihr Kind – recherchiert hat. Ohne diese Maßnahme wäre vielleicht unklar gewesen, wer gerade im Netz surft, aber jetzt gibt es keinen Zweifel mehr, und das Nutzungsprofil Ihres Kindes, also besonders schützenswerte Daten, nehmen nun die üblichen Wege: Sie werden weiteranalysiert, verkauft, zum eigenen Vorteil genutzt etc. Die Versprechen der Anbieter, ihre Angebote seien datenschutzkonform und besonders sicher, sind selbstverständlich immer groß. Doch es gab schon Dutzende bekannte Fälle, bei denen die Datenbanken von Apps und Kinder-Smartwatches so schlecht geschützt waren, dass sie leicht gehackt oder die Klarnamen von Kindern, inklusive ihrer Standorte in Echtzeit, verfolgt werden konnten – auch von technischen Laien. »Sicherheit« sieht anders aus. Statt Ihrem Kind Misstrauen entgegenzubringen, sollten Sie immer an einem vertrauensvollen Verhältnis zu Ihrem Kind arbeiten – »aufpassen« bedeutet nicht »überwachen«.[69]

Recht am eigenen Bild

Das Recht auf Selbstdarstellung: Dieses Recht beinhaltet, dass keine verfälschten oder unerwünschten Darstellungen von Menschen in Umlauf gebracht werden dürfen, denn jeder Mensch darf selbst entscheiden, wie er in der Gesellschaft wahrgenommen werden möchte. Aus dem Recht auf Selbstdarstellung ergibt sich außerdem das Recht am eigenen Namen (z.B. Festlegung des Namens bei Heirat oder Scheidung sowie Schutz vor Namens- oder Identitätsdiebstahl) und das Recht am eigenen Bild. **Jede*r darf selbst entscheiden, welche Bildaufnahmen, auf denen er erkennbar ist, von anderen verwendet oder veröffentlicht werden dürfen.** Eine schweizerische Studie hat ergeben, dass von einem Drittel der Jugendlichen zwischen 12 und 19 Jahren schon einmal ungefragt Fotos online veröffentlicht worden sind.[70] Manchmal wird vor der Aufnahme und Verbreitung nicht um Erlaubnis gebeten, in anderen Fällen trauen sich die Abgebildeten eventuell nicht, die Veröffentlichung eines Fotos zu stoppen. Kennen Sie das, wenn auf einem Gruppenfoto alle Ihre Freund*innen super aussehen, nur Sie ziehen mal wieder ungewollt eine Grimasse? Auch das zweite und dritte Foto wird einfach nichts? Würden Sie den anderen dann verbieten, das Foto online zu stellen, oder würden Sie in den sauren Apfel beißen?

Zum Bereich der Selbstdarstellung zählt außerdem das Recht auf Vertraulichkeit in Wort und Schrift. Heißt: **Weder gesprochene noch geschriebene Worte dürfen unbefugt aufgezeichnet, mitgehört oder anderen zugänglich gemacht werden.** Das betrifft somit auch private Nachrichten in Chats oder Messengern und wird z.B. durch das Anfertigen und Weiterleiten von Screenshots von Chatverläufen häufig missachtet.

Meine Daten gehören mir!

Das Recht auf (informationelle) Selbstbestimmung: Jeder Mensch darf über sich und seinen Körper bestimmen. Auch über die Informationen, die ihn betreffen. Es darf also jede*r selbst entscheiden, welche personenbezogenen Daten über ihn selbst erhoben, gespeichert, verändert, angepasst, an Dritte übermittelt, gesperrt oder gelöscht werden. Im Datenschutzgesetz gibt es dazu eine Ergänzung, die Kinder betrifft:

»Kinder verdienen bei ihren personenbezogenen Daten besonderen Schutz, da Kinder sich der betreffenden Risiken, Folgen und Garantien und ihrer Rechte bei der Verarbeitung personenbezogener Daten möglicherweise weniger bewusst sind. // Ein solcher besonderer Schutz sollte insbesondere die Verwendung personenbezogener Daten von Kindern für Werbezwecke oder für die Erstellung von Persönlichkeits- oder Nutzerprofilen und die Erhebung von personenbezogenen Daten von Kindern bei der Nutzung von Diensten, die Kindern direkt angeboten werden, betreffen.«

(Erw.Gr. 38, Satz 1 und 2, DSGVO)

Jeder kann unwissentlich Daten weitergeben

Damit niemand Unbefugtes persönliche Daten mitliest, wurde 2008 das Recht auf die Gewährleistung der Vertraulichkeit und Integrität informationstechnischer Systeme als Grundrecht in das Grundgesetz aufgenommen. Damit wurde auf die gestiegene Anzahl und Komplexität der Systeme reagiert, die Polizei und Strafverfolgungsbehörden einsetzen, um Bürger*innen technisch zu überwachen. **In der Praxis sind es jedoch nicht nur Behörden, sondern alle Menschen, die dazu beitragen, dass Daten weitergegeben werden, obwohl die Betroffenen es nicht wollen oder nichts davon wissen.**

Sie haben das vielleicht auch schon gemacht. Nutzen Sie WhatsApp? So wie viele von uns haben Sie bestimmt die App installiert und gleichzeitig die Nummern von Dutzenden Freund*innen, Kolleg*innen und Familienmitgliedern auf Ihrem Handy gespeichert. Wussten Sie, dass der Messenger alle Kontakte aus Ihrem Telefonbuch speichert – auch von denen, die selbst nicht WhatsApp nutzen? Haben Sie jeden Ihrer gespeicherten Kontakte einzeln gefragt, ob Sie deren Nummer an WhatsApp bzw. den Meta-Konzern weitergeben dürfen? Ich bin fast sicher, dass Sie das nicht getan und somit gegen das Recht auf informationelle Selbstbestimmung dieser Personen verstoßen haben. Wenn Sie jemand anzeigt, könnten Sie abgemahnt werden. Wird Ihr Kind dafür angezeigt, stehen dafür natürlich ebenfalls Sie gerade. Da lohnt es sich, nach alternativen Messengern Ausschau zu halten (Informationen dazu finden Sie im Kapitel »Privatsphäre als Schlüssel zur Selbstbestimmung«). Aber auch TikTok geht unvorsichtig mit Telefonnummern um: Wer der App Zugriff auf seine Kontakte gewährt, stellt dem Unternehmen alle Nummern zur Verfügung, um Personen, die einander kennen könnten, miteinander zu verknüpfen. Der Vorgang wird diesen sogar mitgeteilt. Das hat schon zu peinlichen Situationen geführt, etwa zwischen Expartner*innen.

TIPP:
Finden Sie heraus, welche Daten von Ihnen und Ihrem Kind in Unternehmen und Behörden gespeichert sind, indem Sie einfach dort nachfragen. Suchen Sie im Netz nach »Musterauskunft Art. 15 DSGVO«, dann finden Sie Vorlagen zum Kopieren. Schicken Sie diese per Mail oder Post z.B. an Ihre Kinderarztpraxis, die Schule oder den Sportverein Ihres Kindes. Gern auch an den Anbieter des Lieblingsspiels, bei dem Ihr Kind einen Account angelegt hat. Antworten dürfen Sie innerhalb von vier Wochen erwarten. Schauen Sie sich gemeinsam die Ergebnisse an und prüfen Sie sowohl die Korrektheit als auch die Notwendigkeit dieser Informationen. Auf diese Weise lernt Ihr Kind eine tolle Möglichkeit kennen, um Kontrolle über die eigenen Daten zu erhalten. Sollten Sie vorher eine Einwilligung erteilt haben, dass diese Daten gespeichert werden dürfen, können Sie diese Zusage (mittels formloser E-Mail an das Unternehmen) jederzeit widerrufen und Ihre Daten löschen lassen. Allerdings unterliegen einige Daten gesetzlichen Aufbewahrungsfristen – z.B. wichtiger Schriftverkehr, Vertragsunterlagen und Zahlungsinformationen, die in der Buchhaltung auch Jahre später noch benötigt werden. Diese können von den Unternehmen auch auf Ihre Bitte hin nicht gelöscht werden.

So kann Ihr Kind Datenflüsse technisch kontrollieren

»Echte« Privatsphäre-Einstellungen

Die folgenden Einstellungen an Ihren Geräten sollten Sie zusammen mit Ihrem Kind durchgehen – das hat für Ihr Kind und sein Verhältnis zu den eigenen Daten einen riesengroßen Lerneffekt. Nehmen Sie sich dafür Zeit. Sie brauchen sich nicht alle Datenschutzmaßnahmen auf einmal vorzunehmen. Manchmal ist die Technik etwas herausfordernd oder die gewünschten Einstellungsoptionen verstecken sich zwischen Dutzenden anderen. Wie Sie die Einstellungen im Einzelnen – abgestimmt auf Ihre ganz individuellen Bedürfnisse – vornehmen sollten, würde den Rahmen dieses Buchs sprengen, da sich die Einstellungsmöglichkeiten zwischen verschiedenen Betriebssystemen sowie von Gerät zu Gerät unterscheiden. Die folgenden Vorschläge sollen Ihnen daher nur eine grobe Orientierung geben und Impulse vermitteln, von denen aus Sie gemeinsam mit Ihrem Kind weiterrecherchieren können. Ein paar kindgerechte Erklärungen, z.B. zur Erstellung sicherer Passwörter, finden Sie in meinem Blog #Kids #digital #genial *(kidsdigitalgenial.de)*. Weitere Tipps erhalten Sie beispielsweise in der Rubrik »Digitale Selbstverteidigung« auf der Website von Digitalcourage e.V.

kidsdigitalgenial.de

https://digitalcourage.de/digitale-selbstverteidigung

1. **Standortdaten verbergen**: Schalten Sie in den Einstellungen des Geräts die Standortübertragung über GPS (Global Positioning System) ab. Stellen Sie auch die automatische Verbindung mit WLAN-Netzen aus, damit das Gerät sich nicht in unge-

schützte, öffentliche Netze einwählt und Ihr Kind nicht permanent seinen Aufenthaltsort verrät. Wenn das Smartphone oder Tablet gerade nicht benötigt wird (z.B. nachts, in der Schule, im Wanderurlaub), können Sie einfach den »Flugmodus« auswählen, bei dem alle Verbindungen nach außen unterbrochen werden.

2. **Browser und Suchmaschine richtig wählen:** Wahrscheinlich nutzen Sie einen vorinstallierten Browser auf Ihrem Gerät, z.B. Google Chrome, Microsoft Edge, Safari oder Opera – gemeint ist die Anwendung, mit der Sie im Netz navigieren. Sie brauchen nicht das vorinstallierte Programm zu verwenden und können z.B. den Browser Mozilla Firefox (Mobilgeräte: Firefox Klar) installieren, der mehr Privatsphäre-Einstellungen zulässt als andere.[71] Danach stellen Sie in den Browser-Einstellungen eine datenschutzfreundlichere Suchmaschine als Google, Yandex, Bing oder Yahoo ein, z.B. Startpage, MetaGer oder DuckDuckGo.
3. **Cookies blockieren und Werbeblocker installieren:** Stellen Sie in den Einstellungen des Browsers ein, dass keine Cookies gespeichert werden sollen und der Browser-Verlauf (die Surfaktivitäten und Suchanfragen Ihres Kindes) automatisch gelöscht wird. Aktivieren Sie die »Do-Not-Track«-Funktion, welche die Website-Betreiber automatisch bittet, auf Tracking-Cookies zu verzichten. Installieren Sie (in den Browser-Einstellungen unter »Plugins«) einen wirksamen Werbeblocker, wie z.B. »uBlock Origin«. Falls Sie bereits »AdBlock« oder »AdBlock Plus« verwenden: Diese haben sich Berichten zufolge von Google, Amazon und anderen Firmen kaufen lassen, damit ihre Werbeanzeigen nicht geblockt werden. Daran erkennen Sie gut, wie sehr um Ihre Aufmerksamkeit gefeilscht wird.[72]

Das allmächtige Google-Konto

4. **Richtig ein- und ausloggen:** Oft besteht die Möglichkeit, sich über einen Google-, Facebook- oder Twitter-Account für andere Dienste anzumelden. Diese Anmeldeform nennt sich »Single-

Sign-in« und bedeutet zwar, dass Sie sich nicht so viele unterschiedliche Passwörter merken müssen, aber auch, dass z.B. Google überall dort Daten ausliest, wo Sie sich mit einem Google-Account anmelden. Verzichten Sie lieber auf diesen »Service« und nutzen Sie – wenn möglich – »Wegwerf-E-Mail-Adressen« zur Registrierung. Das sind kostenlose Mailadressen, die nur ein paar Stunden oder Minuten lang gültig sind. Anbieter dafür gibt es wie Sand am Meer.[73] Loggen Sie den Account nach seiner Nutzung wieder richtig aus. Erklären Sie Ihrem Kind, dass das reine Schließen oder Minimieren der Website oder App nicht ausreicht, da diese dann ggf. im Hintergrund weiterläuft und weiterhin Nutzungsdaten sammelt. Der für viele Jugendliche attraktivste Anreiz, darauf zu achten: Durch das Schließen von Websites und Apps wird das Gerät wieder schneller und verbraucht weniger Akku-Kapazität.

»Datensparsame« Apps und Spiele auswählen

5. **Mitdenken:** Der beste Schutz von persönlichen Informationen ist Datensparsamkeit. Auf der Website »Webbkoll« kann Ihr Kind nachschauen, welche Cookies und Tracker bei dem Besuch einer bestimmten Webseite gespeichert werden – dazu wird nur die jeweilige Internetadresse (URL) benötigt. Ein ähnliches Tool namens »Exodus Privacy« gibt es auch für das Überprüfen von Apps: Neben den eingebauten Trackern wird angezeigt, welche Zugriffsberechtigungen (App-Berechtigungen) die Anwendung erfordert. So kann Ihr Kind z.B. prüfen: Ein QR-Code-Reader braucht Zugriff auf die Kamera – ist klar, aber ist es wirklich nötig, dass eine Wecker-App Zugriff auf die Kamera bekommt? Brauche ich genau dieses Spiel, das Zugriff auf alle meine gespeicherten Kontakte haben möchte? Und gibt es vielleicht eine andere Fotobearbeitungs-App, die nur fünf statt 15 Berechtigungen haben möchte? Man sollte immer die Zugriffsberechtigungen von Apps prüfen (z.B. im App-Store oder in der App-Beschreibung angegeben). Auch Einstellungen wie »das Nachladen von Medieninhalten unterbinden« (die vermei-

den, dass unerwünschte Inhalte geladen werden) sind sinnvolle Maßnahmen, die in vielen Apps zur Verfügung stehen, den meisten Nutzer*innen dennoch unbekannt sind.

webbkoll.dataskydd.net/de

reports.exodus-privacy.eu.org/de

Ein letzter TIPP:
Sobald ein neues Gerät zum Einsatz kommt, müssen sämtliche Einstellungen erneut vorgenommen werden. Nehmen Sie Ihrem Kind diese Arbeit nicht ab, denn es soll lernen, dass die souveräne Nutzung von internetfähigen Geräten mehr bedeutet als nur das Anklicken und Starten einer App. Wer Süßigkeiten essen will, muss sich auch die Zähne putzen, wer Fahrradfahren möchte, muss die Verkehrsregeln beachten und wer online unterwegs sein möchte, muss verstehen, was »hinter dem Bildschirm« passiert.

Mögliche Gründe für mangelnde (technische) Datenschutzmaßnahmen bei Jugendlichen:

- bewusste Nutzung von Vorteilen (z.B. öffentliche Sichtbarkeit oder passende Werbung)
- Verfolgen von Trends statt bewusster Auswahl von Apps (Anschluss an Gruppen)
- Vertrauen auf die Angaben der Anbieter/Entwickler*innen, die den Datenschutz angeblich ernst nehmen
- mangelnde Sensibilität für Negativfolgen sowie Unkenntnis über gesellschaftliche, politische und wirtschaftliche Zusammenhänge

- geringe Datenschutz- und Technikkompetenz und/oder Sich-Nicht-Auskennen mit dem Fachjargon
- Unwissenheit über Einstellungsmöglichkeiten, welche durch versteckte Optionen nur schwer zu durchschauen sind.
- keine Geduld für die vielen, kleinschrittigen Einstellungen
- unerwartet häufige Nutzung der App nach kurzem »Reinschnuppern«, als sich Einstellungen scheinbar vorerst noch nicht »lohnten«.
- wechselnde Geräte oder mehrere Geräte gleichzeitig mit unterschiedlichen (teilweise nicht-intuitiven) Menüführungen
- Vergessen von erneuten Einstellungen nach zwischenzeitlicher De- und Neuinstallation von Apps oder nach Updates

Verantwortung für das eigene Handeln übernehmen

Schlussworte

Im Internet unterwegs zu sein, was heutzutage die Nutzung beinahe aller Bildschirmmedien einschließt, bedeutet drei Dinge:

1. **Wir bewegen uns permanent in einem sozialen Raum.**
Kinder und Jugendliche müssen in der Online-Welt – genauso wie offline – Verantwortung für sich, für ihr eigenes Handeln sowie für andere übernehmen. Sie müssen verstehen, dass die (vermeintliche) Anonymität im Netz zwei Seiten hat: Sie ist nützlich, um sich selbst zu schützen und Dinge auszuprobieren, kann aber auch ausgenutzt werden, um anderen zu schaden. Beleidigungen, Beschimpfungen, Gerüchte, Flirts und andere Kommunikationsinhalte können schnell an die Grenzen eines respektvollen, einvernehmlichen Miteinanders stoßen. Wann diese Grenzen überschritten sind und sie ihr Handeln korrigieren sollten, müssen Jugendliche oft selbst erkennen, denn Erwachsene sind bei diesem Prozess nicht immer dabei (oder unerwünscht). Beim Kommunizieren im Netz müssen sie aufmerksam für die Bedürfnisse, Wünsche und die Privatsphäre der Menschen bleiben, die ihnen in diesem Moment nur virtuell gegenüberstehen. Eine Grundregel lautet im Netz genauso wie in der analogen Welt: **Was du nicht willst, das man dir tu, das füg auch keinem anderen zu.**

2. Alle wollen unsere Aufmerksamkeit.

Alle Menschen, Websites und Apps wollen gesehen, gehört, gelesen oder angeklickt werden. Kinder und Jugendliche müssen entscheiden, wem sie folgen wollen, welche Inhalte sie lesen möchten, welche Filme, Serien oder Spiele ihnen wichtig sind. Und sie selbst brauchen ebenso Aufmerksamkeit, sie wollen gesehen und gehört werden. Dabei sollten sie sich bewusst machen, dass ihre Aufmerksamkeit an vielen Stellen gelenkt wird und sie nicht immer kontrollieren können, was sie lesen oder sehen. Aber auch sich hin und wieder treiben zu lassen, ist in Ordnung. Kinder und Jugendliche müssen für sich persönlich ein Maß finden, das ihnen guttut, und außerdem lernen zu priorisieren. Dazu gehört vor allem, ehrlich mit sich selbst zu sein und auch mal gegenzusteuern: Etwa die Nachrichten und Postings einer Person stummzuschalten, die übermäßig viel Aufmerksamkeit beansprucht, oder ein Spiel zu deinstallieren, das man stundenlang zockt, obwohl es keinen so großen Spaß macht. **Heranwachsende müssen sich erst noch in Achtsamkeit üben, ihre eigenen Bedürfnisse verstehen lernen und ihre Mediennutzung – sowohl die Dauer als auch die Inhalte – immer wieder neu reflektieren.**

3. Wir hinterlassen durchgehend Datenspuren.

Die Informationen, die wir online hinterlassen, machen uns auf verschiedenen Ebenen angreifbar. Kinder und Jugendliche müssen sich bewusst machen, dass von ungeschützten Daten nicht immer unmittelbar Gefahren ausgehen, aber dass in der Zukunft für sie oder andere Schäden entstehen können. Sie müssen verstehen, dass jede persönliche Information – und sei sie noch so banal – mit anderen Daten verknüpft und zu einem größeren Ganzen zusammengebracht werden kann. Sie sollten den Wert ihrer Privatsphäre schätzen lernen, den monetären Wert ihrer Daten begreifen, Geschäftsmodelle verstehen und sich in Datensparsamkeit üben, bis sie den Schutz ihrer Daten immer und überall selbstverständlich mitdenken. Auch hier gibt es eine Faustregel: **Die sichersten Daten sind die, die nicht erhoben wurden.**

Sie selbst haben vielleicht noch im Gedächtnis, wie die Welt ohne Facebook, Instagram, TikTok & Co. aussah. Ohne Smartphones, ohne ständige Erreichbarkeit und permanentes Online-Sein. Ohne digitale Assistenten wie Siri und Alexa, die Ihnen im wahrsten Sinne des Wortes die Wünsche von den Lippen lesen. Ohne Waschmaschinen, Heizungen und Rollläden, die Sie aus der Ferne steuern können. Ihr Kind hat diese Erinnerungen an früher nicht. Es wächst in genau dieser digitalen Welt auf, und sein Leben wird niemals wieder weniger digital werden als heute. Das mag für Sie beängstigend klingen, gerade im Hinblick auf die Gefahren, die dadurch automatisch entstehen, und ganz sicher sollten Sie digitale Entwicklungen immer kritisch beobachten. Aber: Lassen Sie Ihre Ängste und Sorgen nicht die Oberhand gewinnen. Vertrauen Sie auf sich und Ihre Erziehung. Ich weiß: Es liegt in der Natur des Elternseins, dass Sie sich Sorgen um Ihr Kind machen. Aber versuchen Sie, Ihre Eingriffe in die Mediennutzung Ihres Kindes auf regelmäßige Hinweise und Ratschläge in die »richtige« Richtung zu beschränken, statt mit Restriktionen oder Strafen zu reagieren, wenn etwas Schlimmes passiert ist und das »Kind bereits in den Brunnen gefallen ist«. Mit präventiven Gesprächen können Sie Gefahren am besten vorbeugen. Dazu müssen Sie nicht 24 Stunden am Tag die Mediennutzung Ihres Kindes überwachen – das ist auch gar nicht möglich. Sie brauchen nicht jede einzelne App zu kennen und können nicht jeden einzelnen Fallstrick vorhersehen. Das ist okay. Tauschen Sie sich mit anderen Eltern aus, um hier und da Trends und Entwicklungen mitzubekommen, die Ihnen selbst entgangen sind, aber lassen Sie sich nicht beunruhigen, wenn die Medienerziehung der anderen spielerisch leicht aussieht – andere Eltern stehen (ob sie es zugeben oder nicht) vor denselben Herausforderungen wie Sie. Geben Sie Ihrem Kind Werte und Rüstzeug auf den Weg, die es online wie offline gebrauchen kann.

Denken Sie an die Analogie des riesengroßen Spielplatzes aus dem Vorwort des Buchs: Erklären Sie Ihrem Kind, was passiert, wenn es barfuß (sozusagen entblößt und ohne Privatsphäreschutz) auf dem Holzgerüst (in Sozialen Netzwerken) herumtobt, wie es damit umgehen sollte, wenn ein anderes Kind auf der Rutsche schubst (online mobbt), wenn ein paar Meter weiter scheinbar schönere Sandburgen gebaut wurden (andere ihr perfektes Leben auf Instagram ausbreiten) und wie es sich bei plötzlich auftretendem Gewitter (Hassrede im Netz) verhalten soll. Bleiben Sie in Sichtweite und halten Sie ein Dinosaurier-Pflaster bereit – auch für die »großen Kinder«.

Anmerkungen

1 Jessica Wawrzyniak: #Kids #digital #genial – Schütze dich und deine Daten!, Hrsg: Digitalcourage e.V., Art d›Ameublement, 2. erw. Auflage 2019.
2 Medienpädagogischer Forschungsverbund Südwest: JIM-Studie 2021, www.mpfs.de/fileadmin/files/Studien/JIM/2021/JIM-Studie_2021_barrierefrei.pdf.
3 Spiegel Panorama: Feuerwehrmann stirbt nach Unfall bei Ice-Bucket-Challenge, 22.09.2014, www.spiegel.de/panorama/ice-bucket-challenge-feuerwehrmann-in-usa-stirbt-nach-stromschlag-a-992992.html.
4 ZDF heute: Bei Challenge erwürgt. Eltern verklagen TikTok nach Tod von Töchtern, 08.07.2022, www.zdf.de/nachrichten/panorama/tiktok-tod-kinder-blackout-challenge-klage-100.html.
5 Hans-Christian Dirscherl: Momo Challenge. Selbstmordversuch wegen WhatsApp-Kettenbrief, in: PC-Welt, 14.03.2019, www.pcwelt.de/news/Momo-Challenge-Selbstmordversuch-wegen-Whatsapp-Kettenbrief-10555868.html.
6 Medienpädagogischer Forschungsverbund Südwest: JIM-Studie 2021, S. 41.
7 Bitkom Research: Online-Zeit von Kindern und Jugendlichen, 09.06.2022: www.bitkom-research.de/de/pressemitteilung/online-zeit-von-kindern-und-jugendlichen-waechst-auf-111-minuten-pro-tag.
8 Alice Legelli: Privatsphäre vs. Digitalisierung. Blog der Fraunhofer Academy, 22.04.2022: https://blog.academy.fraunhofer.de/blogbeitraege/privatsphaere-versus-digitalisierung-das-privacy-paradox/.
9 Noch besser wären Messenger auf Basis freier Kommunikationsprotokolle, z.B. die Messenger »Element« oder »Jabber«, die wie das Fediverse dezentral aufgebaut sind.
10 Medienpädagogischer Forschungsverbund Südwest: JIM-Studie 2021, S. 36.
11 Ralf Pauli: Ordentlich was los im Belohnungszentrum, in: Fluter, 31.03.2022: www.fluter.de/machen-soziale-medien-suechtig
12 International School of Management: Verschlechterung der Schreib- und Lesekompetenz bei Jugendlichen und Studenten, 15.02.2012: www.presseportal.de/pm/70776/2199120.
13 Medienpädagogischer Forschungsverbund Südwest: JIM-Studie 2020: www.mpfs.de/fileadmin/files/Studien/JIM/2020/JIM-Studie-2020_Web_final.pdf, S. 60.
14 Das Wort »Opfer«, welches auch als Schimpfwort eingesetzt wird und Betroffene zudem stigmatisiert, meide ich bewusst.
15 Marco Lehner/Arne Meyer-Fünffinger/Josef Streule: Fünf-Sterne-Fake: Auf der Spur gekaufter Bewertungen, in: Tagesschau, 02.02.2022: www.tagesschau.de/investigativ/br-recherche/fake-bewertungen-101.html.
16 Landesanstalt für Medien NRW: Hate Speech Forsa-Studie 2021: www.medienanstalt-nrw.de/fileadmin/user_upload/NeueWebsite_0120/Themen/Hass/forsa_LFMNRW_Hassrede2021_Praesentation.pdf, S. 27.
17 Thomas Otto: Wird aus Selbstkontrolle bald Gesetz?, Deutschlandfunk, 26.04.2018: www.deutschlandfunk.de/eu-massnahmen-gegen-fake-news-

wird-aus-selbstkontrolle-bald-100.html.

18 Ich empfehle, die Dokumentation »The Cleaners« (deutscher Titel: »Im Schatten der Netzwelt«) zu schauen.

19 Carsten Orwat: Diskriminierungsrisiken durch Verwendung von Algorithmen, 2019: www.antidiskriminierungsstelle.de/DE/was-wir-machen/projekte/algorithmen-und-diskriminierungsrisiken/algorithmen-und-diskriminierungsrisiken-node.html.

20 Caroline Haskins: Gaggle Knows Everything About Teens And Kids At School, in: BuzzFeed.News, 01.11.2019: www.buzzfeednews.com/article/carolinehaskins1/gaggle-school-surveillance-technology-education.

21 Twitter-Posting, @_FrauLehrerin_, 23.05.2022: https://twitter.com/_FrauLehrerin_/status/1528739051955789824.

22 Roland Eisenbrand: Fake Virals, bezahlte Placements & gestresste Stars. TikTok dominiert das Musikmarketing, OMR, 09.06.2022: https://omr.com/de/daily/tiktok-musikmarketing/.

23 Verschiedene Quellen, Angaben ohne Gewähr.

24 Kevin Kunkel: Der Twitch Subs Rechner: https://gaming-tools.de/twitch-subs-rechner/.

25 Stefan Becker: Wenn Influencer selbst zu Marken werden, in: e-tailment, 08.06.2022: https://etailment.de/news/stories/Influencer-Marketing-Wenn-Influencer-selbst-zu-Marken-werden-23945.

26 Saferinternet.at: Selbstdarstellung in Sozialen Netzwerken, 08.02.2021: www.saferinternet.at/news-detail/studie-selbstdarstellung-in-sozialen-netzwerken0/.

27 Plan International Deutschland e.V.: Rollenbilder in Sozialen Medien und ihre Auswirkungen auf die Gleichberechtigung, 2019: www.plan.de/rollenbilder-in-social-media.html.

28 Kommunikationsplattform YouNow: Livestreams aus dem Kinderzimmer, in: FAZ, 18.02.2015: www.faz.net/aktuell/feuilleton/familie/jugend schuetzer-warnen-vor-streaming-site-younow-13435371.html.

29 Institut für Ehe und Familie: US/Sexualerziehung: Teenager wünschen sich mehr Unterstützung darin, mit dem Sex zu warten, 25.07.2017: www.ief.at/teenager-wuenschen-sich-mehr-unterstuetzung-darin-mit-dem-sex-zu-warten/.

30 Landesanstalt für Medien NRW: Kinder und Jugendliche als Opfer von Cybergrooming, 2021: www.medienanstalt-nrw.de/fileadmin/user_upload/NeueWebsite_0120/Medienorientierung/Cybergrooming/211216_Cybergrooming-Zahlen_Praesentation_LFMNRW.pdf.

31 Smith, Matthew: For in ten female millenials have been sent an unsolicited penis photo, in: YouGov, 16.02.2018: https://yougov.co.uk/topics/politics/articles-reports/2018/02/16/four-ten-female-millennials-been-sent-dick-pic.

32 Flora Oswald/Alex Lopes/Kaylee Skoda (et al.): I'll Show You Mine so You'll Show Me Yours: Motivations and Personality Variables in Photographic Exhibitionism, in: The Journal of Sex Research, 57/2020.

33 Klaudia Kramer/Sandra Gabler: Entwicklungspsychologische Grundlagen für gelingende Teilhabe an einer digitalisierten Welt, in: merz, 12/2021, Hrsg.: JFF – Institut für Medienpädagogik in Forschung und Praxis, kopaed.

34 Google: Wie Suchergebnisse automatisch erstellt werden: www.google.com/intl/de/search/howsearchworks/algorithms/.

35 Medienpädagogischer Forschungsverbund Südwest: JIM-Studie 2021, S. 53.

36 Uwe Hasebrink/Sascha Hölig/Leonie Wunderlich: #UseTheNews: Studie zur Nachrichtenkompetenz Jugendlicher und junger Erwachsener in der digitalen Medienwelt, 2021: https://documents.usethenews.de/cms/Use_The_News_Studie_2021_5093dcb27d.pdf.

37 Medienpädagogischer Forschungsverbund Südwest: JIMplus 2022: www.

mpfs.de/fileadmin/files/Studien/JIM/JIMplus_2022/JIMplus_Charts_2022_fuer_Website_pdf.pdf.

38 Klicksafe: Willst du mit mir Fakten checken gehen?, 2021: www.klicksafe.de/materialien/begleitmaterial-willst-du-mit-mir-fakten-checken-gehen.

39 Tom Wannenmacher: Telegram im Visier. Die Politik sagt dem Messenger den Kampf an, in: Mimikama, 16.12.2021: www.mimikama.at/telegram-im-visier/.

40 Medienpädagogischer Forschungsverbund Südwest: JIM-Studie 2021, S. 63.

41 Sophie Laaß: Studie über Twitter. Menschen neigen zum Verbreiten von Fake News, in: Netzpolitik.org, 09.03.2018: https://netzpolitik.org/2018/studie-ueber-twitter-menschen-neigen-zum-verbreiten-von-fake-news/.

42 Medienpädagogischer Forschungsverbund Südwest: JIMplus 2022, S. 20.

43 Probieren Sie mal die Website *magiceraser.io* aus (»magischer Radiergummi«). Zwei Klicks, und Sie haben alles aus einem Foto entfernt, was Sie dort nicht haben möchten.

44 Die Bilder-Rückwärtssuche eignet sich auch, um zu überprüfen, ob Fotos von einem selbst im Netz kursieren. Dafür sollte die Google-Suche jedoch nicht verwendet werden, denn spätestens dann sind die Bilder im Besitz von Fremden, nämlich von Google.

45 SCHAU HIN!: Gewalt in Games. Höhere Aggressivität durch »GTA« und Co.?: www.schau-hin.info/studien/gewalt-in-games-hoehere-aggressivitaet-durch-gta-und-co.

46 Medienpädagogischer Forschungsverbund Südwest: JIM-Studie 2021, S. 60.

47 Medienpädagogischer Forschungsverbund Südwest: JIM-Studie 2021, S. 48.

48 Yannic Hannebohn: Wenn Computerspielen zur Krankheit wird, in: Deutschlandfunk, 25.10.2018: www.deutschlandfunk.de/zwischen-spass-und-sucht-wenn-computerspielen-zur-krankheit-100.html.

49 Fachverband Medienabhängigkeit e.V.: Problematisches Computerspielen und Computerspielstörung (Gaming Disorder), 15.06.2020: https://www.fv-medienabhaengigkeit.de/fileadmin/images/Dateien/Publikationen/Ergebnispapier_AG_Problematisches_Computerspielen_und_Gaming_Disorder.pdf.

50 Markus Böhm, Matthias Kreienbrink: Für die Spieler ein unendlicher Spaß – für die Hersteller ein Monstergeschäft, in: Spiegel, 54/2022.

51 Nico Jaenecke: 50 Open-Source-Spiele mit Spaßfaktor, in: Computerbild, 05.05.2018: www.computerbild.de/artikel/cbs-News-PC-Kostenlos-Die-50-besten-Open-Source-Spiele-21635921.html.

52 Patrick Beuth: Alles Wichtige zum NSA-Skandal, in: Zeit Online, 29.01.2016: www.zeit.de/digital/datenschutz/2013-10/hintergrund-nsa-skandal.

53 Anette Keiser: 100+ wertvolle Social-Media-Statistiken (und Demografien) für Marketer, in: Hootsuite, 01.09.2021: https://blog.hootsuite.com/de/social-media-statistiken/.

54 Janne Knödler: Warum Frauen in den USA ihre Zyklus-Apps löschen, in: Spiegel, 02.07.2022: www.spiegel.de/netzwelt/apps/abtreibung-und-datenschutz-in-den-usa-warum-frauen-jetzt-ihre-zyklus-apps-loeschen-a-2afdbf5b-a926-475d-af7b-18b5ca15c869.

55 Ralf Nowotny: 17-Jährige chattete über Abtreibung – Facebook half der Polizei bei der Fahndung, in: Mimikama, 12.08.2022: www.mimikama.at/chat-abtreibung-facebook-polizei/.

56 Zwei von drei Personalern informieren sich online über Bewerber, in: Bitkom Research: 30.07.2018: www.bitkom.org/Presse/Presseinformation/Zwei-von-drei-Personalern-informieren-sich-online-ueber-Bewerber.html.

57 Tom Wannenmacher: Jede dritte Familie ist bereits einer Phishing-Mail zum Opfer gefallen, in: Mimikama, 10.12.2021: www.mimikama.at/phishing-mail-opfer/.

58 Alexandra Ketterer: EuGH-Urteil: Webseitenbetreibende für Datenweitergabe an Facebook teilweise mitverantwortlich, in: Netzpolitik.org, 29.07.2019: https://netzpolitik.org/2019/eugh-urteil-webseiten betreibende-muessen-ueber-like-button-aufklaeren/.
59 Andreas Proschofsky: Geheimes Tracking: Tiktok kann alle Tastatureingaben im In-App-Browser mitlesen, in: standard.de, 19.08.2022: www.derstandard.de/story/2000138381426/geheimes-tracking-tiktok-kann-alle-tastaturein gaben-im-in-app-browser.
60 Was wir über den Skandal um Facebook und Cambridge Analytica wissen, in: Netpolitik.org: 31.03.2018: https://netzpolitik.org/2018/cam bridge-analytica-was-wir-ueber-das-groesste-datenleck-in-der-geschichte-von-facebook-wissen/.
61 Medienpädagogischer Forschungsverbund Südwest: JIM-Studie 2021, S. 43.
62 Drastischer Anstieg: Jüngere während Corona-Pandemie deutlich häufiger auf Streaming-Plattformen unterwegs, in: RND.de: 09.03.2022: www.rnd.de/digital/netflix-und-youtube-kinder-verbringen-waehrend-corona-pandemie-deutlich-mehr-zeit-im-in ternet-NJT4MOIMQRVXYAONA 5JHOTBC4E.html.
63 Anna Schughart: Selbstversuch: »Was Netflix alles über uns weiß, ist verstörend«, in: RND.de, 08.05.2019: www.rnd.de/digital/selbstversuch-was-net flix-alles-ueber-uns-weiss-ist-verstoe rend-VY7L3K7GHBLB5KHJ5NANMR KXOQ.html.
64 DIVSI: U25-Studie: Euphorie war gestern, 2018: www.divsi.de/wp-content/uploads/2018/11/DIVSI-U25-Studie-euphorie.pdf.
65 Jan Schwenkenbecher: Eine Mail-Adresse bringt 0,75 Cent, in: Süddeutsche, 02.11.2018: www.sueddeutsche.de/digital/google-datenschutz-nutzerdaten-wert-1.4192900.
66 Friedemann Ebelt/Justus Holzberger/Sebastian Lisken: Übersicht über Polizeigesetzesvorhaben aller Bundesländer und Musterpolizeigesetz Bund, in: Digitalcourage e.V., 25.06.2018: https://digitalcourage.de/polizeigesetze/uebersicht-bundeslaender.
67 Kolja Quakernack: Überwachung in China: Wie Algorithmen das chinesische Volk erziehen. Hrsg.: Digitalcourage e.V., Art d'Ameublement, kurz&mündig Band 14, 2021.
68 Digitalcourage e.V.: Perso ohne Finger!, 08/2021: https://digitalcourage.de/keine-fingerabdruecke-personalausweis.
69 Jessica Wawrzyniak: Helikopter-Eltern? – Nein, Danke!: Überwachung von Kindern vs. Datenschutz, in: Familienkultur smart und digital. Hrsg.: von Gross/Röllecke, kopaed, Dieter Baacke Preis Handbuch 15, 2020.
70 Kinderschutz Schweiz: JAMES-Studie 2020: www.kinderschutz.ch/media/fiqhlwxv/bericht_james_2020_de.pdf.
71 https://kidsdigitalgenial.de/lexikon/browser.
72 Jessica Wawrzyniak: Vertrauenswürdige Webangebote und Apps – einfach selbst prüfen und bewerten. Hrsg.: Digitalcourage e.V., Art d'Ameublement, kurz&mündig Band 13, 2021.
73 Emre Peker: Wegwerf-Email-Adressen: Diese Anbieter gibt's. Chip.de, 29.08.2022: https://praxistipps.chip.de/wegwerf-email-adressen-diese-anbieter-gibts_1674.

Alle Links wurden zuletzt am 13.02.2023 abgerufen.